Ralf Rothmann
Junges Licht

Roman

Suhrkamp Verlag

© Suhrkamp Verlag Frankfurt am Main 2004
Alle Rechte vorbehalten, insbesondere das der Übersetzung,
des öffentlichen Vortrags sowie der Übertragung
durch Rundfunk und Fernsehen, auch einzelner Teile.
Kein Teil des Werkes darf in irgendeiner Form
(durch Fotografie, Mikrofilm oder andere Verfahren)
ohne schriftliche Genehmigung des Verlages reproduziert
oder unter Verwendung elektronischer Systeme
verarbeitet, vervielfältigt oder verbreitet werden.
Druck: Freiburger Graphische Betriebe, Freiburg
Printed in Germany
Erste Auflage 2004
ISBN 3-518-41640-5

1 2 3 4 5 − 08 07 06 05 04

Here is the night,
The night has begun;
And here is your death
In the heart of your son.

L. Cohen

Unter Tage ist es still um diese Zeit, in der sich noch niemand im Schacht oder auf der letzten Sohle befindet, und der Mann schob das Gitter zu und legte den Riegel um, trat einen Schritt zurück. Stiller als über den Wolken. Er öffnete den Telefonkasten, nahm den Hörer heraus und gab seine Markennummer durch, die Strecke und den Schichtbeginn. Nach der Bestätigung hängte er ein, und momentlang bewegten sich die Stahlseile lautlos; dann ruckte der Korb an, die Gitter klirrten, und die Lampe unter dem Blechdach zitterte derart, daß die toten Fliegen in der Milchglasschale hüpften. Nach der Schrägführung, einer Strecke von einigen Metern, verstummten die Geräusche, und der Aufzug schwebte fast lautlos bis unter das Gewölbe aus Brandschiefer und Mergel und war im nächsten Augenblick verschwunden. Nur noch ein hoher, nach und nach leiser werdender Ton kam aus dem Schacht.

Die Streckenbeleuchtung wurde erst mit dem Beginn der Frühschicht eingeschaltet, in etwa zwanzig Minuten, und der Mann nestelte an seinem Gürtel, rückte das Bergleder zurecht, betastete seine Hosentaschen. Zollstock, Bleistift, Fahrbuch. Dann knöpfte er sich die Jacke aus dickem Drillich zu und drehte sein Helmlicht an. Eine Weile horchte er. Entfernt war so etwas wie Wind zu hören, die frische Luft im Wetterschacht. Er zog die Flasche aus der Gezähekiste, trank einen Schluck kalten Tee und ging dann die leicht abfallende Sohle hinunter. Das Gestein war naß, er trat fest auf in seinen Nagelschuhen, und die Blindschächte in der Nähe schienen den Hall der Schritte und das Klickern angestoßener Steine oder Gleisschellen um ihn herumzuleiten. Manchmal klang es, als käme er sich entgegen.

Hinter einer Kehre, wo ein ausrangierter Schrapper stand, fiel die Sohle steiler ab, gut fünfundzwanzig Grad. Hier waren die Schienen einbetoniert, und er setzte sich auf sein Arschleder und rutschte die Strecke ein Stück weit bergab, wobei er die Geschwindigkeit mit den Absatzeisen bremste. Unten stand das Wasser knöchelhoch und lief ihm schon nach wenigen Schritten in die Schuhe. Er schlurchte zu den ersten Stempeln des Strebs, zog den kleinen Hammer aus der Zollstocktasche und klopfte die Stahlkappen ab – bis zu dem Kreidezeichen vom Vortag. Alle hatten genug Spannung, und er schlug sein Fahrbuch auf, machte einen Vermerk und begann die Stempel zu zählen, die Arbeit der letzten Schicht. Zu wenig, das sah er gleich und erkannte auch den Grund, noch ehe er etwas notiert hatte.

Über ihm, zwischen handbreiten Klüften, hing eine vier Meter lange Sandsteinplatte durch, und aus einem Riß tröpfelte Wasser in dünnen Fäden herab. Wie Perlschnüre glitzerten sie im Schein seiner Lampe, und als der Mann näher trat, stieß er mit dem Schuh gegen etwas, das ganz offensichtlich nicht hierher gehörte, einen Drahtknäuel vielleicht. Er bückte sich, um ihn aus dem Weg zu werfen. Es war einer jener kleinen, von manchen Bergleuten trotz des Verbots immer wieder mitgebrachten Käfige, zerdrückt, verrostet und natürlich leer. Eine Rattenfalle. Er warf sie in den Stoß, und dann hörte er es, leise nur, doch so deutlich, daß es keinen Zweifel gab. Langsam drehte er sich um. Im Schein seiner Lampe blitzten die blanken Kratzstellen an den Stempeln auf. Staub wirbelte durch den Strahl. Die Sandsteindecke über ihm, schräg wie ein Dach, bewegte sich nicht, der Riß war unverändert. Doch das Wasser setzte plötzlich aus, das Rieseln verstummte – wenn auch kaum länger als ein, zwei Herzschläge lang. Und ging dann unverändert weiter.

Es war der erste Tag der Ferien, das leichte, etwas ungläubige Erwachen in der Sonne, die schräg durch die Topfblumen auf mein Bett fiel. Ich gähnte, kniete mich aufs Kopfkissen und schob den Vorhang ein Stück weiter auf, langsam, um kein Geräusch zu machen. Sophie schlief noch. Sie hatte sich den Daumen in den Mund gesteckt, und am kleinen Finger, leicht abgespreizt, glänzte etwas von dem Nagellack meiner Mutter.
Unter den Obstbäumen im Garten lag Spielzeug, ein Plüschhund, Förmchen aus Weißblech, Möbel aus der Puppenküche. Am Zaun lehnte die Axt. Hinter dem Rhabarber und den Johannisbeerbüschen schlängelte sich der lehmgelbe Weg mit der Grasnarbe an den Feldern vorbei, Hafer und Weizen. Die Grannen glänzten silbern, wenn Wind darüberfuhr, und auch der Mohn am Feldrand bewegte sich leicht, Blütenblätter flapp-

ten hin und her. Ein paar Vögel flogen wie aufgeschreckt über die Fernewaldstraße, frisch mit Rollsplit belegt, und verschwanden hinter den Silos und Förderbändern, die aus der Kiesgrube ragten. Auf der Spitze des Baggerarms saß ein Falke.

Auch im Nachbargarten war noch niemand, der Sandkasten des kleinen Schulz lag da wie am Abend: Ein Labyrinth aus Straßen, die über Berge und durch Tunnels führten und auf denen die Matchbox-Autos standen, die ich ihm geschenkt hatte, einen Schuhkarton voll. Nur den kleinen Oldtimer hatte ich behalten, einen Mercedes Silberpfeil. Im Garten der Breuers hing Wäsche, und das Wasser, das manchmal noch von den Handtüchern, Büstenhaltern oder kopfunter hängenden Hemden ins Gras fiel, glänzte fast weiß, wie Tropfen frischen Lichts. Ich schlüpfte in meine Khakihose und ging barfuß aus dem Raum.

Das Schlafzimmer der Eltern stand offen, die Betten waren gemacht. Im Bad, das kein Fenster hatte, nur eine schmale Lüftungsluke, war niemand, jedenfalls brannte kein Licht hinter dem Wellglas im oberen Teil der Tür. Doch als ich auf die Klinke drückte, spürte ich einen jähen Widerstand, und meine Mutter räusperte sich. Sie stellte irgendwelche Fläschchen oder Sticks auf die Ablage unter dem Spiegel, und ich ging ins Wohnzimmer. Das Radio war eingeschaltet, die Skala mit den Städtenamen leuchtete in dem schattigen Raum; doch die Musik war kaum zu hören. Neben dem Sofa, der wulstigen Lehne, auf die mein Vater den Kopf legte, wenn er fernsah, stand eine leere Bierflasche.

Die Dielen, rotbraun gestrichen, knarrten leise. Unsere Küche lag wie das Kinderzimmer auf der Gartenseite, das Fenster war offen. In einer Schale auf der Anrichte glimmte eine Zigarette; der weiße Rauchfaden stieg fast senkrecht auf und zerfiel dann plötzlich in ein graues Gewirr. Auf dem kalten Kohleherd leuchtete die rot und violett geblümte Kaffeekanne in der Sonne. Der Deckel, seit langem schon zerbrochen, war durch eine Untertasse ersetzt.

Auch die Glastür, durch die man aus der Küche auf die Loggia kam, die wir allerdings Balkon nannten, war geöffnet, und ich lehnte mich über die gemauerte Brüstung und blickte hinunter, auf den Hof der Gornys. Große Tassen standen auf dem Tisch, an einer fehlte der Henkel, und Wolfgang stellte ein Tablett voller Brot, Honig und Margarine dazwischen. Er war in meinem Alter und ging bisher in dieselbe Klasse wie ich. Doch nach den Ferien kam er aufs Gymnasium, und ich schwang mich auf die Brüstung und preßte etwas Speichel durch die Zahnritzen. Das Geräusch ließ ihn aufhorchen; er blickte in den Garten und bog dann den Kopf in den Nacken, sah zu mir hoch.

»Wehe!« Er hob eine Faust. »Ich sags deiner Mutter!«

»Scheiß dich nicht ein, Mann. Kommst du nachher mit in den Tierclub?«

Er schüttelte den Kopf, verteilte die Frühstücksbretter, die voller Kerben waren an den Rändern.

»Ich spiel nicht mehr mit. Ihr habt mich betrogen. Wenn ich Beitrag zahle, will ich auch bei allem mitmachen.«

»Wieso? Kannst du doch.«

»Von wegen. Und was war vorige Woche? Ihr habt die Taube gebraten, und für mich gabs nichtmal 'n Knochen.«

»Wenn du zu spät kommst …«

»Ich war pünktlich! Der Dicke hatte versprochen, daß ich sie schlachten kann. Ich habs bezahlt.«

»Ach, vergiß es.« Ich ließ ein Bein pendeln. »Das Vieh schmeckte wie 'n verschmorter Autoreifen. Wir habens dem Hund gegeben.«

»Trotzdem. 's war meine Beute. Ihr seid Gauner.« Wieder blickte er hoch. Er hatte einen schnurgeraden Scheitel im Haar, und das blasse Gesicht war spitz wie ein Keil. »He! Hoffentlich bist du bald von der Brüstung runter!«

»Wer? Ich? Hast du 'n Knall?«

Er ging um den Tisch herum und legte Messer zwischen die Bretter, eins nach dem anderen, wie Ziffern auf ein rundes Blatt. »Das ist unser Haus.«

»Na und? Ich piß dir gleich auf den Kopf, du Pfeife.«

»Das möchte ich sehen.« Er verschwand in der Küche. »Traust du dich doch nie!«

Ich neigte mich zur Seite, so weit es ging, peilte seinen Stuhl an und ließ einen langen Speicheltropfen fallen; doch er klatschte auf den Estrich, der grau war wie das Brot. Bei Gornys gab es niemals Brötchen.

An der Rückseite der schmalen Loggia, knapp über dem Tisch mit den beiden Stühlen, befand sich ein Fenster, und ich stieg von der Brüstung und drückte die Nase gegen das Glas, versuchte durch den Vorhangspalt zu sehen. Konnte jedoch nichts erkennen. Das Zimmer gehörte eigentlich zu unserer Wohnung, hatte einen separaten Eingang und ein Waschbecken, und eines Tages sollte ich es kriegen. Noch aber war es untervermietet, und ich ging in die Küche, öffnete eine Packung Cornflakes und schüttete sie auf den Teller. Einige Flocken fielen zu Boden, und rasch wischte ich sie mit dem Fuß unter den Herd und nahm mir eine Flasche Milch aus dem Kühlschrank. Dann setzte ich mich an den Balkontisch, und während ich mein Frühstück löffelte, blickte ich über den Garten und die Felder bis zur Dorstener Straße, schon voller Lastwagen. Jenseits der Halden umflogen Krähen den Förderturm, dessen Räder sich gegenläufig bewegten, wie die Kutschenräder in Bonanza.

Meine Mutter kam in die Küche und bemerkte mich wohl nicht gleich; der Balkon war schmal und schattig überdacht. Sie trat vor die Anrichte und löschte die Zigarette, den Stummel. Dann zog sie eine neue aus der Schachtel und steckte sie an. Sie rauchte damals Chester, und ich mochte das Gelb der Packung überhaupt nicht. Doch Gold-Dollar wollte sie nicht mehr; sie fand es häßlich, wenn Tabakkrümel an ihren geschminkten Lippen klebenblieben, und das stimmte. Außerdem verfärbten sie die Finger. Sie trug eine weiße Bluse, den grauen Kostümrock und hellgraue Stöckelschuhe und träumte zum Fenster hinaus, während ihr der Rauch aus der Nase strömte.

Hinter dem Weizenfeld konnte man ein Stück der ungepflasterten Straße erkennen, die zum Kleekamp führte. Sie war fast immer leer, kaum jemand hatte ein Auto, und manchmal sah man Bewohner des Ledigenheims, die dort Fahrradfahren übten. Es waren Portu-

giesen und Sizilianer, ehemalige Fischer und Landar-
beiter, jetzt unter Tage, und die meisten von ihnen hatten noch nie auf einem Rad gesessen. Wenn sie es dann
übten, wackelig und immer wieder stürzend, amüsierte
man sich auf den Balkonen der Siedlung, und auch
mein Vater, der kaum je lächelte, hatte eines Abends so
laut gelacht über einen besonders Unbeholfenen, daß
Sophie die Tränen gekommen waren.

Meine Mutter betastete sich die Haare, vorsichtig,
als überprüfte sie ihre Silhouette. Sie hatte sich am Wochenende eine neue Dauerwelle machen lassen, die
Nägel waren frisch lackiert.

»Ich bin hier.« Ich hatte sehr leise gesprochen, um niemanden zu wecken hinter dem Fenster, und sie nickte,
starrte aber weiter über das Feld. Sie trug ihre Koral-
lenkette.

»Ich weiß. Hast du gefrühstückt?« Und ohne meine
Antwort abzuwarten: »Dann zieh gleich die Hose aus,
damit ich sie waschen kann. Im Schrank ist eine frische.
Und heute vormittag bleibst du bei deiner Schwester,
hörst du. Ich fahr in die Stadt.«

»Aber ich wollte in den Tierclub!«

»Das kannst du später auch noch. Ich bin gegen eins
wieder da.«

»So lange …? Ich hab mich verabredet. Es sind doch
Ferien.«

»Eben. Da hast du Zeit, auch mal was für mich zu tun.
Ich muß zur Untersuchung. Und Schluß.« Ihre Wangenknochen zuckten. Da waren eine Menge dieser zarten Adern, die man Besenreiser nennt, und sie drehte
den Wasserhahn auf, hielt die kaum angerauchte

Chester unter den Strahl und warf sie in den Kohlenkasten. Dann ging sie aus dem Raum.

Ich verpflasterte meine Hand neu; sie tat nicht mehr
weh. Vor zwei Tagen hatte ich keine Hausaufgaben
gemacht, was gewöhnlich streng bestraft wurde: Man
mußte die Finger vorstrecken, und Dey, der Lehrer,
hob den Arm und ließ sein Lineal daraufklatschen. Es
war aus Holz, mit einer Metallkante, und die Zahl der
Schläge wurde vorher angekündigt; für jedes Zurück-
zucken gab es einen zusätzlichen. Die Schmerzen waren so unglaublich, daß den Hartgesottensten die Tränen kamen.
Dey, der krumme Dey, wie wir ihn nannten, hatte
mich zur Tafel gerufen, um mir Aufgaben zu diktieren.
Zwar hatten sich vorher andere gemeldet, doch
meistens schüttelte er den Kopf. »Erst die mit der
Rechenschwäche.« Und während ich auf die Zahlen
starrte und Papier von der Kreide pulte, hörte ich hinter mir das Schnippen der Eifrigen, für die das alles
überhaupt kein Problem war; je länger meine Rat-
losigkeit dauerte, desto lauter wurde es. Ich zog die
Schultern hoch, schloß die Augen, nagte an der Lippe,
doch Dey erlöste mich nicht. Er wartete. Mit kreidi-
gen Fingern wischte ich mir den Schweiß von der
Schläfe, und endlich seufzte er sein übliches »Hoff-
nungslos …« und zog mich am Ohr durch den Raum.
Er klappte mein Buch auf und zeigte mir, welche Aufgaben ich für die nächste Stunde zu lösen hatte.
Lange saß ich dann am Wohnzimmertisch. »Bestimme

den Mittelpunktswinkel …« Ich zeichnete Girlanden an den Heftrand. »Dividiere die Quersumme durch den Quotienten von …« Ich ritzte mit dem Daumen Muster in den Stift. Das Holz roch so, wie ich mir den Libanon vorstellte, und ich ritt auf meinem weißen Araber durch die Zedernwälder. »Wenn in einem Steinbruch täglich sieben Kubikmeter Granit abgebaut werden und sich das spezifische Gewicht des Steins zu seinem Tonnenpreis derart verhält, daß in sechs Arbeitstagen …« Ich beugte mich über den Tisch, legte den Kopf auf die gekreuzten Arme und schlief ein.

Doch meine Mutter weckte mich. »Was gibt das denn? Bist du fertig?«

Ich nickte, schlug mein Heft zu, brachte die Tasche ins Kinderzimmer. Dann blätterte ich in alten Prinz-Eisenherz-Heften, die auf meinem Bett lagen, suchte die Stelle mit dem Riesen Oron. Ich mochte ihn sehr. Er sah gruselig aus, voller Wülste und Beulen. Dabei war er gutmütig, und er konnte es nicht ertragen, daß die Menschen Angst vor ihm hatten. Also zog er sich dahin zurück, wo niemand leben wollte, in Sümpfe, ins Schilf, und wurde mit der Zeit so zottelig und grau wie die verdorrten Halme. Er hatte überall Höhlen und Unterstände, kannte alle begehbaren Pfade im tödlichen Moor, lebte von Fischen und Pilzen und brauchte keinen Menschen. Nur manchmal, alle zehn bis fünfzehn Jahre etwa, wenn sein Messer abgeschliffen war, kam Prinz Eisenherz vorbei und brachte ihm ein neues.

Meine Mutter war mit Sophie im Garten, Wäsche aufhängen, und ich ging ins Bad, schloß ab und pinkelte.

Dann öffnete ich den Spiegelschrank, die Seite, auf der die Sachen meines Vaters standen: ein Plastikbecher, eine Zahnbürste mit Holzgriff und zerdrückten Borsten, eine Flasche Irish Moos. Der Rasierapparat war leicht angerostet, das Päckchen Klingen aber neu. Ich zog eine heraus, wickelte sie vorsichtig aus dem Wachspapier und setzte mich auf den Rand der Wanne.

Unten hörte ich Sophie, ihr vergnügtes Lachen, fast ein Quietschen, dann die Mundharmonika des kleinen Schulz, und mit einer Ecke der Klinge ritzte ich mir den Handballen an, ganz leicht nur, doch schon das tat weh. Auch Oron, die Pfeilspitze eines Schergen im Bein, hatte sich einmal selbst operiert und dabei kaum mit der Wimper gezuckt. Ich atmete mit weit geöffnetem Mund in schnellen Stößen und fuhr wieder und wieder über die Haut, bis der Anschliff der Klinge im Fleisch verschwand. Nun rötete sich der Strich. Er war gut vier Zentimeter lang, aber das Blut lief noch nicht mal über den Rand, und ich biß die Zähne zusammen und drückte fester auf, millimeterweise. Doch zitterte ich bereits am ganzen Körper, begann zu furzen, und der Schweiß brach mir aus. Schließlich verkrampften sich meine Finger so, daß ich aufhören mußte.

Ich spülte die Hand unterm Wasserhahn ab und betrachtete den Ballen. Ein übler Kratzer, aber keine Wunde, und ich ging in die Küche, nahm ein Streichholz aus der Schachtel und rieb so lange mit dem Schwefelkopf darin herum, bis mir das Wasser in die Augen schoß. Dann verpflasterte ich die Hand, wischte den Boden im Bad mit Klopapier auf und sagte meiner Mutter, daß ich gestürzt war. Nachts, vor dem Einschlafen, fühlte ich ein leises Pochen unter dem Verband.

Doch Fieber hatte ich am nächsten Morgen nicht … In der Schule zog der krumme Dey die Vorhänge zu, die grelle Sonne tauchte das Zimmer in ein orangefarbenes Licht, und er ging von Tisch zu Tisch, überprüfte die Hausarbeiten und machte hier und da eine Notiz. Ich war der einzige, der sein Heft nicht aufgeschlagen hatte, und Godtschewski, mein Nachbar, stieß mich an. Doch ich hielt es geschlossen.

Dey hatte gerade Tszimanek auf dem Kieker, kramte das Lineal aus der Tasche, drückte es ihm vor die Brust. »Mathematik ist gar nicht so schlimm. Sie kann sogar Spaß machen. Denn sie ist nicht nur da, um Gewinne und Verluste zu berechnen, sie schärft auch unser logisches Empfinden.« Er drehte an seinen Schläfenhaaren. »Glaubst du das?«

Tszimanek fletschte die Zähne, und wieder stieß mein Nachbar mich an, wies auf das Heft. »Was ist?« flüsterte er, und ich hielt die Hand so, daß er das Pflaster sah.

»Konnte nicht schreiben.« Ich knibbelte eine Ecke los. »Hab mich verletzt.«

Vorsichtig zog ich es ab. Der Ballen war rot angeschwollen, und die Wunde hatte eine Kruste aus geronnenem Blut, die sie breiter erscheinen ließ, als sie war. An den Rändern quoll etwas Eiter hervor, und ich hielt die Finger leicht gekrümmt, als wären auch die Sehnen schon entzündet.

Godtschewski machte große Augen, blies die Backen

auf. Schüttelte den Kopf. »Aber du bist doch Rechts-
händer.«

Er grinste, und auch ich verzog den Mund; doch
stockte mir der Atem. Ich fühlte eine jähe Hitzewelle
im Gesicht, und dann wurde mir flau, und ich nahm
nichts mehr wahr von dem Zischen und Flüstern
ringsum, dem Blättern in Büchern. Ich starrte meine
Hände an, als gehörten sie nicht zu mir. Die Klinge mit
links zu fassen, um mir damit in die Schreibhand zu
schneiden – daran hatte ich überhaupt nicht gedacht,
nicht eine Sekunde lang, und ich klebte das Pflaster
unter die Bank und sah mich um. Dey stand zwei Reihen hinter mir.

Ich reckte den Arm hoch, schnippte mit den Fingern.
Er hob den Kopf. An seinem Schlips war Kreide; er
hatte graue Haare in der Nase. »Und?«

»Darf ich austreten?« Meine Stimme klang zittrig.
»Mir ist schlecht.«

Er griff in die Brusttasche seines Sakkos, zog eine rand-
lose Brille hervor. Jetzt schienen seine Augen zu funkeln, und nachdem er mich gemustert hatte, blickte er
rasch einmal auf mein Heft. »Dann geh aufs Klo. Aber
in zwei Minuten bist du wieder hier.«

Die Flure waren menschenleer, und im Treppenhaus
hallte das Klatschen meiner Sohlen auf dem Boden wie
hoch über mir. Das glatte Holz des Geländers war
angenehm kühl. Ich wollte nicht über den Schulhof
gehen, wo die ganze Klasse mich sehen konnte, und
rannte unter dem Vordach der Turnhalle zum Tor,
vorbei an einer langen Wand aus Glasbausteinen.
Stimmen dahinter, das Rufen und Kreischen von Mäd-

chen, die Völkerball spielten, und manchmal sah ich ein schwarzes Sporthemd oder einen Arm, ein Bein, verzerrt wie hinter klarem Eis.

Ich lief in das Wäldchen am Siedlungsrand, einer jungen, auf Schutt- und Schotterhalden angelegten Pflanzung, und auch hier war niemand um die Zeit. In der Senke zwischen den Holunderbüschen gluckerte der Bach, ein rostfarbenes Rinnsal, das durch ein Betonbett flitzte, und ich sprang mal an das linke, mal ans rechte Ufer und hielt nach Fröschen Ausschau. Insekten tanzten in den Sonnenstrahlen, die schräg durchs Laub brachen, und weiter oben hatte jemand aus einem dicken Korken und Teilen einer Zigarrenkiste ein Wasserrad gebaut. Es drehte sich so schnell in der Strömung, daß sich eine kleine weiße Gischtwolke bildete, vom Hauch eines Regenbogens überwölbt.

Als ich an das Baumhaus der Kleekamp-Bande kam, blieb ich einen Moment lang ruhig stehen. Kein Laut, keine Stimmen, und vorsichtshalber warf ich einen Stein auf das Dach, die Pappe; doch niemand reagierte. Das Haus stand auf zwei nicht sehr hohen, krumm ineinander verwachsenen Eichen, und wenn man sich an dem untersten Ast hinaufgezogen hatte, konnte man die anderen wie eine Treppe benutzen. Vor dem Eingang befand sich eine kleine Plattform, darauf ein Kasten voll verdorrter Wicken, und an dem Vorhang, einer löcherigen Wolldecke, hing ein Pappschild mit der Aufschrift: »Wer hier reinget ist Tod.«

Sie hatten sogar eine Kochstelle in dem Haus, einen ausgehackten Hohlblockstein, und auf den Bänken ringsum standen Plastikteller, ausgespülte Senfgläser und eine Radkappe, der Aschenbecher. In der Ecke hing ein Eimer, in dem eine Bratpfanne ohne Griff, ein Feuerhaken und ein paar Löffel steckten, und auf den abgesägten Ästen klebten Kerzen, meistens Stummel, über denen die Decke schwarz verrußt war. Ich kramte in der Kiste unter dem Fensterloch, fand aber nur ein paar leere Bierflaschen und eine Nummer der St.-Pauli-Nachrichten, die ich schon kannte. Trotzdem blätterte ich sie durch. Fast alle Frauen hatten Brüste wie Frau Latif, unsere Kunstlehrerin, die einen manchmal damit berührte, wenn sie sich herunterbeugte, um etwas zu verbessern. Das Papier färbte mir die Fingerspitzen.

Ich rieb sie an der Hose ab, als ich plötzlich etwas hörte unter mir, ein Knacken und Rascheln. Durch den Boden zu blicken, durch die Ritzen und Löcher, war zwar möglich. Doch sah ich niemanden, kroch zum Eingang und schob den Vorhang, nur den unteren Zipfel, ein wenig zur Seite. Büsche und Bäume, ein Schmetterling im Farn. Silberne Spinnenfäden. Und doch mußte jemand dort unten sein; wie Knöchelchen knackten kleine Äste unter Schuhen, die sicher keinem Kind gehörten; schon gar nicht einem, das Indianer spielte. Ein Vogel flog aus dem Gras in die Erlen und ließ ein wütendes Zetern hören.

Dann war es plötzlich still, und ich, immer noch auf allen vieren, rührte mich nicht. Mein Puls hämmerte in den Ohren. Schließlich hörte ich ein Plätschern und Pläddern, immer wieder verschieden in der Tönung, als würde Wasser auf altes Laub, weiches Moos oder harten Sandboden fallen, und schon wehte der Geruch frischer Pisse zu mir hoch. Gleich darauf sah ich einen hellblonden Haarschopf und hörte das Geräusch eines Reißverschlusses, die feinen Zähnchen.

Der Mann kratzte sich die kahle Stelle am Hinterkopf und blickte über das Gelände vor den Eichen, über Haufen Bauschutt, zwischen denen ein verbranntes Isetta-Wrack stand. Die Ledertasche, die er trug, war alt und zerschrammt, und als er sich bückte, sah ich die Schuppen auf den Schultern seiner Jacke. Er hob ein blaues Kachelstück auf und warf es auf einen Gurkeneimer in der Mitte der Lichtung. Der war so rostig, daß die Scherbe das Blech glatt durchschlug.

Vielleicht stand er nicht lange unter dem Baum, aber mir kam es endlos vor. Das lautlose Atmen machte Mühe, die Nase war vom Weinen noch verstopft. Meine Hand, die Wunde, pochte, und obwohl die Knie auf den harten Brettern schmerzten, blieb ich reglos, um mich nicht zu verraten. Es knackte aber trotzdem, ein Windstoß hatte die Dachpappe bewegt, und der Mann schien zu stutzen, blickte sich um. Und dann, als wäre ihm erst jetzt eingefallen, daß auch über ihm jemand sein könnte, hob er langsam, fast vorsichtig, den Kopf. Die Stirn lag in Falten, die Brauen waren gewölbt, und aus meiner Sicht schien es, als wüchsen seine Schuhspitzen unter dem Kinn hervor. Der Kragen seines Nylonhemds hatte einen Rand.

Ich wußte, daß er mich nicht sehen konnte in meiner dunklen Höhle; ich hatte selbst oft geglaubt, das Baumhaus wäre leer gewesen, und dann, kaum war der Vorhang gelüftet, stand man im Hagel der Geschosse, die aus Rohren, Fletschen oder Erbsenpistolen auf einen abgefeuert wurden. Und es lag wohl daran, daß ich das Gesicht des Mannes, den dünnen Mund, die schmale Nase und die hellen Augen verkehrt herum sah – jedenfalls erkannte ich erst an der Stimme, dem zwar gedämpften, aber doch barschen »Komm da runter!«, daß es Herr Gorny war, unser Hausbesitzer.

Ich sagte nichts, atmete kaum. Er konnte mich nicht sehen. Und daß er sich an den unteren Ästen der Eiche emporhangeln würde, war unwahrscheinlich. Sie waren zu dünn für einen Erwachsenen. Also verhielt ich mich still und bewegte den Kopf keinen Millimeter, um ihn nicht aus dem Blick zu verlieren in dem Bretterspalt. Warum er um diese Zeit in der Heide war statt unter Tage – der Gedanke kam mir nicht vor Angst, gefragt zu werden, weshalb ich nicht in der Schule saß. Er zog etwas Rotz hoch, machte einen Schritt zur Seite, und auch ich bewegte den Kopf, blickte durch die nächste Lücke.

Seine Nase war etwas nach links gebogen, und die Augen standen eng beieinander – was meine Mutter nicht leiden mochte. Solche Augen sind ein Zeichen von Dummheit, sagte sie immer, wenn es Ärger mit ihm gab, wie vor kurzem, als er meinem Vater verboten hatte, einen Taubenschlag auf dem Dach einzurichten. Außerdem machte er immer einen Mund, als wollte er die Innenhaut der Lippen durch die Zahnritzen ziehen, auch jetzt, während er jedes Astloch und jeden Spalt im Boden zu mustern schien. Dabei hielt er eine Hand in der Hosentasche und kramte darin herum, als suchte er etwas. Ich hörte Münzen oder Schlüssel.

Schließlich spuckte er aus, einen winzigen Tropfen, und ging über die Lichtung davon. Er schien keine Eile zu haben, und als sein Kopf hinter den Hügeln, dem Schutt voller Unkraut, verschwunden war, zählte ich leise bis zwanzig. Erst dann stieg ich vom Baum. Der Urinfleck an der Rinde sah aus wie der Schatten eines Grabsteins, und ich öffnete meine Shorts und pißte über seinen Rand hinaus.

Hinter der Heide gab es einen Kinderspielplatz, und ich setzte mich auf eine der Schaukeln. Doch meine Beine waren zu lang geworden, um wirklich hoch hinauszukommen; sobald ich sie anwinkelte, bremste ich mich ab. Ich ging zum Kiosk und sammelte die Kippen vor den Stufen ein. Dasselbe machte ich an der Bushaltestelle und bog dann auf den schmalen Pfad zwischen Siedlung und Feld. Das Gras strich mir über die Waden, die Blätter des Klatschmohns waren kühl. Ich setzte mich auf den verrosteten Garbenbinder, der dort stand, und bröselte den Tabak auf ein Stück Zeitungspapier, was eine dicke, viel zu luftig gedrehte Zigarette ergab; ich sog mir die Flamme in den Mund.

Es schlug zwölf, als ich mich auf den Heimweg machte, immer an den Gärten entlang. Aus den offenen Küchenfenstern kam das Klappern von Geschirr und Besteck, bei den Kaldes roch es nach Maggi-Sauce, bei Urbans nach Zwiebeln, und ich schaffte es, unsere Haustür zu erreichen, ohne jemandem aus der Klasse zu begegnen. Aus irgendeinem Grund erschienen mir die Treppenstufen höher als sonst. Die Wohnungstür war offen. Meine Mutter stand vor der Anrichte, schichtete gekochte Nudeln in eine Kasserolle und ant-

wortete nicht auf mein leises, fast nur gehauchtes
»Hallo«. Jedenfalls nicht mit einem Gruß.

»Wasch dir die Hände!«

Sie sah kaum auf von ihrer Arbeit, und ich nickte,
rührte mich aber nicht. Mein Speichel schmeckte selt-
sam, fast faulig, und ich kratzte an dem Schorf der
Wunde herum, die plötzlich juckte. Die Gläser im
Schrank zitterten leicht, als ein Auto am Haus vorbei-
fuhr, ein Lastwagen wohl. Auf dem Sofa stand meine
Tasche, und in der Obstschale lag das Rechenheft.
Meine Mutter blickte sich um. Eine dunkle Strähne
baumelte vor ihren Augen, und sie strich sie mit dem
Handrücken zur Seite. »Wirds bald?!«

Im Bad drückte ich die Tür zu und wollte den Schlüssel umdrehen, doch sie hatte ihn abgezogen. Ich trank
einen Schluck Wasser aus der Leitung und setzte mich
auf die Toilette, weil ich plötzlich Durchfall bekam,
wenig nur. Es war auch nicht so laut, wie ich es mir gewünscht hätte. Dann zog ich an der Kette und seifte
mir die Finger ein, was etwas länger dauerte, weil das
alte, schon etwas rissige Stück nicht richtig schäumte.
Ich spülte sie ab, wusch sie erneut, und während ich
nach dem Handtuch griff, betrachtete ich mein Gesicht im Spiegel. Es war blaß, fast so blaß wie das
meiner kleinen Schwester voriges Jahr, nach der Ope-
ration. Ich öffnete den Schrank und nahm die Feile
heraus, reinigte mir die Nägel. Doch war ich noch
beim ersten Daumen, als meine Mutter auf die Klinke
drückte – so abrupt, als hätte sie mit der Faust darauf
geschlagen.

Sie neigte den Kopf ein wenig, und ihre Brauen, die

angemalten Bögen, stießen fast zusammen über der Nasenwurzel. Ich ging an ihr vorbei in den Flur und hörte noch, wie sie den Schlüssel, wohl in der Schürze verborgen, wieder ins Schloß steckte. Im Wohnzimmer stellte ich das Radio lauter, und einen Moment lang kam es mir vor, als ob sich die Schritte meiner Mutter entfernten. Doch dann war sie plötzlich hinter mir und stieß mich über die Schwelle in die Küche, wo es nach süßer Tomatensauce und frisch gehackter Petersilie roch. »Wieso bist du aus der Schule fortgelaufen?«

Sie kramte in der Lade, zog einen Holzlöffel hervor. Um meinen Mund herum war alles so weich, daß ich kaum ein Wort formen konnte. Trotzdem hatte sie mich verstanden. »Na und? Warum sollte er dich *nicht* schlagen. Wenn du keine Hausaufgaben machst, geschieht dir das recht. Bei uns wars auch nicht anders.« Sie drehte sich um und drückte die Zigarette aus, die im Aschenbecher qualmte. Ihr Blick kriegte etwas Starres, Stieres, als sähe sie mich gar nicht, und dann griff sie mir auch schon in den Nacken, legte mir die Hand wie eine Zwinge ums Genick.

Obwohl ich gerade gepinkelt hatte, verlor ich beim ersten Schlag etwas Urin und ließ mich auf den Boden fallen. Gewöhnlich prügelte sie so lange, bis sie nicht mehr konnte, und auch jetzt war sie nicht zu erweichen durch mein Schreien, das mit jedem Schlag mehr einem Kreischen glich. »Bitte nicht! Mutti nicht!« Sie wurde immer schneller, wie beim Teppichklopfen, traf auch schon mal den nackten Oberschenkel, und als der Kochlöffel zerbrach, machte sie mit der Hand weiter. Erst als es klingelte, ganz kurz nur, und Frau Gorny nach ihr rief und sie durch den Spalt der offenen Wohnungstür um eine Tasse Mehl bat, ließ sie ab von mir, stieß die Splitter mit der Schuhspitze unter den Herd und drehte sich um. »Aber sicher, Trudchen, einen Moment. Komm doch rein!« Sie kühlte ihren Arm unter fließendem Wasser, und ich stand auf und ging in die Stube, stellte das Radio aus.

Wespen hatten sich auf den Teller gesetzt, tranken von einem Tropfen Milch, und ich drückte die Füße gegen die Balkonbrüstung und blickte in den Himmel. Ein Flugzeug zog ein Transparent durch das wolkenlose Blau. Männer wie wir: Wicküler Bier! Auf der Terrasse hörte ich die Gorny-Kinder streiten. Es ging um Fleischwurst oder Honig, wie immer. Bei den Gornys gab es nie etwas anderes. Dazu graues Brot und Muckefuck, jeden Morgen, jeden Abend, und Frau Gorny, die aus Österreich kam und sehr dick war, nahm ihren Kindern die Wurst weg, den ganzen Ring, zerriß ihn in mehrere Teile und legte sie auf die Frühstücksbretter. Dann war Ruhe.
Obwohl ihnen das Haus gehörte, lebten die Gornys beengter als wir. In dem gleichen kleinen Zimmer, das Sophie und ich uns teilten, schliefen alle vier Kinder, zwei Mädchen, zwei Jungen, und sie hatten auch kein Wohnzimmer wie wir, also keine Sessel oder Sofas, keine Schrankwand, sondern nur zwei Tische und ein paar Eckbänke, wie sie sonst in Küchen stehen. Man konnte die Sitzflächen hochklappen, und darunter waren Wolldecken und Spiele verstaut, Mensch ärgere

dich nicht, Mikado, Monopoli. Hinter dem Fernseher in der Ecke stand Herr Gornys Akkordeon, auf dem er sonntagnachmittags oder an Geburtstagen spielte. Dann mußten alle Kinder mitsingen, und anschließend gab es dicke Kuchenstücke, Buttercremetorte, in die Frau Gorny manchmal Blutwurst rührte, wegen der Schokoladenfarbe.

Zwar arbeitete Herr Gorny auch auf der Zeche, aber er kam selten müde von der Schicht. Jedenfalls nicht so müde wie mein Vater, der sich nach dem Essen immer gleich hinlegte, und Onkel Harald, der Schwager meiner Mutter, der im Betriebsrat war, schüttelte nur den Kopf, wenn von ihm gesprochen wurde. »Die faule Sau! Drückt sich hinter den Loren rum und läßt die anderen schuften. Unter Tage gibt es schon einen Witz: Was macht der Gorny kurz vor Feierabend? Er zieht die Hände aus den Taschen.«

Doch er war der Hausbesitzer, und wenn mein Vater schlief, mähte er den Rasen, flocht Rosen ins Gatter, veredelte Obstbäume. Oder er beobachtete seine Kinder beim Unkrautjäten, Schuheputzen oder Brennholzstapeln. Die Scheite mußten genau im Verbund liegen, die Stiefelspitzen durften nicht über den Rand des Regals ragen, und Gnade Gott, wenn ein Kind eine Vier nach Hause brachte. Dann mußte es sich im Keller über den Sägebock legen, die Hose in den Knien, und er zog seinen breiten Gürtel aus den Schlaufen. Er schlug ganz ruhig und gezielt, man hörte das Klatschen im Garten. Doch selten mehr als vier oder fünf Mal.

Hinter mir wurde der Vorhang zur Seite gerafft; die

Ringe ratschten durch die Führung. Doch ich blickte mich nicht um, auch nicht, als jemand gegen das Glas klopfte. Die Fensterrahmen waren frisch gestrichen und von der Sonne etwas zusammengebacken. Sie knackten laut, als Marusha an den Griffen zog. »Mach Platz, du Ratte!«

Ich rückte mit dem Stuhl zur Seite, und sie setzte sich auf das innere Brett, winkelte die Beine an und drehte sich auf dem Po. Sie trug eine rote Turnhose und ein Männerunterhemd ohne Ärmel und stellte ihre Füße auf unseren Tisch. »Na du? Sagt man nicht guten Morgen?«

Ich nickte. Das Hemd spannte sich über dem Busen, das Gewebe schien dort dünner zu sein, und obwohl sie erst fünfzehn war, hatte sie viele dunkle Härchen auf den Unterarmen. Sie verschränkte sie vor den Knien und gähnte. Dabei warf sie den Kopf in den Nacken, und ich konnte ihre Zahnfüllungen sehen, zwei. Nein, drei. »Mein Gott, hab ich beschissen geschlafen. Diese Hitze in dem Zimmer! Wie im Brutkasten. Hast du mal 'ne Zigarette?«

»Wieso läßt du nicht das Fenster offen?«

Die braunen Locken waren zerzaust. »Damit du bei mir einsteigst, was?«

»Ich? Wieso? Was sollte ich bei dir?«

Mit Daumen und Zeigefinger einer Hand rieb sie sich etwas Schlafsand aus den Augen. Irgendwie roch sie nach Vanille. »Das würd ich dir schon zeigen ... Was ist jetzt mit der Kippe?«

Ich schüttelte den Kopf. Ich mochte die Sommersprossen auf ihrer Nase und die kleine Mulde am Kinn, und auch die bläulichen Schatten unter ihren Augen gefielen mir. Sie war anders als ihre Geschwister, die alle glatte blonde Haare hatten, wie Herr Gorny. Doch der war auch nicht ihr richtiger Vater. Der nannte sie Maria. Sie zeigte in unsere Küche, auf die Anrichte neben der Spüle. »Und was ist das?«

»Die gehören meiner Mutter. Kannst sie ja fragen, ob sie dir eine gibt.«

Sie schloß kurz einmal die Augen und schmatzte leise, verzog das Gesicht. »Hab vielleicht einen Geschmack im Mund … Laß bloß die Finger vom Alkohol, das sag ich dir!«

»Wovon? Ist mir viel zu bitter.«

»Hast also schon probiert.«

»Nein. Nur einen Schluck Bier von meinem Vater.«

»Und hinterher schweinische Lieder gesungen, was? Fahrt ihr eigentlich in Urlaub?«

Ich verneinte. Zwischen ihren Zehen war ein bißchen Schmutz.

»Und wieso nicht?«

»Warum sollten wir. Ihr fahrt ja auch nicht.«

»Weil wir ein Haus abbezahlen müssen, Kleiner. Aber ihr habt doch Geld, oder? Deine Mutter raucht täglich zwei Schachteln.«

Ich tippte mir an die Schläfe. »Gar nicht!« Doch meistens rauchte sie sogar mehr. »Vielleicht muß sie ins Krankenhaus. Und deswegen können wir nicht weg.«

Marusha pfiff durch die Zähne. »Wohin? Oha. Kriegst du noch ein Brüderchen?«

»Quatsch! Sie hat es mit der Galle.«

»Ach, so nennt man das jetzt.« Sie streckte den Arm
vor. »Gib mir mal die Hand. Nein, die andere.«
»Wozu?«
Sie schloß die Finger fest um das Gelenk. »Weil ich dir
jetzt die Zukunft voraussage.« Sie sah mir gerade ins
Gesicht, und ich schluckte, wich zurück. Doch Marusha war stärker, faßte blitzschnell nach, ihre Silber-
ringe taten weh. Der Stuhl stand nur noch auf zwei
Beinen. »Hör zu, mein Süßer.« Sie sprach gedämpft,
ohne die Zähne auseinander zu nehmen. »Du holst
mir nämlich jetzt sofort 'ne Zichte und Streichhölzer
dazu. Oder ich erzähl deiner Alten ...« Sie hob eine
Braue. »Du weißt schon, was!«
Auch um ihre Mundwinkel herum wuchs hauchfeiner
Flaum. Sogar in der Mulde zwischen ihren Brüsten.
Ich verzog das Gesicht, nickte, und sie sah mir noch
einmal drohend in die Augen, leckte sich die Unterlippe. Dann gab sie mich nicht einfach frei; sie ließ die
Fingernägel fest auf meiner Haut, so daß ich mich
selbst kratzte, als ich ihr den Arm entzog.
Ich machte einen Schritt über die Schwelle und dachte
daran, einfach in der Wohnung zu verschwinden.
Sophie plapperte im Bad. Aber dann klopfte ich doch
eine Chester aus der Schachtel und kramte nach
Zündhölzern in der Lade. Es gab ein paar Briefchen
von Kleine-Gunck oder Grobe darin, Tanzlokalen an
der Bottroper Grenze, doch ich nahm ein grünes vom
Wienerwald und wollte wieder zurück, als meine
Mutter in die Küche kam.
»Was gibt das denn!« Sie hängte ihre Handtasche an
die Klinke, zeigte auf meine Hose. »Hab ich dir nicht

gerade gesagt, daß du sie ausziehen sollst? Ich will die Waschmaschine anstellen.«

Ich langte hinter mich, legte alles auf die Anrichte zurück. »Aber welche soll ich denn anziehn? Hab doch nur die!«

Meine Mutter runzelte die Stirn, blickte rasch einmal auf den Balkon. »Quatsch! Was redest du denn! Der ganze Schrank ist voll Hosen.«

»Aber nur kurzen!«

Marusha nahm die Füße vom Tisch und stellte sie auf ihre Fensterbank. »Hallo, Frau Collien!« Die Stimme war viel heller jetzt, irgendwie kindlich, und sie strich sich die Haare zurecht.

»Guten Morgen.« Meine Mutter verzog die Lippenwinkel, die Andeutung eines Lächelns. Und wieder zu mir: »Natürlich kurze, was denn sonst. Es ist Sommer!«

»Aber meine Kumpel tragen lange Hosen! Fast alle!«

»Ach, daher weht der Wind!« Amüsiert schüttelte sie den Kopf. »Mein Sohn will erwachsen werden ...« Sie zeigte auf die Flecken an meinen Knien. »Aber dann mußt du dich auch so benehmen, Freundchen. Große Männer rutschen nämlich nicht im Gras herum. Jedenfalls nicht in Hosen.« Sie zwinkerte Marusha zu, und das Mädchen kicherte, ein silberheller Laut. »Also runter mit der Buchse!«

»Ja. Gleich.«

»Nein, sofort! Ich muß los.«

Sie zeigte auf die offene Klappe der Constructa, und ich nickte, wollte an ihr vorbei ins Wohnzimmer. Doch packte sie mich beim Hemd. Ihr Kopf wurde rot, und sie verengte die Augen und schob die untere Zahnreihe vor. Sprach aber ganz leise. »He! Bist du schwerhörig? Zieh die verdammte Hose aus, sag ich!«

»Ja!« Abwehrend hob ich einen Arm. »Ich geh doch schon.«

»Wieso? Wohin willst du denn gehen? *Hier* steht die Maschine! Ihr macht mich noch rammdösig alle.«

Sie griff nach meinem Gürtel, und ich wich zurück. Doch zog sie mich mit einem Ruck ins Sonnenlicht, ein schräges Feld, öffnete die Schnalle und den Reißverschluß und zerrte die Hose hinunter, bis über meine Knie. Sand rieselte aus den Taschen.

Dann ging sie in die Hocke, und ich hielt mich an ihrer Schulter fest und stieg erst mit dem linken, dann mit dem rechten Bein aus dem Stoff, wobei ich kurz einmal zu der Nachbarin blickte.

Der alte Schlüpfer, grauer Feinrips, war ausgeleiert und gestopft; der Hosenboden hing tief zwischen den dünnen Schenkeln, und meine Mutter drückte die Klappe der Maschine zu und stellte das Programm ein. Der Wasserschlauch zuckte.

Marusha, die mich ruhig und ernst betrachtet hatte, räusperte sich und lächelte jäh. »Gehen Sie aus, Frau Collien?«

Meine Mutter schüttelte den Kopf, richtete die Manschetten ihrer Bluse. »Schön wärs ...« Sie nahm das halbvolle Zigarettenpäckchen von der Anrichte und warf es dem Mädchen zu. Das hob zwar die Brauen und öffnete wie fassungslos den Mund, schnappte es aber mit einer Hand. »Verpetz mich nicht, hörst du.«

Dann schnippte sie mit den Fingern und zeigte auf das Briefchen aus dem Wienerwald. »Na komm, sei ein Gentleman. Gib der Dame Feuer!«

Meine Schwester kniete auf dem Sofa und schnitt Figuren aus einem alten Katalog aus. Klingel, Pforzheim. Sie machte es ziemlich grob, und ich erledigte die Feinarbeit, die Stellen unter den Armen oder zwischen den Beinen der Modelle, mit der Nagelschere. Überall auf dem Teppich lagen weiße oder himmelblaue Schnipsel, auf manchen standen Preise oder »Echt Trevira!«, und Sophie blickte auf. Sie trug keine Brille. Sie trug sie fast nie.
»Ich hab Hunger. Du auch?«
»Ja. Soll ich uns ein Brot schmieren?«
»Nein. Ich möchte Stampfkartoffeln mit Tomatensoße.«
»Dann mußt du warten, bis die Mama kommt.«
»Wieso? Du bist doch groß, du kannst mir auch was kochen.«
»Nein, kann ich nicht. Du weißt, daß ich kein Feuer machen darf. Also, was jetzt: Wurst oder Käse?«
»Himbeermarmelade, aber später. Ich muß noch die Handwerker ausschneiden. Guck mal, der Dicke hier, wie Opa Jupp.« Die Zunge hinter der Oberlippe, kurvte sie mit der Schere um die Figur und seufzte leise, als sie aus dem Blatt fiel. »Geschafft.« Dann wischte sie sich mit dem Handrücken über die Schläfe. »Du, Julian? Warum fahren wir eigentlich nicht in die Ferien?«

Ich zuckte mit den Achseln. »Weil wir kein Geld haben, nehme ich an.«

»Wieso? Der Papa verdient doch jede Woche!«

»Aber das geben wir auch wieder aus; wir müssen ja essen. Und dann haben wir Schulden. Die Möbel, der Fernseher und all die Schuhe und Kleider hier aus dem Katalog. Wir wachsen zu schnell, sagt die Mama.«

»Was sind Schulden?«

»Na, alles, was du bezahlen mußt. Du hast zum Beispiel noch welche bei mir, die fünf Pfennig für das Brausepulver.«

»Das war alt! Es hat überhaupt nicht mehr geprikkelt ... Aber sag mal, in meiner Klasse fahren alle in die Ferien; haben die denn keine Schulden?«

»Woher soll ich das wissen? Paß auf, ich verrat dir einen Trick.« Ich riß eine Figur aus dem Katalog und schnitt ihr den Kopf ab. Er trudelte vom Tisch, und Sophie kicherte.

»Was machst du?«

Es war ein Mann in einem herbstfarbenen Anzug, und rasch schnitt ich ihn genauer aus. »Schau her: Wenn du an den Schultern zwei Laschen läßt, so, kannst du sie umknicken und den Anzug vor eine andere Figur hängen. So gibst du ihnen immer neue Kleider.«

»Aber das ist eine Frau! Die trägt doch keinen Schlips.«

»Wieso nicht? Und dem Maurer da hängst du ein Nachthemd über.«

»Ein durchsichtiges? Man sieht den Büstenhalter.«

»Macht doch nichts.«

Sie lachte breit. Dabei kriegte sie ein kleines Doppelkinn und war auch nicht mehr so blaß wie sonst. Ich blickte zur Schrankuhr.

»Schon zwei, verdammt. Sie wollte längst hier sein.«

»Vielleicht kauft sie uns was. Geh doch einfach!«

»Du bist gut. Du weißt nicht, wie so'n Kochlöffel schmeckt. Willst du nicht mitkommen? Ich mach uns ein Brot für unterwegs, und wir könnten ...«

Sie schüttelte den Kopf. »Es stinkt in eurem Club; ich will da nicht hin. Der Dicke ist doof, der schubst mich immer rum.«

»Nicht, wenn ich dabei bin. Ich muß die Tiere füttern, verstehst du. Ich bin dran. Die haben genau so'n Hunger wie du.«

Sie schob ein paar ausgeschnittene Möbel auf der Glasplatte herum: Nierentische, Cocktailsessel, Musiktruhen. »Ich hab mehr Hunger. Machst du mir breite Nudeln? Man kann sie auch mit Zucker essen.«

»Ich hab dir doch gesagt, daß ich den Ofen nicht anzünden darf! Aber vor dem Tierclub gibts 'ne Feuerstelle. Wir nehmen uns ein paar Kartoffeln mit und rösten sie, wie voriges Jahr im Zeltlager, weißt du noch?«

»Ja?« Sie blickte auf. Die rötlichen Locken waren über der Stirn mit einer Spange zurückgesteckt, drei Johannisbeeren aus Plastik, und wieder schüttelte sie den Kopf, verzog das Gesicht. »Wieso machen wir denn keine Reise, Julian? Alle in meiner Klasse fahren weg.«

Ich spürte, daß sie gleich weinen würde. »Das glaub ich nicht. Das sagen die nur, um anzugeben. Von meinen Kumpels verreist auch keiner. Die sind alle hier, im Tierclub.«

»Quatsch! Nur der Dicke ist da und die blöden Marondes. Die haben mir eine Möhre in den Schlüpfer gesteckt.«

»Was?! Das war doch nur Spaß.«

»Gar nicht. Eklig war das. Erde klebte dran und so ein Tier!«

Die ersten Tränen fielen auf die ausgeschnittenen Figuren. »Ich will jetzt in die Ferien! Ich hab eine Sonnenbrille, einen Badeanzug, und der Papa hat mir den roten Koffer geschenkt. Warum fahren wir denn nicht?«

»Na komm …« Ich blickte noch einmal zur Uhr. »Du hast Hunger. Hör doch auf zu weinen. Wohin willst du denn?«

Doch sie weinte nur noch mehr. Sie ließ sich zurückfallen, in die Kissen, und legte sich einen Arm über die Augen. »Weiß ich doch nicht! Wo's Pferde gibt. Und einen See zum Schwimmen.«

»Wir könnten ans Baggerloch fahren.«

»Nein! Da sind Scherben drin!«

»Stimmt, hab ich vergessen. Aber jetzt hör doch auf zu weinen, bitte! Es gibt überhaupt keinen Grund. Wisch dir die Tränen weg. Wisch sie weg. Vielleicht schickt die Mama uns ja zur Stadtranderholung.«

Sophie schniefte. »Wieso?« Sie zog einen ihre Teddys unter dem Kissen hervor, den kleinen zotteligen. Er hieß Muck. »Wir wohnen doch am Stadtrand!«

»Klar, ich weiß. Aber es gibt noch einen anderen, mit Schwimmbädern, Ponyreiten und Sackhüpfen und so. Vielleicht können wir da hin. Soll ich dir Maigret singen?«

Sie mochte es, wenn ich die Titelmelodie der Serie auf meine Art sang, in einem Phantasie-Französisch. Ich konnte gut näseln. Doch jetzt reagierte sie nicht, nichtmal mit einem Kopfschütteln. Sie schien zu lauschen. Eine Träne tropfte von ihrem Kinn.

Auch ich hörte die Haustür, das Geräusch der Schlüssel, und dann die Schritte meiner Mutter auf der Treppe, viel langsamer als sonst, und rasch strich ich die Schnipsel vom Tisch, zupfte sie von der Couch. Doch manche fielen mir wieder durch die Finger.

Sophie wischte sich mit einer Pfote ihres Teddys über die Augen, und unsere Mutter öffnete die Tür und blickte sich im Zimmer um, müde. Dabei streifte sie ihre Pumps von den Füßen, ließ sie einfach stehen. Sie hatte ein kleines Pflaster auf dem Handrücken. »Na ihr? Habt ihr was gegessen?«

Ohne eine Antwort abzuwarten, ging sie in die Küche. Sie riß ein Zündholz an, und kurz darauf wölkte Rauch herein, und meine Schwester stand auf. »Ich möchte Kartoffelpuffer mit Marmelade. Und Erdbeermilch, aber gut verquirlt. Hör mal, der Julian hat gesagt, wir könnten zur Stadtranderholung. Stimmt das?«

Die Kostümjacke über dem Arm, ging meine Mutter durchs Zimmer. Ihre Nylonstrümpfe machten feuchte Abdrücke auf dem Stragula, und sie griff hinter sich, zog den Reißverschluß auf und wand sich mit ein, zwei Hüftbewegungen aus dem grauen Rock. »Warum hat die Kleine geweint?«

Sie blickte mich an. Die Finger voller Schnipsel, hob ich die Schultern, schluckte, und sie machte einen

Schritt auf den Teppich, hielt mir eine Hand hin. Ich gab ihr das Papier. Ein Knopf an ihrem Strumpfhalter hatte sich gelöst. »He, was ist mit deinen Ohren? Warum Sophie geweint hat, will ich wissen!«

Im Licht waren ihre Augen blau, dunkelblau; doch in dem schattigen Wohnzimmer schienen sie so schwarz wie die von dem Teddy.

Meine Schwester bohrte in der Nase. »Nichts, Mama, es war nichts. Er hat mich nicht geärgert. Ehrlich. Ich wollte nur was essen. Wann kommt denn der Papa?«

Der Konsum lag am anderen Ende der Siedlung, ich mußte durch die ganze Flöz-Freya-Straße, die Flöz-Röttgers- und die Herzogstraße gehen, und der Weg kam einem schon deswegen endlos vor, weil alle Häuser gleich aussahen. Alle hatten schmale Vorgärten, zwei Ziegelstufen, die zu den grün gestrichenen Türen führten, ein weiß verputztes Erdgeschoß und einen grauen ersten Stock, und jedes stand etwas versetzt zum nächsten. So war die Flöz-Freya-Straße nur scheinbar gerade; drehte man sich um, sah sie mit ihren gestaffelten Giebeln wie ein weit auseinandergezogenes Akkordeon aus.

In dem einzigen Gebäude mit Flachdach befand sich der Konsum, Spar. Der schwarze Verputz war so rauh, daß man daran Styroporstücke zu feinem Schnee zerraspeln konnte. Ich brachte die leeren Flaschen in die Getränkeabteilung und kaufte für fünfundzwanzig Pfennig Zwiebeln. »Aushilfe gesucht!« stand auf einem Schild neben der Waage. »Nur schriftliche Bewerbungen!«

Kleine Würfel Gouda lagen als Kostproben auf der Käsetheke, und ich aß ein paar und steckte mir die Fähnchen ein. Doch während ich zur Kasse ging, las ich auf der Tüte, daß die Zwiebeln zweiunddreißig Pfennig kosteten, und machte noch einmal kehrt. Die Verkäuferin, die Äpfel mit einem Staubtuch polierte, blickte zur Decke, wo neuerdings konvexe Rundspiegel hingen. Die Silberreifen an ihrem Handgelenk klirrten.

»Entschuldigung, ich soll für fünfundzwanzig Pfennig Zwiebeln bringen.«

Sie runzelte die Stirn. »Wieso? Hab ich dir Zitronen gegeben?«

Ich grinste, zeigte ihr den Betrag auf der Tüte.

»Ja, und? Soll ich die Dinger zerschneiden?«

»Nein.« Ich hielt ihr den Pfandzettel hin. »Aber ich hab doch nur fünfundzwanzig Pfennig.«

Sie zog einen Mundwinkel tief in die Wange. Dann nahm sie eine besonders dicke Knolle heraus, wog alles noch einmal und beschriftete die Tüte neu. Achtzehn Pfennig. »So, und jetzt laß mich in Ruhe. Hab schließlich noch anderes zu tun.«

Unter dem Silber war ein rötlicher Ausschlag. Wieder blickte sie zur Decke, und ich bedankte mich und bog um die Kühltruhe, in den Gang voller Konserven, Nudeln und Gebäck. Vor dem Regal mit Süßigkeiten standen die beiden Marondes. Karl, der ältere, das Gesicht voller Pickel, grinste mich an und wies mit einer Kopfbewegung auf seinen Bruder. Franz hatte eine

Schachtel Pralinen aufgerissen, Edle Tropfen, und stopfte sich eine nach der anderen in den Mund. Man konnte die Form der Stücke durch die Backe hindurch erkennen, und wenn er schluckte, klang das, als müßte er sich gleich übergeben. Trotzdem stopfte er weiter, die Schachtel war fast leer, und auch sein Bruder griff ins Regal und hielt mir eine Handvoll Schokoriegel hin, Milky Way.

Ich schüttelte den Kopf. Mit dem Daumen wies ich hinter mich, zum Gemüsestand, und wollte an den beiden vorbei; aber der Gang war schmal, Karl steckte mir die Riegel einfach ins Hemd und drehte sich weg. Ich riß die Augen auf und beschimpfte ihn lautlos, jeder Muskel in meinem Gesicht war gespannt. Doch er zuckte nur mit den Achseln und machte eine Kopfbewegung, die ich von der Kirmes kannte. Verpiß dich.

Dann stopfte er sich eine Tafel Schokolade in den Hosenbund, und in dem Moment wurde die Hand seines Bruders, der tiefer im Regal herumwühlte, von der Verkäuferin auf der anderen Seite gepackt. Die Ringe klirrten, und er zuckte zurück, kam aber nicht los. Tüten und Schachteln flogen zu Boden. »Jetzt hab ichs gesehn! Na wartet ... Hanni? Hannchen! Ich hab sie! Komm her!«

Franz wurde blaß, brauner Speichel lief ihm aus dem Mundwinkel, hilfesuchend blickte er sich nach uns um. Das Klack-Klack ihrer Holzabsätze hämmerte mir in den Schläfen, als die Kassiererin durch den Gang kam. Ihr Pferdeschwanz pendelte hin und her. »Aha!« Die Lippen waren schmal, noch schmaler als

41

die meiner Mutter, und sie packte Franz und Karl beim Kragen. »Euch hab ich schon lange im Verdacht. Das wird teuer, Leute. Da werden sich eure Eltern freuen!« Der Lack auf ihren Fingernägeln war abgesplittert, und während sie die Brüder zur Kasse zerrte, blickte sie sich über die Schulter um. Die Augenlider waren blau. »Na los!«

Ich wußte nicht, wen oder was sie meinte. Am Ende des Ganges erschien der Lehrling, ein langer Kerl mit Pilzfrisur. Er verschränkte die Arme vor der Brust, und ich bückte mich nach den heruntergefallenen Pralinen, legte sie ins Regal, ordnete ein paar Schachteln und schob ein verrutschtes Preisschild zurecht – als ich die Hand der anderen Verkäuferin in meinem Rücken fühlte. »Komm, komm, mein Süßer!« Sie gab mir einen Stoß. »Mitgegangen, mitgehangen.«

An der Kasse mußten die Marondes auf den Packtisch legen, was sich in ihren Taschen befand: Zwei Tüten Salmiak-Pastillen, vier Päckchen Kaugummi, drei Tafeln Schokolade, einen Flachmann, Rum-Verschnitt, und jede Menge Käsewürfel mit Fähnchen. Die Kassiererin setzte sich auf ihren Drehstuhl, protokollierte alles und legte es in einen Korb. Und endlich sah sie mich an.

Ich reichte ihr den Pfandschein, und sie spießte ihn auf den Nagel neben der Klingel. Dann tippte sie den Betrag für die Zwiebeln ein und gab mir das Restgeld zurück. Ohne meine Hand zu berühren. Ich steckte es weg, langte in die Herztasche und legte die Schokoriegel auf den Tisch. »Und die möchte ich zurückgeben.«

Sie grunzte spöttisch, neigte sich zur Seite; irgend etwas war mit ihrer Sandale. Sie hatte sie ausgezogen und nestelte an dem Riemchen. »Schau mal an, zurückgeben willst du die. Braver Junge. Aber so einfach ist ein Diebstahl nicht aus der Welt zu schaffen. Da hat die Polizei noch ein Wörtchen mitzureden.«

»Aber ich hab doch nichts getan!«

Die beiden Marondes standen mit hängenden Köpfen vor dem Wandbrett, an dem die Lottoscheine ausgefüllt wurden. Die Obstverkäuferin schob ihnen ein Heft hin, Franz schrieb etwas hinein, und ich zeigte auf Karl, der sich eine Spur Schokolade aus dem Mundwinkel leckte. »Er hat sie mir in die Tasche gesteckt! Ich kam zufällig vorbei, und er hielt mich fest und ...«

»Jetzt reichts aber!« Die Kassiererin runzelte die Stirn, ihr Blick war plötzlich wie Metall. »Nicht genug, daß du einen Ladendiebstahl begehst – jetzt haust du auch noch deine Freunde in die Pfanne? Du bist ja wohl der Schlimmste von allen. Ihr gehört doch ins Erziehungsheim!«

In der Hitze waren meine Finger feucht geworden und hatten die grüne Tüte aufgeweicht. Mit beiden Händen hielt ich sie vor der Brust zusammen. »Wieso denn ...« Der Schweiß brannte mir in den Augen. »Ich hau doch niemanden in die Pfanne. Aber meine Mutter ist krank, sie hat Gallenkoliken und Kreislauf und alles, und wenn jetzt die Polizei ... Sie wird dann, ich meine, sie muß operiert werden, und wenn ich ihr Sorgen mache, kommt sie vielleicht ... Ich hab doch nichts getan.«

Sie schmunzelte bitter. »Ach ja? Das hättest du dir früher überlegen müssen, Freundchen. Ich würds auch an der Galle kriegen, wenn ich solche Kinder hätte.«

Der Lehrling grinste. Als ich mir mit dem Unterarm über die Augen wischte, zerriß die Tüte vollends, drei Zwiebeln fielen zu Boden, und ich bückte mich, stopfte sie in die Hosentaschen. Eine vierte rollte so weit unter den Packtisch, daß ich nur mit Mühe daran kam. Genau genommen lag sie schon zwischen den Rädern des Bürostuhls, auf dem die Kassiererin saß, und ich legte mich auf den Bauch und streckte den Arm durch die Staubflocken – als sie sich bewegte. Ich hätte über ihren Fuß mit den lackierten Nägeln greifen müssen und zog die Hand zurück, ließ die Knolle liegen.

Die Frauen murmelten etwas, das ich nicht verstand, und plötzlich hörte ich einen Ton, ein Fiepen wie aus weiter Ferne, und doch in mir. Die Tür wurde geöffnet, die grauen Gespinste, in denen ein paar helle Haare glänzten, drehten sich einmal um sich selbst, und ich schloß die Lider, was das Schwindelgefühl aber nur vermehrte. Der Lehrling lachte, und als ich wieder hochkam, tanzten mir dunkle Punkte vor den Augen. Karl und Franz waren fort. Die Kassiererin zog einen Kugelschreiber aus der Tasche.

»Also gut, weil es das erste Mal ist, kommst du ohne Anzeige davon. Aber einen Brief von der Geschäftsleitung gibts.« Sie reichte mir die Kladde, in der schon die Namen der anderen standen, zeigte auf eine freie Stelle. »Schreib deine Adresse auf, lesbar!«

Ich bedankte mich, schniefte, wischte mir die Hand an der Hose ab. Schweiß fiel auf das karierte Papier, und erst als ich fertig war, sah ich, daß die Marondes sich als Krüger ausgegeben hatten. Auch die Straße, in der sie laut Eintragung wohnten, stimmte nicht. Ich klemmte den Kuli ans Heft, bedankte mich noch einmal, und die Kassiererin blickte mir forschend ins Gesicht. Sie sah jetzt gar nicht mehr so unfreundlich aus. »Bessere dich, hörst du.« Dann legte sie die fehlende Zwiebel vor mich hin.

»Ja«, sagte ich und ging hinaus.

Der Mann bückte sich, schob den Träger tiefer in das Bohrloch und setzte einen Hydraulikstempel darunter. Dasselbe machte er auf der anderen Seite, verstrebte die Stützen und kroch rückwärts aus dem Loch. In dem Querhieb zum Wetterschacht, den er zu schlagen hatte, war er überaschend auf Kohle gestoßen, Anthrazit. Er zog den Bohrer mit der armlangen Spitze aus dem Bruch und legte ihn zur Seite. Es war heiß hier unten, über dreißig Grad, doch da der Streb kaum einen Meter vierzig mächtig war, mußte er seine dicke Jacke anbehalten, wollte er sich nicht Rücken und Schultern zerschrammen. Gebückt zu gehen machte mehr Mühe, als auf den Knien zu rutschen, und er schnallte die Schoner fest, wickelte sich den Schlauch zweimal um den Oberkörper und kroch, den schweren Abbauhammer vor sich herschiebend, auf die Kohle zu, ihren schwarzen, im Schein der Kopflampe manchmal silbernen Glanz.

Dabei schrammte er mit dem Handrücken gegen die Gesteinswand, die scharfen Grate, und er langte hoch, verstellte den Winkel seiner Lampe und betrachtete einen Augenblick, wie sein Blut sich mit dem Staub vermischte. Dann rieb er die Faust an der Jacke ab und zog seine Lederhandschuhe aus der Tasche. Je näher er der Kohle kam, desto niedriger wurde das Hangende, die Kanten und Spitzen kratzten über den Helm, Staub und kleine Steine rieselten in seinen Nacken.

Vor Ort wickelte er den Schlauch ab, öffnete das Ventil der Druckluftleitung und hob den Hammer. Der Meißel klickte in der Führung, und er stemmte ihn gegen einen Vorsprung, legte die Finger in die Vertiefung des Griffs und drückte zu. Ein betäubender Lärm, und anfangs schlugen seine Zähne aufeinander. Das Gut brach seitlich weg und zerfiel, Kreidemergel sackte nach, und je heftiger der Mann den Hammer in die Kohle drückte, desto dichter wurde der Staub. Die Bewetterung war schlecht.

Er hatte noch keinen Kubikmeter ausgeräumt und mußte schon aufhören, weil der Strahl seiner Lampe kaum mehr durchdrang. Er legte das Werkzeug hin, kroch zurück, wickelte den Wasserschlauch von der Pumpe neben der Hydraulikstation und spritzte den Streb aus, bis der Staub sich gelegt hatte. Dann kroch er wieder auf den Vortrieb zu, die vertikalen Schichten, dünner Schlamm floß ihm entgegen, und was da zwischen Stempeln und Kopfbalken glänzte, sah in seiner Schwärze so rein aus wie sonst nur etwas Weißes über Tage, ein frischer Verband etwa, ein Tuch auf dem Altar. Der Mann zog den linken Handschuh aus und betastete die glatte Fläche mit den Fingerspitzen.

Er löste den Fäustel vom Gürtel, drehte ihn um und

pochte mit dem Holzstiel gegen die Kohle, wobei er langsam vorging, Handbreite um Handbreite. Zunächst klang alles unauffällig und massiv, doch dann entdeckte er eine Stelle knapp oberhalb der Sohle; hier war etwas hohl, und er löste die Sicherung und zog den Meißel aus dem Preßlufthammer, drückte ihn gegen die Kohle und schlug vorsichtig mit dem Fäustel dagegen, bis der Klang sich erneut veränderte. Er war durch eine Schicht gedrungen und konnte das Eisen nun mit der Hand weiterdrehen, wie einen Bohrer. Der Zwischenraum war nicht tief, drei oder vier Zentimeter, und als die Spitze gegen die nächste Schicht stieß, hebelte der Mann den Meißel hoch, was zunächst nicht gelingen wollte. Doch beim zweiten Versuch brach die Kohle heraus, fiel ihm vor die Knie, und er bückte sich, bis sein Helmlicht den Hohlraum ausleuchtete.

In die noch unberührte, schwarzglänzende Schicht hatte sich ein Skelett eingedrückt, ein Vogel wohl, nicht größer als eine Kinderhand und mit einem verdrehten Flügel. Statt eines Schnabels hatte das Wesen jedoch einen spitz zulaufenden Kiefer, der sich so deutlich abzeichnete auf dem schwarzen Grund, daß man die winzigen Zähnchen erkannte, jedenfalls einen Augenblick lang. Doch dann löste der Sauerstoff alles auf, die feinen Linien verschwammen vor den Augen des Mannes, was ihn momentlang schwindelig machte, und als er auch den anderen Handschuh abstreifte – er schlackerte ihn weg – und über die Reste des Bildes fuhr, zerfiel es zu Staub. Doch einen Moment lang hatte er etwas von der Kontur gefühlt, den zarten

Krallen, und einen leisen Schreck bekommen – ähnlich
dem, der einen durchfährt, wenn man mit den Fingerspitzen über die Rückseite eines Briefes streicht und
dabei noch die Hand, ihren Druck, eines längst Ver-
storbenen fühlt.

Er band sich das Halstuch vor den Mund, arretierte
den Meißel im Hammer und räumte die zwei Kubikmeter weg, die ihm noch zum Durchbruch fehlten.

Als ich am Nachmittag in den Tierclub kam, war der
Dicke nicht da; niemand saß unter dem Vordach oder
an der Feuerstelle, und Zorro kläffte und kratzte an
der Pappe, als er mich hörte. Das Schloß klemmte, wie
immer, man mußte die Tür anziehen, um den Schlüssel
drehen zu können, was aber nicht möglich war, wenn
der Hund seine Pfoten durch den Spalt steckte. Ich
ging an die Rückseite des alten Bauwagens, der ohne
Räder im Gestrüpp stand, stieß das kleine Fenster auf
und warf das Päckchen hindurch, das ich mitgebracht
hatte, Bratkartoffeln, in Zeitung gewickelt. Zorro
bellte, machte sich knurrend und schmatzend darüber
her, und schnell lief ich wieder zur Tür und schloß sie
auf. Die beiden Ringeltauben in dem oberen Käfig
ließen ein erschrecktes Gurren hören, als die Nach-
mittagssonne in den Raum fiel, und auch Lümmel,
der graue Nymphensittich auf seiner Stange unter der
Decke, öffnete die faltigen Lider. Das Meerschweinchen fiepte, und die Kaninchen liefen aufgeregt durchs
Heu, kaum blickte ich über den Rand ihrer Kiste, die
einen Deckel aus Hühnerdraht hatte. Es waren drei,

und mir gehörte das weiße, Mister Sweet, dessen Ohren durchsichtig schienen in dem jähen Licht. Man sah die Adern.

Zorro fraß die Bratkartoffeln, verschlang sie zusammen mit dem aufgeweichten Papier, als hätte er seit Tagen nichts gekriegt. Dabei waren noch Kekse in seinem Napf, Spekulatius. Der Sittich hatte Hirse, die Tauben Mais, im Hasenkäfig lagen Möhren und Blumenkohlblätter, und auch die Schüssel für die Katze auf einem Regalbrett neben dem Fenster war gefüllt; die Milch sah allerdings geronnen aus. Daneben lag ein Heringskopf, schwarz vor Fliegen.

Nirgendwo eine Nachricht. Überall standen Kerzenstummel, und auf dem Fußboden, den wir dick mit Pappe ausgelegt hatten, lagen zerdrückte Kippen und Bonbonpapier. In einem gesprungenen Glas steckten drei Plastiknelken, vom Dicken während der letzten Kirmes geschossen. Es stand auf der Vorratskiste, die ich zusammen mit den Marondes gezimmert hatte, und ich öffnete den Deckel und zählte meine Sigurd-und-Bodo-Hefte. Neben unreifen Ähren, altem Brot, ein paar Illustrierten und leeren Flaschen lag auch eine Fünfer-Packung Stuyvesant darin, und ich nahm den Besen und fegte die Bude aus. Der Staub wirbelte durch den breiten Sonnenstrahl.

Zorro hatte die Kartoffeln gefressen und sprang mich an, wälzte sich vor mir herum. Er war wohl ein Jagdhund, graumeliert mit braunen Flecken, hatte aber einen Hüftschaden, und ich bückte mich und kraulte ihm den Bauch, bis die rote Zwergenmütze erschien und er anfing, in meine Hand zu beißen. Nicht fest, eher verspielt, aber er hatte scharfe Zähne. Ich stieß ihn weg, erneuerte das Heu in der Kaninchenbox und schmiß den Fischkopf ins Gebüsch. Dann setzte ich mich vor die Hütte, zog mein Messer aus der Tasche und schnitzte weiter an dem Speer, meiner neuen Waffe. Es war ein junger, vollkommen gerader Erlenstamm, und die Spitze bestand aus einem langen Dachnagel, den ich auf die Geleise gelegt hatte, unter den Güterzug. Ein Tip vom alten Pomrehn, auf dessen Grund unsere Hütte stand. Er war vielleicht etwas meschugge, aber er kannte eine Menge Tricks.

Irgendwo hörte ich ihn hämmern. Flieder- und Holunderbüsche wuchsen hier so hoch, daß man von seinem Haus nur das vermooste Dach sah, den durchhängenden First; ein altes Bauernhaus, rissiges Fachwerk, aus dem der Lehmputz fiel, nach jedem Unwetter etwas mehr. Der Brunnen im Hof war mit einer Betonplatte abgedeckt, und wenn man den Schwengel der Pumpe bewegte, war zwar ein Gurgeln zu hören, ein Schmatzen und Schlürfen tief unten, aber Wasser kam nur selten. Und wenn, dann war es braun vor Rost.

Wo unsere Siedlung stand, hatte Pomrehn einmal Raps angebaut und Kühe geweidet; dann starb seine Frau, und er verkaufte das Land an die Zeche, bezahlte seine Bankschulden und schaffte sich ein paar gebrauchte Schuster-Maschinen an. Aber weil die Schuhe, die er reparierte, schnell wieder aus dem Leim gingen, brachte man ihm bald schon keine mehr, und die Werkstatt im ehemaligen Wohnzimmer verkam. Feiner Lederstaub lag auf den Geräten und Regalen, in denen noch ein Paar türkisfarbener Pumps und ein einzelner Stiefel standen, und der Alte saß den ganzen Tag in der Küche, drehte sich Zigaretten auf Vorrat und trank Bier und Schnaps, meistens Dornkaat.

Doch er war selten allein. Er ließ alle Kinder aus der Nachbarschaft in sein Haus; sie konnten herumtollen, wo sie wollten, auch im Ehebett, und es störte ihn nicht, wenn sie etwas klauten. Einmal lief Roswitha Vogel mit einem kleinen schwarzen, von einem Schleier umwölkten Hut durch die Siedlung, und im Sandkasten hinter der Kirche lag lange ein silberner Tortenheber mit Elfenbeingriff. Pomrehn mochte Kinder, und er sammelte das ganze Jahr über die winzigen Dornkaat-Fläschen für sie in einem Karton unter dem Herd. Lag dann Schnee auf seinem Hof, füllte er sie mit Wasser, schraubte sie zu und schob sie ins Aschefach, gleich unter den Rost. Dort war es so heiß, daß man besser die Arbeitshandschuhe anzog, die im Kohlenkasten lagen.

Wer immer für ihn Bier, Tabak oder Bohnen in Dosen eingekauft hatte, kriegte sie zur Belohnung, und manchmal beschossen wir damit auch Katzen, die er nicht mochte. Sie hatten seine Frau krank gemacht, das war seine Überzeugung, an Katzenhaaren war sie erstickt, und wenn sich eine dem Haus näherte, kannte er keine Gnade. »Die hat jetzt ausgeschissen! Verpaßt ihr 'n Ding!« Dann stürzten wir zum Herd, zogen die Klappe auf, schleuderten die heißen Flaschen in hohem Bogen durch das offene Fenster und sahen zu, wie sie im Schnee explodierten. Ein dumpfes, oft erst verzögert einsetzendes Krachen, bei dem Scherben und Dreck umherflogen. Eine Katze trafen wir aber nie.

Das war im vorigen Winter gewesen, und seitdem schien er noch dürrer geworden zu sein. Eine Rohrzange in der Hand, stand er unter den Holunderbüschen und nickte mir zu. Er hatte sich die Cordhose mit einem Stück Wäscheleine festgebunden, und das graue Unterhemd war voller Löcher. »He! Bist du Cowboy oder Indianer?«

Die Frage stellte er allen Jungs, und ich hatte sie ihm bestimmt schon zehnmal beantwortet. Er mochte Cowboys nicht besonders. Ich zeigte auf meinen Speer. »Schwarzfuß.«

»Ach ja, hab ich mal wieder vergessen. Du bist Tecumseh, stimmts?«

Wenn wir Wilder Westen spielten, war das mein Name, und ich nickte und schnitzte weiter an dem Speer. Beim Ritterspiel war ich Sigurd. »Für einen Indianer ist alles wichtig.« Pomrehn blickte über das Feld zum Horizont. Sein Kinn war voller weißer Stoppeln, und er hatte große, immer etwas wässerige Augen. »Jeder Stein am Weg, jeder geknickte Zweig. Du lernst was fürs Leben, Spurenlesen zum Beispiel. Du hast dich für die Aufmerksamkeit entschieden.« Er machte einen Schritt aus dem Halbschatten heraus. »Cowboys ballern nur rum … Schöner Speer da.«

Er trug keine Schuhe. Die Füße waren rot und blau geädert und die meisten Zehennägel vorne eingewachsen. »Wo sind denn deine Kumpel?«

Zorro kam aus dem Gestrüpp, den Fischkopf im Maul, und ich zuckte mit den Schultern. Der Alte setzte sich neben mich, lehnte die Zange gegen die Wand.

Er roch etwas moderig, wie seine Wohnung, und wußte nicht so recht, wo er die Hände lassen sollte. Mal
legte er sie neben sich auf die Bank, dann auf die Knie,
und schließlich schob er sie unter die Achseln. »Gegen
wen kämpft ihr denn heute?«
Die Zunge zwischen den Lippen, versuchte ich, mich
auf das Muster zu konzentrieren, die Schlange. Sie
wand sich um das obere Drittel bis zur Spitze. »Weiß
nicht. Die ganze Kleekamp-Bande ist im Urlaub. Zeltlager in Meinerzhagen.«
»Ach so? Da kann man nichts machen. Müßt ihr halt
'ne Friedenspfeife rauchen. Raucht ihr manchmal
eine?«
»Eher nicht. Selten.«
Er fuhr sich mit beiden Händen durch das dünne
Haar. »Und was tut ihr da rein?«
»Wo rein?«
»Na, in die Pfeife, das Schillum. Welchen Tabak?«
»Wir haben Tee reingetan. Aus Beuteln. Qualmt
auch.«
»Ach so.«
In der Bude wurden die Kaninchen rege. Sie jagten
sich wohl im Kreis herum in ihrem Käfig, das Trap-
peln der Pfoten klang, als wäre der Boden unter ihnen
hohl, und Pomrehn schlug ein Bein übers andere, verschränkte die Hände vor dem Knie. Löste sie aber
gleich wieder und kratzte sich beide Unterarme gleichzeitig. »Hast du gestern Fernsehn geguckt?«
Ich schüttelte den Kopf.
»Das war vielleicht 'n Ding, sag ich dir. Da hat sich
einer selbst operiert. Lebensgefährliche Blinddarment-

zündung im verschneiten Sibirien, nirgendwo ein Arzt. Außerdem mußte er sich versteckt halten. Also nahm er ein Küchenmesser und einen Spiegel, und erst beim Zunähen der Wunde mit Stopfgarn fiel er in Ohnmacht. Wirklich wahr! Wie hieß das bloß …«

Das Auge der Schlange mißlang. »So weit die Füße tragen.« Ich murmelte nur, und er blickte sich um, reckte den Hals.

»Ja, kann sein … Meine Fresse, stinkt das hier. Sag mal, ihr habt nicht zufällig was zu rauchen in eurer Bude? Tabak oder so?«

»Nein. Ich kann aber zu Kalde gehen und Ihnen welchen kaufen.«

Er richtete sich auf, sah mich an. »Würdest du tun, was? Und wovon sollte ich den bezahlen?«

»Na, von Ihrer Rente.«

Er grinste bitter. »Möcht ich auch sagen. Wenn ich eine hätte, mein Sohn. Wenn ich eine hätte … Aber ich kriech nicht zu Kreuze, nicht vor denen. Ich steh nicht mehr auf Ämtern rum in meinem Alter. Die können mich alle!« Er nahm mir den Speer ab, betrachtete die Muster, wog ihn in der Hand. »Tee, sagst du? Tee geht auch?«

»Na ja, er qualmt. Ob man ihn wirklich rauchen kann … Ich weiß nicht.«

Er nickte, befühlte die Spitze mit dem Daumen, und dann kriegte ich einen Schreck. Quer durchs Gras – man sah zunächst nur die Ohren – kam Lilly auf uns zu, die getigerte Katze, ein richtiges Trumm. Sie maunzte leise, der schwere Bauch schwankte bei jedem Schritt hin und her, und ich wollte schon in die Hände klatschen und sie mit einem Zischen verscheuchen. Da blickte der Alte auf.

»He, wer is'n die? Neu hier?«

»Nein, nein. Die gehört zum Tierclub, seit einem Jahr oder so. Sie ist schwanger.«

Er stieß etwas Luft durch die Nase, wobei ein trockener Popel hervorsprang und wieder zurückschnellte.

»Was du nicht sagst. Dann darf sie auch nicht rauchen, oder?« Er lehnte den Speer gegen die Hütte, beugte sich vor, ließ die Hand von der Bank hängen.

»Na, komm mal her, meine Kleine.« Lilly machte ein paar schnellere Schritte, roch an den gelben Fingern, rieb den Kopf daran, und er kraulte sie zwischen den Ohren. Sie schnurrte, ließ sich auf die Seite fallen und begann mit den Vorderpfoten zu treteln.

»He! Ich dachte, Sie können Katzen nicht leiden!«

Er schüttelte den Kopf. »Ach was, ich schon. Ich mag sie sogar ganz gern. Nur meine Frau, die findet die Biester schrecklich. Asthma.«

»Ihre Frau? Aber die ist doch tot, oder?«

Er strich mit dem Handrücken über den hellen Bauch, die rosigen Zitzen, und schloß einen Moment lang die Augen. »Ach Junge. Was weißt denn du …«

Ich stand auf, brachte den Speer in die Bude. Das Meerschweinchen fiepte, war aber nicht zu sehen unterm Heu. Es hatte wohl Angst vor den Hasen, die sich immer noch jagten, und auch die Ringeltauben gurrten unruhig in ihrem Käfig, als mein Schatten darüberfiel. Doch der Sittich döste, wobei er den Schnabel etwas geöffnet hielt; man konnte die leicht pulsierende Zunge sehen. Auch Zorro schlief.

Pomrehn hob den Kopf und runzelte die Brauen, als ich ihm die Stuyvesant reichte. »Die lag da noch.«

»Ist wahr? Dunnerlüttchen!« Seine Hand zitterte ein wenig. »Dann wollen wir sie rasch in Sicherheit bringen, was? Sind ja alles Minderjährige hier.«

Nachdem er sich eine Zigarette herausgenommen hatte, steckte er das Päckchen in die Tasche. Er brach den Filter ab, zündete sie an und lehnte sich mit einem Seufzen zurück, gegen die Bretterwand. Träge wehte der Rauch über das Gras in die Bäume. Die Sonnenstrahlen fielen durch die Zweige, ein Hauch von Abend war schon in der Luft, und während Pomrehn lange Züge machte und ich mein Messer putzte auf der Bank, schauten wir schweigend auf die Katze hinunter. Sie lag in einem zitternden Lichtfleck vor unseren Füßen, atmete ruhig, und manchmal öffnete sie die hellen Augen und sah zu uns hoch. Dann war es, als blickte man in eine Wassertiefe. Unter ihrem Fell bewegten sich die Jungen.

In der Nacht war es heiß. Ich konnte nicht wieder einschlafen, nachdem mich ein Geräusch, Türenschlagen irgendwo im Haus, geweckt hatte. Meine Schwester war allergisch gegen Mückenstiche, oft wurden es richtige Beulen, und weil sie Fieber davon kriegte, mußten die Fenster nachts geschlossen bleiben. Ich zog den Vorhang ein Stück zur Seite. Der Mond war fast voll, und in dem Licht konnte ich sehen, daß auch Sophie schwitzte. Die hellen Haare klebten etwas dunkler an der Schläfe, und auf ihrer Nase glitzerten

winzige Tropfen. Doch schlief sie ruhig, den gelben
Teddy im Arm. Er hatte nur noch ein Auge, und auch
das hing etwas herab.

Ich setzte mich auf die Bettkante. Das Glas auf meinem Nachttisch war leer, und momentlang überlegte
ich, ob ich das Wasser aus der Kanne hinter den Kakteen trinken sollte; die Dielen knarrten, und ich wollte
Sophie nicht wecken. Doch dann ging ich über mein
Bett; von seinem Fußende bis zur Tür war es nur noch
ein Schritt.

Im Flur, der winzig war, hing die Hose meines Vaters.
Am Saum der rechten Tasche steckten zwei Fahrradklammern. Auch die Dielen im Wohnzimmer ächzten,
doch hier lagen Brücken; es klang nicht so laut. Große
Blattpflanzen hinter den Gardinen hielten den Laternenschein ab, und in der hintersten Ecke war es so
dunkel, daß ich kaum mehr als den kalten Bildschirm
sah, das Schimmern der Schrift, Loewe-Opta. Auf der
Sofalehne lagen Zigaretten und ein Feuerzeug, und als
ich in die Küche gehen wollte, fiel mir auf, daß die
Wohnungstür offenstand, zwei Finger breit. Vorsichtig drückte ich sie zu.

Das Geschirr auf der Ablage war gespült. Gläser
und Salatschalen funkelten im Mondlicht, und ich
stellte mich vor die Anrichte und blickte über den
Garten, wo die Zäune blaue Schatten warfen, bis zur
Fernewaldstraße. Sie war völlig leer. Ein Fuchs trottete
unter den Laternen auf den Turm der Zeche zu.

Ich zog den Kühlschrank auf und ging in die Hocke.
Im Türfach stand eine Flasche Milch mit silbernem
Verschluß, und auf dem Rost lagen drei gekochte Kar-

toffeln und ein Fläschchen Nagellack, von Chicogo. Außerdem ein Würfel Rama und ein paar Scheiben Plockwurst im Fettpapier, und ich rollte eine davon zusammen und schob sie mir in den Mund, verschlang sie mit der Pelle. Es gab weder Sprudel noch Himbeersirup, und fast schon hätte ich die Tür wieder zugedrückt. Da entdeckte ich im unteren Fach, hinter dem Paket mit Broten, die Teepulle meines Vaters. Sie hatte einen Verschluß mit Gummiring, wie früher die Bierflaschen, und auf dem zerbeulten Aluminium perlte das Kondenswasser.

Ich zog sie hervor und hielt sie mir gegen die Stirn, den Nacken und die Unterseiten der Arme. Der Tee darin war so eisig, daß ich schon nach zwei Schlucken Kopfweh bekam; doch er schmeckte köstlich, schwarzer Tee mit Zucker und Zitrone, und ich setzte mich vor dem offenen Kühlschrank auf den Boden und machte immer wieder kleine Schlucke. Wassertropfen fielen von der Flasche auf meine Turnhose und das Unterhemd, und als ich einmal lautlos rülpste, fühlte sich der Atem auf dem Handrücken fast so kalt an wie der Tee.

Ich trank immer weiter, sagte mir bei jedem Schluck, daß er der letzte sei. Doch dann machte ich wieder einen, noch einen kleineren, wobei ich leise stöhnte, und schließlich war die Flasche leer; nur ein Rest gluckerte darin, als ich sie mir ans Ohr hielt, und ich stand auf, gab zwei Löffel Zucker hinein und ließ Leitungswasser dazulaufen, bis sie wieder voll war. Dann stellte ich sie zurück.

Durch die geschlossene Balkontür blickte ich über die

Gärten. Die Büsche und Bäume waren blasser als ihre Schatten, und manche sahen aus wie die Umrisse von Tieren; andere schienen Gesichter mit schwarzen Augenhöhlen und zerzausten Brauen zu haben. Hinter den Bohnen der Tszimaneks stand ihr neuer DKW. Nirgendwo ein Mensch. Nur der Fuchs war immer noch auf der Fernewaldstraße, ein junger wohl. Er stellte sich auf die Hinterpfoten und schnappte nach den Mücken und Faltern, die im Schein der Bogenlampen tanzten. Manchmal sprang er sogar.

Ich ging zurück in den Flur, hörte ein Rascheln im Zimmer der Eltern und hielt den Atem an, schaute auf den Spalt unter der Tür. Er blieb schwarz. Nur im Bad brannte Licht. Wahrscheinlich hatte meine Schwester es angelassen. Der Schalter neben dem Spiegel war zu hoch für sie, und meistens hatte sie keine Lust, nach dem Pinkeln noch einmal auf ihr Zahnputz-Bänkchen zu klettern. Ich räusperte mich. Die Tür war nicht verriegelt, und als ich über die Schwelle trat, glitt mir die Klinke aus der schweißnassen Hand.

»Sei still!«

Ich hatte gar nichts gesagt. Ich starrte nur. Sie trug ein hellblaues T-Shirt und stand so breitbeinig vor dem Klo, wie es der dünne, bis auf die Knie gerutschte Slip erlaubte. Karamelfarben die Haut, mit einem zarten Schimmer; sie fuhr fast jeden Tag ins Alsbachtal, dem einzigen Freibad in der Nähe. Doch wo sonst die Bikinihose saß, war Marusha weiß, und ihre kleine dichte Behaarung glänzte wie ein Maulwurfsfell. Reglos blickte sie mich an, als wartete sie darauf, daß ich mich zurückzöge. Dabei hielt sie etwas zwischen den

muskulösen Beinen, ein Tuch vielleicht, einen Watte-
bausch, und rasch zog ich die Tür zu.

Ging noch einmal in die Küche. Der Fuchs war weg,
und ich stellte mich auf die Zehenspitzen und pinkelte
in den Ausguß. In Marushas Zimmer gab es ein
Waschbecken und einen Nachttopf mit Deckel, den sie
morgens mit hinunternahm. Soviel ich wußte, war sie
noch nie auf unserer Toilette gewesen, obwohl meine
Mutter es ihr erlaubt hatte. »In dringenden Fällen ...«
Deswegen wurde die Wohnungstür auch nie abgeschlossen. Ich drehte den Wasserhahn auf, spülte kurz
nach.

Auf dem Hängeschrank tickte ein Wecker. In einer
Stunde würde mein Vater aufstehen und sich für die
Schicht fertig machen, und ich öffnete den Eisschrank,
stellte die Kühlung höher und nahm mir noch eine
Scheibe Wurst aus dem Papier. Doch als ich sie in der
Hand hielt, mußte ich plötzlich aufstoßen, säuerlich
stieg der Tee in die Nase, und ich legte sie wieder weg,
schloß den Schrank.

Ich war überhaupt nicht mehr müde. Die Spülung
rauschte, und Marusha kam aus dem Bad und küm-
merte sich nicht um die knarrenden Dielen. Sie stapfte
geradewegs zur Tür, und ich machte leise »Ssst!«. Nun
war sie es, die erschrak, legte sich eine Hand aufs
Brustbein und schloß einmal kurz die Augen. Ich hatte
das Mondlicht im Rücken und konnte die Einlage
durch ihren Slip sehen, rein und weiß.

»Mußt du mich so erschrecken!«

Das war weniger als geflüstert, fast nur gehaucht, und
ich grinste. »Bist du verletzt?«

Sie kratzte sich im Nacken. »Was bin ich? Geh schlafen, Kleiner. Die Nacht ist gleich vorbei.«

»Wieso denn?« Ich lehnte mich gegen den Rahmen der Küchentür, verschränkte die Arme vor der Brust. »Sind doch Ferien.«

»Für dich vielleicht.« Sie gähnte. »Aber ich muß mich morgen vorstellen. Bei Kaiser und Gantz.«

»In Sterkrade? Was willst'n da? Gardinen verkaufen?«

Sie antwortete nicht, zeigte auf die Sofalehne, das Päckchen Zigaretten. »Kann ich mir wohl eine nehmen?«

Ich zuckte mit den Achseln. »Gehören meinem Vater. Sind ohne Filter.«

»Na und? Meinst du, ich mach mir in die Hose?«

»Nö. Hast du ja schon.«

Sie streifte sich eine Locke hinters Ohr, und ihr Lächeln kam mir in dem Mondschein noch strahlender vor als sonst. »Was hab ich?« Dann klopfte sie eine Gold-Dollar aus der Packung. »Sag mal, du bist zwar hübsch, aber du hast auch was am Rad, oder?« Sie trat in den Flur, machte eine Kopfbewegung. »Komm, wir quatschen ein bißchen.«

Ich stieß mich vom Türrahmen ab. »Wieso bin ich hübsch?«

Doch sie antwortete nicht, verschwand in ihrem Zimmer. Ich war noch nie darin gewesen, hatte es bisher nur von unserem Balkon aus gesehen. Obwohl ein Fensterflügel geöffnet war, roch es süßlich, nach verschwitzter Bettwäsche. An dem Graham-Bonney-Starschnitt, lebensgroß, fehlte noch ein Bein, und auf dem kleinen Regal mit den Büchern von Enid Blyton lag eine Blockflöte; am Mundstück kaum noch Lack. Auf dem Teppich vor dem Schrank stand ihr neuer Plattenspieler, ein tragbares Batteriegerät mit einem Schlitz, in den man die Singles schob. Einige lagen auf dem Boden: She Loves You, Marmor, Stein und Eisen, Pour Boy. Marusha setzte sich auf das alte Bett.

Sie raffte die Decke um ihre Hüften und lehnte sich gegen die Rückwand, in die Früchte geschnitzt waren, Äpfel und Trauben. Dann roch sie an der Zigarette, zündete sie an und spuckte einen Tabakkrümel aus, bevor sie den Rauch hervorstieß. Ich trat an den kleinen Schreibtisch, auf dem ein Dutzend Paßfotos lagen. Auf manchen hatte sie Pickel. »Wann ziehst'n eigentlich aus?«

Stirnrunzelnd betrachtete sie die Glut. »Hätte ich mir stärker vorgestellt. Ist ja'n Witz … Was sagst du? Wieso ausziehen?«

»Na, wenn du jetzt arbeitest … Da kannst du dir doch 'ne eigene Wohnung leisten, oder?«

»Spinnst du? Als Lehrling?«

»Oder zu deinem Freund ziehen.«

»Zu welchem Freund?«

»Na, zu dem mit der Kreidler.«

»Jonny?!« Sie ließ ein Grunzen hören. »Du hast Vorstellungen. Der dürfte mir nicht mal die Füße lecken. Oder findest du den nett?«

»Weiß nicht. Nein. Ist doch 'n Schläger.«

»Stimmt.« Sie sah dem Zigarettenrauch nach, den Schwaden unter der Lampe. »Stark ist er.«

»Aber er paßt gar nicht zu dir. Er hat diese Narben.«

»Wo denn? Ach, du meinst, die am Kinn? Na ja ... Bei Männern sind Narben gar nicht so verkehrt. Sieht interessant aus.«

»Finde ich nicht. Mein Vater hat auch überall Narben. Vom Krieg und vom Steinschlag unter Tage. Da ist der ganze Kohlenstaub eingewachsen. Wenn ich so was hätte – ich würds mir wegoperieren lassen.«

Sie schloß kurz die Augen, und das Lächeln sah irgendwie nachsichtig aus. In ihren Haaren hing eine winzige Daunenfeder. »Kommt deine Mutter denn jetzt ins Krankenhaus?«

Ich hob die Schultern, setzte mich auf den Stuhl. »Keine Ahnung. Hoffentlich nicht. Dann müßte ich den ganzen Tag auf meine Schwester aufpassen.«

»Na und? Kleine Mädchen sind doch süß. Die laufen so mit.« Sie stieß den Rauch durch die Nase und streifte die Asche am Rand der alten Penaten-Dose ab, die unter der Nachttischlampe stand. Ein angelutschtes Bonbon lag darin. »Und du hättest sturmfreie Bude, könntest Kumpel einladen, deine Freundin ...«

»Wen?« Ich zog die Füße auf die Sitzfläche, schlang die Arme um die Knie. »Ich hab doch keine Freundin, Mensch! Bin zwölf.«

Sie nickte. An dem Bonbon klebten ein paar abgeschnittene Fingernägel. »Aber du wichst schon, oder?«

Ich fühlte irgend etwas im Gesicht, als würde man die Zunge an eine Batterie halten, und Marusha grinste. »O Gott! Was hab ich denn jetzt gesagt. Du wirst ja noch rot!«

»Gar nicht.«

Die Wörter blieben irgendwie in der Kehle kleben. Ich hatte keine Lust, über diese Sachen zu sprechen, und tat so, als müßte ich gähnen. Marusha legte den Kopf in den Nacken, blies ein paar vollendete, immer kleiner werdende Rauchringe in die Höhe. Dabei kratzte sie sich unter der Decke. »Laß dich bloß nicht verderben … Sag mal, was ist eigentlich los mit deiner Mutter? Was hat'n die?«

»Wie, was hat sie? Galle!«

»Schon klar. Ich meine, wieso verhaut sie dich dauernd? Stellst du so viel an? Du bist doch 'n ganz lieber Junge, oder?«

»Keine Ahnung. Sie schlägt mich ja nicht oft.«

»Von wegen! Ich hör das doch. Fast jede Woche. Die drischt Kochlöffel auf euch kaputt.«

»Quatsch! Nicht auf Sophie, die ist noch klein. Und manchmal mach ich ja auch Mist. Von der Schule abhauen und so. Und wenn ich dreckig bin …«

»Aber das ist doch kein Grund, ein Kind zu schlagen!«

»Na und? Kriegst du keine Senge? Dein Vater hat dir auch schon eine gelangt.«

»Welcher Vater? Ich hab keinen Vater.«

»Na, der Gorny eben. Als du mit dem kurzen Rock in die Kirche wolltest.«

»Das ist meine Sache. Und wenn der mich noch einmal anrührt, sag ich dem Jonny Bescheid. Der holt ihn dann von der Zeche ab.« Ein Kissen im Nacken, hatte sie sich in die Ecke gelehnt und streckte den Arm vor, hielt mir den Zigarettenrest hin. »Ich werd sechzehn. Ich brauch mir überhaupt nichts gefallen zu lassen von dem! Bist du so lieb …?« Sie schmatzte. »Schmeckt ja wie Stroh.«

Ich stand auf, drückte die Kippe in dem Blechdeckel aus, und sie zog ihre Freundschaftsringe ab, vier Stück, legte sie auf die Fensterbank. Dann räkelte sie sich, gähnte, und ich trat ans Bett und zeigte ihr meine Wunde, den langsam verheilenden Ballen. »Guck mal. Das wird auch 'ne Narbe.«

Schmunzelnd griff sie nach meiner Hand. Ihre Finger waren warm, aber trocken, und als sie sich vorbeugte, konnte ich in das T-Shirt sehen, auf den goldenen Anker, der an einem dünnen Kettchen zwischen ihren Brüsten hing. »Das ist doch keine Narbe, Kleiner. 'n Kratzer!«

Ich schluckte. »Wird aber mal eine.«

Der Arm begann zu zittern. Sie hielt mich zwar nicht fest, ließ mich aber auch nicht wirklich los, während sie mit den Fingerspitzen über meinen Handteller kraulte, ganz sanft, als würde sie nur Luft verrühren. Dabei blickte sie mir in die Augen, lächelnd. »Du wirst ja schon wieder rot. Gefällt dir das?«

Ich schüttelte den Kopf, wich zurück, vielleicht ein wenig zu abrupt. Der Bettvorleger rutschte, und ich trat auf eine Platte, irgendwas von Udo Jürgens.

»Oh, Mist! Das wollte ich nicht. Entschuldigung.«

»Macht nichts.« Sie sank wieder auf ihr Kissen. »Gehört sowieso deiner Mutter.«

Ich bückte mich danach und blieb noch eine Weile in der Hocke, um meinen Steifen zu verbergen. In unserer Truhe gab es nur drei Platten, eine von Chris Howland, eine von Rita Pavone und eine von Billy Mo.

Diese hier kannte ich nicht. »Die ist ja neu. Muß sie aus der Stadt mitgebracht haben. Ist sie gut?«
»Weiß nicht. Geht so. Kannst sie wieder mitnehmen.« Zwar zog sie sich die dünne Decke bis unters Kinn, streckte aber beide Beine darunter hervor, und ich betrachtete ihre Zehen, den dunklen Lack. An manchen Stellen hatte sie etwas Haut mitgestrichen. »Wieso denn? Wenn die Mutti sie dir geliehen hat, kannst du sie bestimmt noch länger behalten.«
Marusha gähnte tiefer, es klang wie ein Fauchen. »Sie hat sie mir ja gar nicht geliehen.« Dann schloß sie die Augen, drehte sich zur Wand. »*Ich* hab sie mir geliehen. Mach das Licht aus, wenn du rausgehst, ja?«

Ein Kirschkern im leeren Marmeladenglas. Rosen, mit einem warmen Teelöffel in die Butter gedreht. Auf dem Tisch standen Sammeltassen, die aufgebackenen Brötchen waren schon wieder abgekühlt, und ich blätterte in meiner Lederstrumpf-Ausgabe. Alle waren fertig, bis auf Sophie; sie hatte noch ihr Frühstücksei vor sich. Die kleine Nase kraus, versuchte sie mit dem Löffel durch das elastische Weiß zu stoßen, und meine Mutter beobachtete sie dabei. Mein Vater lehnte sich zurück, trank einen Schluck Kaffee. Er trug noch seine Schlafanzughose und ein reines, über der Brust sehr eng sitzendes Unterhemd und zupfte ein paar Krümel vom Sofa. Auch seine großen Hände waren voller Narben und Kratzer, die Fingernägel sahen schartig aus.
»Ich bin doch nicht blöd!« Er blickte meine Mutter an. »Was glauben die denn. Der Obersteiger hat Krach mit

seiner Frau, macht den Fahrsteiger zur Minna, der fährt an, schnappt sich den Reviersteiger, kürzt ihm den Urlaub, woraufhin der den Steiger wegen fehlender Stempel zusammenscheißt. Und der gibt seinen Ärger natürlich an den Rutschenmann weiter!« Er schüttelte den Kopf. »Nicht mit mir. Hör mal, hab ich dem Motzkat gesagt, die spinnen. Wie soll ich bei der Gedingelage den Hobel ansetzen. Die Kumpel lachen mich doch aus. Hier muß noch abgedämmt werden, und die obere Trassenführung ist ohne Zwischenblech angebracht. Also wird der Panzer gekürzt, sag ich, wie soll sonst die Schicht vorankommen?! Entweder fördern die Streckenrauber ihr Material ab – oder jemand bringt denen endlich mal bei, wie man ordentlich stapelt!«

Meine Mutter, die ab und zu nickte, steckte sich eine Zigarette an. Dabei ließ sie Sophie nicht aus den Augen. Die hatte das Eiweiß durchstoßen, viel zu tief. Das Gelb tropfte auf den Teller, und sie verrieb es mit dem Finger, malte ein Gesicht.

»Und der Motzkat sagt zu mir: Natürlich, Walter, hast ja recht. Aber du kennst doch den Arsch. Der sitzt da oben vor seinem Reißbrett und denkt, die Kohle wächst im rechten Winkel. – Dann scheiß doch auf den, sag ich. Du bist der Steiger! Das Hangende ist durchgebrochen. Abstand der Vorbohrkappen ein Meter fünfzig. Also alles unterstempeln, zack. Wo ein Panzer auf Kohle liegt, muß die Hobelgasse gut durchgeschossen werden, sonst kracht der Mist doch zusammen! Aber meinst du, da kommt mal was von oben? Funkstille.«

»Kann ich mir vorstellen. Wahrscheinlich bist du einfach zu gründlich für die ...« Meine Mutter funkelte Sophie an. Doch die sah das nicht. Sie tunkte eine Ecke ihres Marmeladenbrötchens in das Gelb.

»Wir brauchen einen Einstauber, sag ich, der soll die Sperren in Ordnung bringen. Alle fünfundzwanzig Meter muß ein Staubkasten aufgestellt werden, ist doch logisch. – Wem erzählst du das, sagt der Motzkat, wenn ich nur solche Rutschenleute hätte wie dich, wäre Ordnung in dem Saustall. Aber ich muß alle verfügbaren Leute zum Bohren einsetzen. Diese Holzkappen bringen einen noch um den Verstand. Kein Kopfstreb-Vortrieb, verstehst du, keine Hydraulikstation, und ich allein mit so einem Lehrhauer. Da könnte man die Krätze kriegen.«

»Das glaub ich.« Meine Mutter langte über den Tisch, zog Sophie den Teller weg. »Und du hörst jetzt auf mit der Schmiererei. Was soll denn das?«

Erstaunt hob sie den Kopf. »Aber ich hab doch noch gar nicht fertig gegessen!«

Meine Mutter antwortete nicht. Den rechten Ellbogen auf die linke Hand gestützt, hielt sie ihre Zigarette in Gesichtshöhe und blickte meinen Vater an, als hörte sie ihm zu. Der zog sich etwas Nagelhaut vom Daumen. »Und dann soll ich auch noch das Wetterbuch führen.« Er schüttelte den Kopf. »Da fällt eine ganze Kohlenlage über den Panzer ins Fahrfeld und begräbt den Hübner. Diesen kleinen Dicken vom Revierfest, weißt du. Der mit dir tanzen wollte. Der Personenzug ist ausgefallen, und wir schleppen den Mann zweieinhalb Kilometer bis zum Schacht, auf einer Leiter.

Kannst du dir das vorstellen? Und der Fahrsteiger öffnet den Korb und fragt mich nach dem Wetterbuch! Ich sag: Was? Jetzt? Können Sie nicht sehen, daß wir hier einen Verletzten haben? Wollen Sie, daß der himmelt?! Also, ich hätte den am liebsten …«

Er schnalzte leise, und Sophie schmiegte sich an ihn. Sie hob seinen Arm, so daß einen Moment lang die tätowierte Zahl zu sehen war, und legte ihn um ihren Nacken. Dann streckte sie mir die Zunge raus. Er blickte zum Fenster, wo eine Fliege hinter der Gardine summte. »Da weiß eine Hand nicht, was die andere tut. Beim Schießen in der Störung muß natürlich aufgepaßt werden, damit nichts passiert, sag ich. Und der Schießhauer glotzt mich an, als hätte ich 'ne Meise. Ein, zwei Lockerungsschüsse in den Stein unterhalb der Kohle, das ist doch ganz einfach. Dann kann der Panzer durchfahren, und wir ziehen die Kette nach, die schweren Gezähekisten auf dem Rücken. Mein lieber Mann …«

Er langte nach der Schachtel meiner Mutter, steckte sich eine Chester zwischen die Lippen, und sie sah sich nach den Streichhölzern um. Doch Sophie hielt das Briefchen bereits in der Hand und gab ihm Feuer. Er strich ihr über den Kopf.

»Aber der Motzkat ist viel zu gutmütig. Das ist der einzige Steiger auf diesem Pütt, der sich auch mal die Hände schmutzig macht. Ich sag: Guck dir das an, alle Stempel ohne Verblattung; wie soll ich denn hier was ausbauen? Und was macht er? Holt die Säge raus und schneidet mir zwei Dutzend Rundhölzer zurecht! So ist der. Und dann tapst dieser Obersteiger aus dem parfümierten Büro und bellt: Jetzt reichts! So kommt ihr nie auf euer Soll! Alle verfügbaren Leute müssen so lange vorbohren, bis die Kohlenschicht ihnen die Arbeit aus der Hand nimmt. Da wär ich fast an die Decke. – Was? Welche Kohlenschicht? hab ich gesagt. Wer soll denn da noch kommen? Die Kohlenschicht sind *wir*! Na, der hat vielleicht Augen gemacht.«

»Das kann ich mir vorstellen. Ich würd mir auch nichts gefallen lassen.« Meine Mutter drückte ihre Kippe in der Eierschale aus. Gleichzeitig stellte sie die Glasglocke über die Butter. »Wollt ihr Nudeln oder Klöße zum Gulasch? Oder soll ich lieber ...«

»Klöße!« Sophie hatte fast geschrien. Dann strahlte sie mich an.

Doch meine Mutter verzog den Mund. »Typisch. Madame will wieder, was am meisten Arbeit macht.«

»Aber du hast doch gefragt!«

Mein Vater stieß etwas Luft durch die Nase. »Na ja, was hilfts.« Er starrte vor sich hin. »In diesem Pütt macht doch jeder, was er will. Und den Betriebsrat kannst du vergessen. Nächste Woche müssen wir auf die unterste Sohle, bis zum Arsch im Wasser. Und da hängt ein Sargdeckel im Streb ... Meine Fresse! Da dürfte man eigentlich gar nicht rein. Wenn der runterkommt – gute Nacht.«

Ich befeuchtete mir die Fingerspitze, tupfte ein paar Krümel vom Tisch. Mohnkörner auch. »Was ist ein Sargdeckel?«

Meine Mutter zog das Tablett hinter ihrem Sessel hervor und begann, das Geschirr darauf zu stellen. Er reichte ihr seinen Eierbecher. »Ein Gesteinsblock, von

Rissen und Klüften umgeben, also nicht verwachsen. Manche sind riesig, groß wie ein Haus, und wenn da unten alles in Bewegung kommt durch den Kohleabbau, knallt so ein Ding schon mal runter. Dann wackeln hier die Gläser im Schrank.«

»Walter!« Meine Mutter schüttelte den Kopf. »Nun mach den Kindern mal keine Angst. Das hört sich ja an wie Krieg!«

Er zog die Brauen zusammen. »Was? Wieso? Was hat das denn damit zu tun?« Die Muskeln an seinem rechten Arm zuckten, als er die kaum angerauchte Zigarette ausdrückte. Dabei blies er den Rauch senkrecht an seiner Brust hinunter. »So ein Blödsinn ... Was Krieg ist, weiß ich wohl besser, oder.«

Er lehnte sich wieder zurück und machte ein Geräusch, als hätte er etwas zwischen den Zähnen. Sein dunkelblondes Haar war länger als gewöhnlich, kräuselte sich über den Ohren, und Sophie blickte zu ihm auf, befingerte die Mulde an seinem Kinn. »Kommt bald wieder Krieg, Papa?«

Er schüttelte kurz einmal den Kopf, griff nach der Sonntagszeitung. Als ich mit den Fingern schnippte, reichte er mir die Seite mit dem Bildrätsel über den Tisch, und meine Schwester rutschte von der Couch und zog ihren Koffer darunter hervor. Er war voller Micky-Maus-Hefte. Sie nahm eines heraus und setzte sich wieder. Schlug es aber nicht auf.

»Papa?« Sie drehte sich eine Locke um den Daumen. »Wenn Krieg kommt, müssen wir dann Menschen totschießen?«

»Du nicht.« Ich grinste. »Du bist kurzsichtig.«

Doch sie achtete gar nicht auf mich. Mein Vater las den Sportteil, und sie stieß ihn an. »Sag doch mal. Hast du geschossen im Krieg?«

Er nickte. »Klar. Jeder hat geschossen.«

»Richtig? Hast du jemanden totgeschossen?«

Er antwortete nicht. Doch meine Mutter, die mit einem Schwamm aus der Küche kam, um den Tisch abzuwischen, drohte ihr mit einem Finger. »Sophie! Was soll denn das?«

Es klang zwar streng, doch sie schmunzelte dabei, so daß meine Schwester keine Angst bekam. »Sag mal, Papa! Hast du Leute umgebracht?«

Er atmete tief, fast seufzend, doch sah er nicht auf. Seine Wangenknochen zuckten.

»Papa, bitte! Haben die geschrien? Sind die richtig umgefallen, wie im Fernsehen? Sag doch mal!«

Meine Mutter blieb stehen, schien ebenfalls auf eine Antwort zu warten. Ich verschränkte die Arme vor der Brust, und er räusperte sich, hob den Kopf, griff nach seiner Tasse. Das Weiße in den Augen sah ganz rein aus.

Sophie hopste auf der Couch herum, kniend. »Erzähl doch, Papa, bitte! Hast du jemanden totgeschossen? Mit Blut und allem?«

Mein Vater hielt die Tasse, ohne daraus zu trinken. Seine Hand war zu groß für das zierliche Ding; der Finger paßte nicht durch den Henkel. Doch sein Gesicht kam mir plötzlich viel zarter vor. Die Brauen standen schräg über den Augen, und er sah zu meiner Mutter auf und sprach seltsam gedämpft, als wären wir gar nicht da. »Was soll ich denn jetzt sagen?«

Jäh hob sie das Kinn und kam um den Tisch, wobei die Absätze klackten. »Schluß mit dem Gehopse!« Sie gab mir den Schwamm, der etwas tropfte, und packte meine Schwester am Arm. Zog sie vom Sofa. »Los, in dein Zimmer! Räum den Spielzeugschrank auf!«

Der Herd in unserer Küche war weiß, ein emailliertes Monstrum voller Back- und Warmhaltefächer. Er war mit verchromten Griffen und einer polierten Umlaufstange verziert, und es gab einen Rollwagen für Holz und Kohle, den man zwischen den Füßen hervorziehen mußte. Die sahen wie gußeiserne Tatzen aus, und meine Mutter kochte alles, sogar die Frühstückseier, direkt auf der Glut. Sie konnte mit den Haken, Deckeln und Eisenringen hantieren wie ein Schmied, ohne sich die frisch lackierten Nägel zu verderben.
Ich nahm die Schütten, die sie mir vor die Wohnungstür gestellt hatte, und ging in den Keller. Es roch süß auf der Treppe, und das Licht, die Neonröhre, war immer noch kaputt. Sie flackerte. Die Türen der Gornys, alle verschlossen, waren aus Dachlatten gezimmert, und durch die Zwischenräume konnte man die Regale voller Eingemachtem sehen, Äpfel, Birnen, Bohnen. Aber auch Leberwurst oder Sülze im Glas. Hinter Hacken und Spaten stand der zerschrammte Akkordeon-Koffer.
Ich flötete tonlos vor mich hin. Unsere Tür am Ende des Ganges, der Waschküche gegenüber, hatte zwar ein Vorhängeschloß, doch wir gebrauchten es nicht. Sie war mit Stragula verkleidet, und ich drückte sie

mit der Schulter auf, machte aber kein Licht. In der Ecke glänzte der Kohlenhaufen, Katzengold an manchen Brocken. Weniger als kniehoch, hatte er mir im Winter noch bis zur Stirn gereicht; man sah es an den Rußspuren auf der Wand. Ich drehte mich um.

»Nicht erschrecken ...!«

Hinter dem Werkzeugregal, halb verdeckt vom staubtrüben Sonnenschein, der schräg durch das kleine Fenster fiel, stand Herr Gorny, und ich trat, schon fast im Raum, noch einmal zurück mit meinen Schütten. Sie schlugen gegen die Tür. Die Hände hinter dem Latz der Arbeitshose verschränkt, sah er mich aus den Lidwinkeln an. Der Schatten seiner gebogenen Nase fiel über die Gesichtshälfte, und seine blauen Augen waren hell wie Glas. »Ich suche nur Flickzeug. Weißt du, wo das liegt?«

Ich sagte nichts, schüttelte den Kopf, und er kam aus dem Zwielicht, stieß mich mit dem Handrücken an. »He! Mach den Mund zu. Milchzähne werden sauer. Womit repariert denn dein Vater sein Fahrrad?«

»Was? Mit Flickzeug, glaub ich.«

»Also. Und wo hat er's?«

»Dort.«

Mit einer Kopfbewegung wies ich in die andere Ecke, und Herr Gorny ging zu dem alten Küchenschrank und zog die Lade auf. Er trug schwere Arbeitsschuhe, aber kein Hemd oder Unterhemd, und ich roch seinen Schweiß. Ein Träger rutschte ihm von der nackten Schulter, als er die Fäuste an die Hüften stemmte. »Donnerwetter, das ist ja 'n Saustall. Wo soll ich denn hier was finden?«

Er hatte Haare an den Oberarmen, nur an den hinteren Seiten. »Links. Unter dem Schmirgelpapier.«
In der alten Tabaksdose, die er hervorzog und kurz einmal schüttelte, klapperten die Ersatzventile und das Plättchen zum Aufrauhen des Gummis. Er öffnete den Deckel. »Bist du nicht hier, um Kohlen zu holen?«
Mit der Tube, dem Kleber, zeigte er auf den Haufen.
»Dann tu dir keinen Zwang an, Junge.«
Ich bückte mich, schob die Schütte über den Estrich. Mein Vater füllte sie mit einer einzigen Bewegung, doch ich mußte mehrmals nachstoßen, wobei ich ein Ächzen unterdrückte. Herr Gorny blieb hinter mir stehen. Als die erste voll war, stellte ich sie zur Seite, und er hielt mir die andere hin und lächelte dünn. »Du machst es falsch, weißt du. Das kostet nur Kraft. Du mußt mit Schub arbeiten, nicht mit Druck.«
Das schwarze Blech der Schütte wurde schon löchrig, die Sonne schien hindurch, ein hauchzartes Sprühen, und ich nickte, obwohl ich nicht wußte, was er meinte. Ich stieß die Öffnung in die Kohle.
»Herrgott, nein! So gerade nicht! Den Bügel nach hinten klappen und dann schieben. Mit den Handballen. Ist doch ganz einfach.«
Er legte das Flickzeug weg, beugte sich über mich und umfaßte meine Finger, hielt sie fest umklammert. Die Trägerspitzen, die von seinem Hosenlatz herabhingen, kitzelten mich im Nacken. »So ... Mit Schmackes! Siehst du.« Ein Stoß, und er war voll, der vierkantige Eimer, doch mir zitterten die Knie vor Anstrengung, nicht auf die Kohlen zu fallen. Ich atmete Herrn Gornys Atem ein.

»Na bitte, geht doch!«

Als wir uns aufrichteten, ließ er den Griff los, und das jähe Gewicht zog mich zur Seite. Momentlang fühlte ich seine Schulter am Ohr, die bloße Haut. Wieder glitt sein Blick an mir hinab, und er grinste spöttisch. »Aber du bist ja noch jung. Wer so stramme Waden hat, kriegt auch stramme Muskeln. Was willst'n mal werden?«

Ich zuckte mit den Achseln. »Weiß nicht. Bergmann vielleicht? Wie mein Vater.«

»Ach komm …« Er richtete seine Hosenträger. Dann nahm er die Dose und ging aus dem Raum. »Sei doch nicht blöd!«

Die Lattentür ließ er offen. Trotzdem schüttete ich ein paar Kohlen auf den Haufen zurück; die Eimer wären mir sonst zu schwer gewesen. Dann drückte ich die Schublade zu, und als ich auf den Gang trat, kniete Herr Gorny in der Waschküche und tauchte einen aufgepumpten Schlauch in eine Schüssel voll Wasser. Hinter ihm lehnte ein Damenrad.

»Julian?« Er ließ die Augen nicht von seiner Arbeit. »Was ich dir noch sagen wollte: Auf dem Gehweg steht überall Spielzeug herum. Diese kleinen Autos von dir. Räum die bitte mal weg, ja? Wenn da jemand drauftritt, kann er böse stürzen. Und das wird teuer. Bringt man euch keine Ordnung bei?«

»Doch, doch. Aber die Autos gehören nicht mir. Nicht mehr. Ich hab sie dem kleinen Schulz gegeben.«

Nun sah er auf. »Was? Du hast deine ganzen Matchbox-Autos verschenkt? Warum?«

»Na ja … Keine Ahnung. Nur so.«

»Aber das waren doch viele, oder? 'ne richtige Samm-
lung. Und die gibst du einfach so weg? Habt ihr zuviel
Geld?«

Ich grinste. »Nein, das nicht. Sie waren ja schon älter.
Bei den Feuerwehrautos hab ich die Kratzer mit Nagellack bestrichen.«

»Aha.« Er kniff ein Auge zu. »Du findest den kleinen
Schulz wohl nett?«

»Wen? Och … Er ist schon okay. Er betrügt nie, wenn
wir Karten spielen. Und hat immer gute Laune.«

Herr Gorny nickte. »'n hübscher Fratz, das muß man
sagen.« Er drückte ein neues Schlauchstück hinunter,
drehte es um und um. Es knarzte in seinen Fäusten,
und wenn er die Finger ins Wasser tauchte, schienen
sie doppelt so dick. »Wird bestimmt mal schwul«,
fügte er leiser hinzu und runzelte die Brauen, als ein
paar Bläschen an die Oberfläche stiegen.

Es wurde bereits dunkel, und ich klingelte an der Tür.
Herr und Frau Kalde verkauften fast alles, was man
auch an einem Kiosk bekam, im Treppenhaus. Sogar
Damenstrümpfe. Zwischen den Zargen der Wohnungstür klemmte ein Brett, das war der Ladentisch,
und dahinter standen Kühlschränke, Gefriertruhen
und Regale. Auf dem Sicherungskasten ein Glas voller
Knöterich-Bonbons; die gab es, wenn das Wechselgeld
nur ein oder zwei Pfennige betrug, was bei uns aber
nie der Fall war.

Der Flur war bis in Schulterhöhe gekachelt. Die beiden Kunden darin, Frau Breuers, die gerade ein Netz

voller Flaschen und einen Fünfmarkschein entgegennahm, und Herr Kwehr, der ein Hörnchen aus dem Papier wickelte, Erdbeereis, drehten sich um. Sie hatten wohl gerade über irgend etwas gelacht, die Mienen waren gelöst, und ich nickte ihnen zu, stellte mich vor das Brett.

»Guten Abend, sagt man!« Frau Breuers musterte mich. Sie trug einen ärmellosen Nylonkittel, dunkelblau, und ihre Oberarme waren so dick wie meine Schenkel. »Du lieber Scholli. In welchen Löchern hast du dich denn rumgetrieben? Da wird sich deine Mutter aber freuen.«

Ich hatte einen Winkel im Hosenbein und war voller Asche und Gras. Herr Kwehr rümpfte die Nase und schnupperte laut. »Meinst du, der treibt sich schon in Löchern rum?«

Frau Breuers riß die kleinen Augen auf. Sie öffnete den Mund, so daß man die seitliche Zahnlücke sah, holte theatralisch Luft. »Wilfried! Also wirklich ... Du dürftest mein Mann nicht sein. Da würd ich dir aber was zeigen!«

Herr Kwehr leckte sich etwas Eis vom Daumen und ließ das Goldpapier in den Eimer in der Ecke fallen. »Na, das hoff ich doch. Als dein Mann hätte ich endlich mal ein Recht, das zu sehen, oder?« Die Nachbarin kreischte. Es hallte wider in dem Flur, und rasch hielt sie sich die Hand vor den Mund, die mit dem Geldschein. Sie hatte rote Flecken am Hals.

Frau Kalde lächelte nie. Sie trug eine Brille, die ihre Augen ungeheuer vergrößerten, und die Winkel ihrer breiten Lippen hingen immer herab; bei Kindern noch etwas tiefer als bei Erwachsenen. »Und?« Sie schob das Kinn vor. »Was willst *du* denn noch?« Ich konnte die Fingerabdrücke auf den stumpfen Lupengläsern sehen und wendete ein wenig den Kopf. Die Nachbarn, die hinter meinem Rücken geflüstert hatten, schienen noch bleiben zu wollen, blickten mich neugierig an.

»Wie immer, bitte.«

Frau Kalde zog die Brauen zusammen. »Und was soll das sein?«

Ich räusperte mich. »Na, zwei Schachteln Chester, eine Schachtel Gold-Dollar und zwei Flaschen Bier.«

»Siehst du!« Herr Kwehr biß in sein Eis, den Schokoladenrand. »Der macht noch einen drauf heute. Der weiß, wie man die Mädels schmiert.«

»Moment …« Frau Kalde drehte sich um, musterte ihr Regal. »Hat das nicht grad deine Schwester gekauft?« Sie schob den Vorhang, hinter dem die Wohnung lag, einen Spalt zur Seite. »Horst?«

Ihr Mann antwortete nicht. Nur leise Musik war zu hören, ein Blasorchester, und ich trat näher an den Tresen. »Davon weiß ich nichts. Meine Mutter sagte, ich soll das mitbringen, wenn ich am Abend nach Hause komme.«

»Horst? Menschenskind, wo steckt denn der!«

Frau Breuers nickte. »Diese Kerle darfst du keinen Moment aus den Augen lassen … Ich geh dann mal.«

»Horst!« donnerte Frau Kalde. »Bist du im Keller!«

»Lassen Sie, ist gut. Vielleicht war meine Schwester wirklich schon da. Ich frag erst mal und komm dann wieder.«

Sie schüttelte den Kopf. »Wird wohl im Keller sein ...«
Dann stellte sie zwei Flaschen Bier auf das Brett, Ritter
Export, ungekühlt. Mein Vater trank aber nur DAB,
was sie wußte. Doch ich sagte nichts. Sie legte die
Zigaretten daneben, zog den Bleistift aus der Schür-
zentasche und rechnete zusammen. »Das macht ...«
Sie blickte auf. »Leergut?« Ich verneinte, und sie fuhr
sich mit der Zunge über die Zähne. »Dann krieg ich
vier Mark dreißig, bitte.«
Herr Kwehr stieß einen Pfiff aus, leise, Frau Breuers
blähte die Backen. »Mein Gott! Wie bin ich froh, daß
bei uns keiner an der Fluppe hängt. Das geht ja richtig
ins Geld!«
Frau Kalde blickte mich abwartend an. Sie wußte, was
ich sagen würde, und hätte genausogut hinter sich
greifen können, zum Rechnungsbuch, einer grauen
Kladde. Doch sie wollte es hören, immer wieder und
besonders, wenn noch andere Kunden im Flur standen. Ich schluckte, kratzte mir den Nacken. »Anschreiben bitte.«
Die Frau langte zum Türsturz, wo ein einzelner Spinn-
faden hing, zog ihn weg. »Was sagst du?« Dann blickte
sie rasch zu den anderen, und eine Sekunde lang sah es
aus, als würden ihre Augen haltlos herumkollern hinter den Gläsern. »Du mußt schon lauter sprechen,
wenn ich dich verstehen soll. Wir sind nicht in der
Kirche.«
Frau Breuers biß etwas von der Eiswaffel ab, die Herr
Kwehr ihr hinhielt, leckte sich die Lippe. »Bitte
anschreiben«, wiederholte ich und steckte mir die
Schachteln in die Taschen; ich mochte es sehr, neue

Zigarettenpäckchen anzufassen. Dann nahm ich die Flaschen vom Brett und ging zur Tür, öffnete sie mit dem Ellbogen. Hinter mir begannen die Nachbarn zu flüstern, doch Frau Kalde antwortete ihnen normal, ohne die Stimme zu dämpfen. Sie trug den Betrag in das Schulheft ein.

»Ach was. Die kommt nur, wenn sie Bares hat. Die schämt sich, auf Pump zu kaufen. Da schickt sie die Kinder.«

Ich trat hinaus, die Tür fiel ins Schloß. Am Ende der Straße, wo das Brachland begann, spielten die Marondes Fußball mit einem halben Brikett, und der Dicke saß im Gras und hielt sich einen seiner Wildwest-Romane nah vor die Augen. Er hatte das Heft so gefaltet, daß er immer eine Spalte lesen konnte. Dabei bewegte er die Lippen. Eigentlich hieß er Olaf, und er mochte es überhaupt nicht, wenn man ihn Dicker nannte. Er war auch nicht wirklich fett, nur größer und stärker als wir, und schon fünfzehn. Er fuhr die Zündapp Bella seines Bruders ohne Führerschein durch die Siedlung, und sogar die Leute von der Kleekamp-Bande hatten Respekt vor ihm. Ich stellte alles auf den Randstein, und er pfiff durch die Zähne.

»Nanu! Im Lotto gewonnen?«

»Nein. Aber ich konnte doch keine Stuyvesant kaufen, schon gar keine Fünfer. Das wäre aufgefallen. Es sollte ja für meine Eltern sein, verstehst du?«

Er nickte zwar, runzelte aber die Brauen. Das Brikett schlitterte gegen einen Zaunpfahl und zerbarst. Karl klopfte mir aufs Kreuz, bückte sich nach einer Flasche und öffnete den Kronkorken mit den Zähnen. Schaum troff hervor, und sein Bruder musterte die Zigaretten, roch an den Päckchen. Ich steckte die Hände hinter den Gürtel, zog die Schultern etwas hoch. »Bin ich jetzt wieder Mitglied?«

Der Dicke stand auf. Seine Haare waren an den Spitzen rötlich von der späten Sonne, doch statt der Augen sah ich nur noch dunkle Höhlen. Die Marondes waren irgendwo hinter mir, und ich konnte das Grinsen in der Dämmerung nur ahnen; es war aber da, wie eine kühle Strähne in der Luft, und plötzlich gab er mir einen Stoß mit dem Unterleib – nicht so fest, daß ich umfiel. Ich wich nur einen Schritt zurück, oder wollte es tun. Doch kniete da auf allen vieren Franz, und so fiel ich doch um. Karl lachte dreckig, als ich im Gras lag, steckte die Zigaretten ein, und ich wiederholte meine Frage.

»Aber sicher.« Der Dicke sprach schon aus dem Dunkeln heraus, öffnete sein Bier. »Immer gern gesehen.«

Am nächsten Tag, die Frühschicht war zu Ende, ging ich meinem Vater ein Stück weit entgegen. Er mochte das nicht besonders, nicht mehr, und auch jetzt verzog er den Mund, als er mich am Rand der Dorstener Straße sah, schüttelte kurz einmal den Kopf. Einer der Kumpel, die neben ihm radelten, grinste. Ein anderer rief mir etwas zu, das ich nicht verstand; die Laster von Laakenot, die im Akkord die Schlacken von der Zeche holten, waren zu laut. Wir nannten sie Katzentod.

Mein Vater hielt an und legte mir seine zusammen-

gefaltete Cordjacke auf den Gepäckträger. »Was gibt
es zu essen?«

Ich setzte mich, stellte die Füße auf die Flügelschrauben. »Bratkartoffeln mit Spiegelei und Spinat.« Dann
schlang ich die Arme um seine Hüften, legte die Wange an den Rücken. Die Kernseife, mit der er sich in der
Kaue wusch, war durch das Flanellhemd zu riechen,
und er trat in die Pedale.

»Na komm, wie sitzt du denn da? Bist doch kein Mädchen. Halt dich am Sattel fest!«

Ich richtete mich auf, hakte die Fingerkuppen unter
den Lederrand, und er bog von der Straße ab und fuhr
über den Weg zwischen den Feldern, der sehr uneben
war. Die Schutzbleche klapperten, und wenn ich ein
Bein ausstreckte, konnte ich die Ähren streifen. Der
Gepäckträger waffelte mir den Hintern.

Als wir zu Hause ankamen, nahm ich die Tasche vom
Lenker und lief die Treppe hinauf, flötend. Die Stufen
waren frisch gebohnert, glänzten in der Sonne, und ich
zog mir die Sandalen aus und rief durch die halboffene Tür nach meiner Mutter. Doch sie antwortete
nicht, und ich blieb einen Moment auf der Schwelle
stehen. Weder roch es nach Zwiebeln und Speck, noch
war der Wohnzimmertisch gedeckt. Das Radio war
nicht eingeschaltet, und in der Küche lagen zwar Kartoffeln, ein Stück Rama und ein Block Spinat in einer
Wasserlache auf der Anrichte; doch im Herd nur
Asche.

Kein Laut. Auch im Schlafzimmer niemand, die Tagesdecke lag ordentlich auf dem Bett, der Blechwecker
tickte. Eine einzelne Fliege lief über die Fransen der

Lampe, und ich rief erneut, klopfte an die Badezimmertür. Doch sie war nur angelehnt. Das schmale Fenster stand offen, in der Wanne lagen Nylonstrümpfe, noch ungewaschen, und wenn Wasser aus dem Hahn auf den lichten Haufen tropfte, bewegten sie sich leicht. Neben der Seifenschale ein Röhrchen Togal, etwas eingedrückt; der Schraubverschluß lag auf dem Boden.

Ich hörte meinen Vater die Treppe heraufkommen, langsam, mit schweren Schritten, trat auf den Balkon und blickte in den Garten. »Schnurzel? Wo ist die Mama?«

Sophie saß allein auf dem Rand des Sandkastens. Ein Teddy war eingegraben bis zum Hals, und sie hob den Kopf. Obwohl sie die Sonne im Rücken hatte, beschirmte sie sich die Augen mit der Hand. »Ich hab keinen Hunger.«

Mein Vater, der die Frage gehört hatte, blickte sich in der Küche um. »Wieso? Wo sollte sie denn sein?«

Ich zuckte mit den Achseln. »Vielleicht im Keller, Wäsche aufhängen? Soll ich nachsehen?« Doch er antwortete nicht. Er warf seine Jacke auf das Sofa und rief nach ihr, seltsam gedämpft. Die Gläser im Schrank zitterten leicht, als er über die Dielen ging. Im Bad bückte er sich nach dem Verschluß und schraubte ihn auf das Tablettenröllchen. Dann stieß er die Tür des Kinderzimmers auf, stemmte die Hände an die Hüften. Seine Gestalt, der breite Rücken, verstellte mir die Sicht.

»Was'n los?« Die Stimme klang, als wäre er erstaunt, und ich drängte mich an ihm vorbei. Unser Zimmer war voll Rauch, und meine Mutter, ein wenig zusammengekrümmt, lag in Sophies Bett. Obwohl sie ihren gesteppten Morgenrock trug, hatte sie sich die Decke mit dem Muster aus kleinen Fliegenpilzen und Zwergen bis zur Brust gezogen und sah uns nicht an. Den Kopf zur Wand gedreht, die Augen geschlossen, hielt sie eine erloschene Zigarette zwischen den Fingern. Tränen, grau vor Tusche, waren auf Sophies Kissen getropft.

Ich beugte mich über sie. »Was ist? Hast du wieder eine Kolik gehabt?«

Sie schniefte leise, sagte aber nichts. An dem Fuß, der unter der Decke hervorschaute, war noch der Pantoffel mit dem weißen Plüschbesatz. Sie trug die Perlenkette, und ich zog die Kippe zwischen ihren Fingern hervor und warf sie in die Schale, die auf dem Bettvorleger stand. Mein Vater stieß den Atem durch die Nase, ein scharfes Geräusch, fuhr sich mit beiden Händen durch die Haare. »Sollen wir dir einen Krankenwagen rufen?«

Sie schluckte hart, immer wieder, als steckte ihr etwas in der Kehle. »Hat ja doch keinen Sinn.« Leise sprach sie, hauchend, wobei sie den Mund kaum bewegte. »Laßt mich einfach nur liegen.«

Mein Vater zuckte mit den Schultern. Er drehte sich um und ging in die Küche, und während ich ihr die Pantoffeln von den Füßen streifte und neben das Bett stellte, hörte ich ihn mit den Herdringen hantieren und im Kohlenkasten kratzen, viel lauter, als sie es sonst tat. Ich beugte mich vor, strich ihr eine Strähne aus der Stirn. Sie fühlte sich stumpf an von dem Spray. »Soll ich eine Wärmflasche machen?«

85

Sie nickte kaum merklich. Ihre Lider zitterten, und ich drehte mich um, wollte ins Bad – da stand mein Vater erneut in der Tür. Über seiner Nasenwurzel senkrechte Falten. Die Lippen so blaß, daß sie sich kaum von der übrigen Haut unterschieden, hielt er das angetaute Päckchen Spinat wie einen Ziegel in der Faust. »Jetzt hör mal zu …« Er stellte sich nah vor das kleine Bett. »Wenn es dir schlecht geht, fahr bitte zum Doktor. Und wenn du's an der Galle hast, dann laß dich endlich operieren. Wozu gibt es Krankenhäuser. Ich bin das ewige Hin und Her langsam leid. Wenn ich aus diesem Loch komme, wo ich mich Tag für Tag für euch ab-schinde, dann will ich was zu essen haben, verstehst du! Dann steht hier verdammt nochmal das Essen auf dem Tisch!«

Er sprach so laut, wie ich es noch nie gehört hatte, und als er noch einmal »Hast du mich jetzt verstanden!« brüllte, sah ich die untere Zahnreihe, das Braune in den Zwischenräumen. Mit einem Tritt beförderte er den Aschenbecher, der neben dem Bett stand, in die Ecke.

Doch obwohl der aus Glas war, blieb er heil. Nur die fünf Kippen darin, die hüpften auf den Teppich. »Und jetzt steh gefälligst auf! Wenn du eine nach der anderen qualmen kannst, dann kannst du deiner Familie auch ein Essen kochen!«

Er drehte sich um, ging wieder in die Küche, wobei sei-ne Absätze auf den Dielen knallten, und meine Mutter legte sich einen Arm über die Augen. Doch der schim-mernde Stoff ihres Morgenmantels saugte die Tränen nicht auf. Sie liefen unter dem Ärmel hervor, und ich ging in die Ecke und sammelte die Kippen ein, legte sie wieder in die Schale.

Am Morgen hatte sich eine Ecke meines Vogelposters von der Wand gelöst. Der Reißnagel lag auf dem Bett. Ich schob den Vorhang zur Seite und öffnete das Fenster. Am Himmel ein paar weiße Wolken, zart wie Flaum, und hinter der Fernewaldstraße pfiff der Güterzug. Doch man konnte ihn nicht sehen.
Sophie war schon aufgestanden. Sie saß am Balkontisch und schob eines meiner Zirkustiere, einen Tiger mit längst verblichenen Streifen, durch einen Teller voll Honigpopps. »Julian!« Sie strahlte mich an. »Soll ich dir Frühstück machen?«
Ich verneinte mit einer Kopfbewegung, nahm die Cornflakes aus dem Schrank, schüttete sie auf meinen Teller. Er hatte ein Muster aus Lokomotiven. Die Sonne stand noch nicht sehr hoch, im Gras unter den Bäumen funkelte Tau, und an der Wäscheleine hing eine Reihe Nylonstrümpfe. Sie bewegten sich leicht im Wind. »Wo is'n die Mama? Beim Arzt?«
»Nein, glaub nicht. Weißt du was? Ich hab ein großes Geheimnis. Aber das darf ich dir nicht sagen.«
Ich setzte mich an den Tisch, grub meinen Löffel in den Zuckertopf. »Logisch, sonst wärs ja kein Geheimnis. Was ist mit deiner Brille?«
»Ich seh genug.«
»Noch. Bis du eines Tages blind bist oder schielst. Dann will dich kein Mann. Also, wo ist die Mutti? Einkaufen?«

»Ich sags dir.« Sie beugte sich vor, legte die Hände wie einen Trichter um den Mund und flüsterte: »Sie holt unser Baby ab!«

»Wie bitte?!«

Meine Schwester nickte gewichtig. »Ja-wohl. Wir kriegen ein Baby.«

»Quatsch! Wie soll denn das gehen! Dazu müßte sie doch erst mal schwanger gewesen sein, oder?«

Sophie grunzte. Der Gummi-Tiger lag in der Milch, und sie umfuhr ihn mit dem Löffel, um die letzten Honigpopps herauszufischen. »Wir kriegens ja nur geliehen. Von Frau Gimbel. Weil sie zur Beerdigung muß.«

»Ach so, du meinst, die Mama soll drauf aufpassen. Ist ja 'n tolles Geheimnis. Ich bin platt!«

Sophie schüttelte den Kopf. Auf der Spange, mit der sie eine Locke über der Stirn zurückhielt, klebte ein kleiner Marienkäfer. »Nein! *Das* ist doch nicht das Geheimnis. Es ist viel, viel schöner!«

»Wieso flüsterst du?« Ich blickte durch das offene Fenster in Marushas Zimmer. »Hier ist niemand.«

Das Bett war zerwühlt, und auf dem Boden lag ein Modekatalog von Klingel. Am Schrank, am Waschbecken und sogar an der Lampe hingen Kleiderbügel, alle leer.

Meine Schwester langte unter den Tisch, kratzte sich die Knie. »Julian? Stimmt es eigentlich, daß ich vom Milchmann bin?«

»Daß du was? Wieso? Wie kommst'n auf den Blödsinn.«

»Hat der Wolfgang gesagt. Rothaarige sind vom Milchmann.«

»Ach was! Erstens hast du keine roten Haare, höchstens rotblonde. Und dann bist du vom Papa, wie ich auch. Dem hau ich eine rein, diesem Gorny-Arsch.«

»Na, so stark bist du auch nicht. Wär mir doch egal, ob ich vom Milchmann bin oder nicht. Ich leb ja bei euch. – Hör mal, verpetzt du mich auch nicht? Dann sag ich dir das Geheimnis. Es ist wirklich toll!«

»Tja, schön für dich.«

»Du müßtest so tun, als hättest du keine Ahnung, wenn Mama es dir erzählt, ja? Wie Weihnachten. Ich meine, wenn wir uns ganz feste freuen, obwohl wir alles schon ausgeschnüffelt haben. Denn sie hat mir gesagt, ich soll es dir auf keinen Fall verraten. Das will sie selbst machen. Also, wenn du mich verpetzt, kriegst du nie wieder mein …«

»Schon gut. Spucks aus.«

»Schwörst du? Bei der heiligen Mutter Gottes und dem lieben Jesulein?«

»Meinetwegen.«

Ich befeuchtete zwei Finger, hielt sie in die Luft, und sie klatschte in die Hände, lächelte mich an. Sie trug bunte Shorts und ein Unterhemd, und als sie die Schultern hochzog, waren die schmaler als ihr lockiger Kopf. »Stell dir vor, Juli, wir machen Ferien! Wir fahren in Urlaub! Zur Oma nach Schleswig!«

Ich ließ den Löffel voller Cornflakes, schon fast am Mund, noch einmal sinken. »Was sagst du? Wann?«

Sie pendelte mit den Füßen, so stark, daß sie meine Knie berührten. »Übermorgen! Übermorgen!«

»Du spinnst. Woher haben die denn plötzlich Geld?«

»Keine Ahnung … Wir gehen auf das Gut mit den

Kühen, und ich krieg ein Pony und Kartoffelpuffer mit Apfelmatsch. Und Fahrräder gibts auch, sagt die Mutti. Hinter den Feldern ist gleich das Meer.«

»Da könnte ich wieder angeln! Der Opa leiht mir bestimmt eine Rute. Und dann räuchern wir die Fische in seinem Ofen und bringen sie mit. Das letzte Mal hatte ich zwei Schleien und einen Aal.«

»Weiß ich. Und du bist vom Pferd gefallen.«

»Das kannst du doch gar nicht wissen. Du warst viel zu klein. Das hat der Papa dir erzählt. Ich bin auch nicht richtig gefallen, nur so seitlich verrutscht. Reite du mal ohne Sattel! Das ist nicht wie auf dem Karussell; da gibts keine Stange zum Festhalten.«

»Na und? Mir doch egal. Meinst du, ich kann im Heu schlafen?«

»Warum nicht. Die Oma ist nicht so pingelig. Vielleicht finden wir sogar Eier. Die Hühner reißen manchmal aus und verstecken sie da.«

»Oh, toll!« Sie reckte beide Hände in die Höhe. »Ich freu mich so. Ich hab richtig gute Laune. Kannst du mir nicht Maigret singen? Bitte Juli! Nur ganz kurz.«

»Später. Laß mich erst mal essen. Wie fahren wir denn? Mit dem Zug? Oder bringt der Opa Jupp uns hin.«

»Bloß nicht! Mit Opa Jupp will ich nicht fahren. In dem Auto riecht es so eklig, und er legt mir immer ...«

Sie schrak zusammen. Wir hatten die Absätze meiner Mutter, ihr Tack-Tack auf der Treppe, nicht gehört; auch nicht den Schlüssel in der Tür; doch im Wohnzimmer lief plötzlich das Radio, und schnell nahm Sophie den Tiger aus der Milch, schlackerte die Trop-

fen ab. Dabei sah sie mich mit großen Augen an. »Du
hast es mir versprochen!« Sie zischte. »Wehe, du ver-
rätst mich!«
Wir gingen in die Wohnung. Auf der Couch lag eine
Korbtasche, auf dem Tisch ein kleiner Stapel Windeln.
Sie waren sogar gebügelt. Das winzige, in eine hellgel-
be Decke gewickelte Baby von Frau Gimbel im Arm,
stand meine Mutter vor dem Fenster, blickte auf die
Straße und wiegte sich zu dem Lied, das aus dem
Radio kam. Dabei summte sie leise, und Sophie ließ
sich in einen Sessel fallen. »Was ist? Ist es krank?«
Stirnrunzelnd drehte sie den Kopf, sagte aber kein
Wort. »Na, es schreit gar nicht.« Sophie zog die Füße
unter den Po. »Müssen wir es lange behalten?«
»Sie schläft.« Dann sah meine Mutter mich an, meine
dreckige Hose, und ein Anflug von Ärger gewitterte
hinter ihren Augen. »Hast du gefrühstückt?«
»Ja, Cornflakes. Die Flecken sind nicht meine Schuld.
Der Dicke und die Marondes, ich meine, sie waren zu
dritt, und dann flog ich in die Asche und ...«
»Schon gut, nicht so laut.« Sie betrachtete das Baby,
zog den Rand der Decke etwas höher. »Dafür hat man
eine Waschmaschine.« Sie wies in die Ecke, auf den
Blumenhocker; ihre Zigaretten lagen neben dem Topf.
»Steckst du mir mal eine an? Kannst du das?«
»Wer? Ich? Klar ...«
Sophie sprang auf. »Warte, ich geb dir Feuer!«
Meine Mutter starrte sie an. »Leiser, verdammt!« Sie
flüsterte. »Ich bin froh, daß die mal schläft.«
Sophie stülpte die Unterlippe vor, drehte an dem
Feuerzeug; die Flamme schoß hoch. Ich stieß den

Rauch aus, ohne zu husten, doch als ich meiner Mutter die Zigarette reichte, lächelte sie vage, mit einem Mundwinkel. »Eckenbrand gibt schiefe Kinder. Aber na ja …«

Sie strich mit dem Daumen über den Filter, bevor sie daran zog, und meine Schwester öffnete die Tasche, inspizierte die Fläschchen und Dosen. »Mami?« Sie roch an einem honigfarbenen Schnuller, berührte ihn ganz vorsichtig mit der Zunge. »Du wolltest dem Julian doch was sagen, oder?«

»Ach ja? Wollte ich das?«

Den Kopf im Nacken, blies sie den Rauch zur Lampe hoch. Dann zwinkerte sie mir zu. »Was war das denn noch gleich … Ich glaub, ich habs vergessen. Kannst du mir helfen, Juli? Weißt du, was ich dir sagen wollte?«

Ich grinste, und sie machte noch einen Zug. Da bewegte sich das Baby in der Decke, die winzigen Hände erschienen über dem Saum, griffen ins Leere, und gleich darauf fing es an zu schreien, nicht sehr laut. Es klang irgendwie entfernt und so schnarrend wie die Stimmen aus den Telefonen, die wir uns früher aus Schnüren und Milchdosen gebastelt hatten.

»Da haben wirs. Halt mal!«

Meine Mutter gab mir die Zigarette, legte das Kind auf den Tisch und klappte die Decke auseinander. Sophie verzog das Gesicht. »Hat sie eingeschissen?«

»He!« Die Knöpfe an der Strampelhose waren aus klarem Plastik. »Wie drückst du dich denn aus?«

»Warum? Frau Gimbel sagt das auch. Corinna hat eingeschissen.«

»Aber wir sagen das nicht!« Sie faltete die Windel zu einem kleinen Päckchen zusammen. »Paßt mal auf, daß sie nicht runterfällt.« Dann ging sie ins Bad.

Sophie trat an den Tisch, beugte sich über das Baby. Den Mund weit aufgerissen, die Augen fest geschlossen, hatte es einen roten Kopf, und meine Schwester rümpfte die Nase, schob die Zunge hinter die Unterlippe und äffte das Weinen eine Spur jammernder nach. Dabei hielt sie sich die Hände wie Hasenohren an die Schläfen. Ich gab ihr einen Stoß.

Meine Mutter kam mit einer Schüssel voll Wasser und einem Waschlappen zurück. »Also, Juli, hör zu.« Sie umfaßte die beiden Fußgelenke des Babys mit drei Fingern, hob es an und wusch ihm den Hintern. »Wie es aussieht, werde ich nun doch nicht operiert. Aber ich muß mich dringend erholen, sagt der Arzt. Sind wohl die Nerven. Also könnten wir zur Oma fahren und vielleicht zwei Wochen bleiben. Das Blöde ist nur, daß der Papa keinen Urlaub kriegt.« Ich setzte mich aufs Sofa, und sie sah mich stirnrunzelnd an. »Sag mal, wieso hältst du eigentlich immer noch die Zigarette?«

Neben der Lehne stand der Stativ-Aschenbecher, und ich legte sie auf die Drehscheibe. Dann befühlte ich den Kopf des Kindes, die feinen schwarzen Haare. »Aber er könnte doch übers Wochenende kommen, oder?«

Es schlief schon wieder, und sie tupfte es trocken und zog eine große Puderdose aus der Tasche, betrachtete das Etikett. »Ach Gott, Penaten. Genau dasselbe hattet ihr.«

Sophie hopste auf dem Sessel herum. »Reiten, reiten, reiten! Fahren wir denn auch ans Meer?«

Meine Mutter zuckte mit den Achseln. »Wer weiß, wenn das Wetter so bleibt ... Aber wie ich eure Oma kenne, macht die keinen Schritt aus ihrem Hühnerhof heraus. Und wenn ich mal da bin, will sie mich auch um sich haben. Ich seh mich schon den ganzen Tag mit Kaffeekanne und Kuchentablett durch die Zimmer rennen.« Sie versuchte, die Dose zu öffnen, schien aber nicht bei der Sache zu sein. Während sie aus dem Fenster blickte, nachdenklich, drehte sie an dem Gummideckel – der gar kein Gewinde hatte. Er verzog sich, sprang auf, und Sophie hielt sich beide Hände vor den Mund.

Das weiße Pulver, ein dicker Schwall, überstäubte das Baby. Man konnte das Gesicht kaum noch erkennen. Doch augenblicklich, ein Atemstoß, lagen die winzigen Nasenlöcher frei. »O nein! Allmächtiger Gott!« Unsere Mutter starrte uns an. »Das gibts nicht. Das darf nicht wahr sein!« Sie sprach ganz leise. »Was soll ich tun?«

Das Baby blieb still. Es strampelte ein wenig mit den Beinen, bewegte die Lippen, und Puder und Speichel vermischten sich. Die Flüssigkeit lief ihm aus dem Mundwinkel, hinterließ eine rosige Spur in dem weißen Gesicht. Auch die Haare waren kaum noch zu sehen, und in den Augenhöhlen lag der Puder wie Mehl auf Löffeln. Ein paar Wimpern schauten daraus hervor. Sophie trat an den Tisch. »Kriegt sie jetzt Staublunge?«

Auch ich stand auf, und meine Mutter stellte die Dose

weg, griff sich an den Hals, hakte zwei Finger hinter die Kette. »Julian! Sag doch was! Die erstickt mir. Was soll ich denn machen? Die erstickt!« Sie war plötzlich heiser, die Unterlippe zitterte, und ich trat einen Schritt zurück. Ratlos sah sie viel jünger aus.

»Na puste doch!« sagte Sophie, und meine Mutter, die an einem Daumen nagte, schloß einmal kurz die Lider, holte Luft. Das Baby fing an zu husten, kleine krächzende Laute, und sie griff nach meiner Schulter, beugte sich über den Tisch und blies das Pulver fort, ganz sanft. Ich hörte ihren Atem kaum. Langsam, als läge es unter einer Schicht aus Pergamentpapier, von der man nun Blatt für Blatt entfernte, erschien Corinnas Gesicht, und als ich ihr mit dem kleinen Finger in den Mund fuhr, um die Puderreste daraus zu entfernen, öffnete sie die braunen Augen und lächelte uns an, gluckste vor Vergnügen.

»Lieber Himmel!« Meine Mutter seufzte. »Früher hatten die Dosen doch Schraubverschlüsse ... Sophie, hol mal den Staubsauger, ja?« Ihre Stimme klang wieder normal. Sie tauchte einen frischen Lappen ins Wasser und begann, das Baby zu waschen. Dabei blies sie sich mehrmals Luft zur Stirn, als wären da Haare. Sie waren aber hochfrisiert. »Jetzt wußte ich einen Moment lang nicht ... Und hab doch zwei Gören aus den Windeln gekriegt. Mensch, meine Nerven!«

Sie sah mich kurz einmal an, nagte an der Unterlippe. »Wo waren wir stehengeblieben? Ach so, unsere Reise. Diese endlose Fahrt in dem Rappelzug ... Aber na ja, ich bin wohl wirklich reif für 'ne Kur. Und du wirst dem Mann doch hoffentlich ein bißchen zur

Hand gehen, oder? Ich meine, Frau Gorny kocht für euch mit, das ist geregelt. Aber du könntest ihm seinen Tee machen und die Dubbel schmieren und mal mit dem Schwamm durchs Bad gehen. Würdest du das tun?«

Es polterte in der Küche, Besen und Schrubber fielen aus dem Schrank. Ich hatte noch Puder an den Händen, rieb sie an der Hemdbrust ab. »Wer jetzt? Ich?«

»Ja, red ich mit der Wand? Deine Schwester hat es dir doch gesagt, oder nicht? Ich habs hin und her gerechnet. Wir können nicht bei meinen Eltern wohnen, das winzige Haus ist voll. Und die Pension ist zu teuer für drei. Ich meine, die Kleine kann umsonst mit, sie schläft in meinem Zimmer. Aber du müßtest schon den halben Preis zahlen, und das können wir uns nicht leisten bei all den Raten für den Fernseher, die Couch und ich weiß nicht was. Verstehst du mich? Das wirst du doch verstehen, oder?«

Ich nickte, hob die Achseln, und sie wrang den Lappen. »Na bitte. Bist doch groß.« Dann breitete sie eine frische Windel aus und lächelte dem Baby zu, wobei sie die Zähne ganz weit entblößte.

Ich drehte mich um. Der Zigarettenrauch, der aus dem Ascher stieg, brannte mir in den Augen. Diese Chester rochen wirklich nach Stroh. Ich streckte den Arm aus, drückte auf den Pinn, und die Kippe verschwand in dem Behälter aus gehämmertem Blech. Die Drehscheibe hörte sich wie Sophies alter Kreisel an, nur ohne Lied.

Die Tür der Bude stand offen, der alte Pomrehn saß auf der Bank. Er hatte sich die Haare mit Wasser zurückgekämmt und trug ein weißes Hemd und eine Anzughose, aber keine Schuhe. Mit einem Fuß kraulte er den Hund, der vor ihm auf dem Boden lag, im Nacken. »Da kommt ja der alte Krieger ...« Zorro, als hätte er ihn verstanden, drehte den Kopf und sprang auf. Ich blieb stehen, und er hechelte und tapste auf der Stelle herum, als wüßte er nicht, wohin mit sich. Immer wieder knickte ihm die linke Hinterpfote weg. Pomrehn grinste. »Der freut sich. Der kann unterscheiden. Stimmts, Zorro?«

Der Hund sprang an mir hoch, stemmte die Pfoten gegen meinen Bauch, und ich kraulte ihm den Hals, zerrte an dem Fell, als wärs ein Pullover. Er stank nach Dosenfutter und versuchte, mir mit der Zunge durchs Gesicht zu schlappen. Doch ich hob das Kinn, stieß ihn weg. Dann bückte ich mich nach einem angekohlten Stock, warf ihn ins Gestrüpp, und kläffend sprang er hinterher.

»Von wegen Jagdhund ...« Der Alte schüttelte den Kopf. »Der wird selbst gejagt. Von seinem Dämon. Sag mal, ihr habt nicht zufällig was zu trinken in der Bude versteckt? 'n Flachmann oder so?«

Ich zuckte mit den Schultern. »Nicht, daß ich wüßte. War 'n paar Tage nicht hier. Was ist ein Dämon?«

Er sah nicht auf, kratzte sich einen Handrücken. »Nix Gutes, glaub ich. Etwas, das du nicht los wirst. Sitzt dir immer im Nacken.«

Dann spuckte er in die Asche, und Zorro kam mit einer rostigen Büchse im Maul zurück, legte sie vor die

Bude. Die braunen Flecken auf seinem graumelierten Fell glänzten in der Sonne, und er setzte sich zwischen uns und blickte abwechselnd von dem Alten zu mir. Sabber tropfte von der Zunge.

Pomrehn räusperte sich. »Dieser Hund ist 'ne Witzfigur, oder? Guck mal, wie der uns zuhört. Der weiß gar nicht, daß er 'n Hund ist. Der denkt, er wär 'n Mensch. Nichtraucher. Aber er ist mal geprügelt worden, und das kann er nicht vergessen.«

»Wieso glauben Sie das? Weil er so komisch läuft?«

Die Ellbogen auf den Knien, verschränkte er die Hände, starrte vor sich hin. Das weiße Hemd mußte lange im Schrank gelegen haben, die Knickstellen auf dem Rücken waren vergilbt. »Ach was, das wird 'n Geburtsfehler sein, irgendwas an der Hüfte. Hier ...«

Er streckte einen Arm, ballte die Hand, und Zorro stutzte, sank ins Gras. Die Schnauze auf den Pfoten, winselte er leise und blickte zu dem Alten hoch, der die Brauen zusammenzog, was ihn streng aussehen ließ, düster. Doch als er die Faust plötzlich vorstieß, ganz kurz nur, berührten sich nicht einmal die Schatten. Trotzdem sprang der Hund auf, wich einen Schritt zur Seite. Den Kopf unterhalb der Schultern, die Nackenhaare gesträubt, stand er etwas spreizbeinig da und zog die Nase kraus, fletschte die Zähne. Er hatte den Schwanz tief zwischen die Hinterbeine gezogen, und sein Knurren klang seltsam, als siedete etwas in seiner Kehle, und wurde immer noch lauter. Speichel lief aus den Lefzen hervor, doch Pomrehn schien keine Furcht zu haben. Er drehte sich nach mir um. »Siehst du? Der hat so manche Faust zu schmecken gekriegt.«

Dann öffnete er seine, hielt ihm die flache Hand hin, nickte ihm zu. »Guter Junge! Ist ja gut.« Seine Stimme war plötzlich tiefer, und Zorro entspannte sich, sank wieder ins Gras. Der Schwanz wedelte die Asche vor der Feuerstelle auf. Schließlich kroch er auf dem Bauch zur Bank, roch an den Füßen des Alten und drehte sich auf den Rücken. Ließ sich das Brustfell kraulen.

Ich zog eine halbvolle, schon etwas zerdrückte Schachtel Chester aus der Tasche. »Woher wußten Sie das?«

Pomrehn, über den Hund geneigt, blickte zu mir auf. Er grinste irgendwie bitter. Seine Augen waren schmal, die Falten an den Winkeln wie Strahlen, und die Nase hatte im oberen Teil einen Buckel, als wäre sie mal gebrochen gewesen. Er schloß die Hand um die Zigaretten. »Na, ich bin doch 'n alter Indianer! Wie du.«

Alle Gorny-Kinder standen um den Wagen herum, und auch Marusha bückte sich einmal vor dem Seitenfenster, bevor sie ins Haus ging. Ihr Rock war so kurz, daß man den Schlüpfer sah, als sie die Treppe hinaufstieg. »He!« Sie blieb stehen. Eine Hand am Geländer, winkelte sie den Ellbogen ab und schaute unter ihrer Achsel hindurch. »Wo guckst du hin?«

Ich trug die Reisetasche und den roten Koffer meiner Schwester hinaus. »Wieso denn? Nirgends.«

»Von wegen! Du hast mir untern Rock gelinst!«

»Gar nicht wahr.«

»Da! Schon wieder! Das sag ich deiner Mutter, kleines Miststück. Dann setzt es aber was!«

Ich verzog den Mund, die Oberlippe, damit sie einen Reißzahn sah, und sie beugte sich über das Geländer, streckte mir die Zunge raus. Dann stieg sie weiter hinauf, und ihr Po streifte die Tapete, als sie meinem Vater Platz machte. Auch er trug einen Koffer, den großen braunen; die Pappe war wie Leder genarbt und nur an den Ecken etwas zerschrammt. Meine Mutter folgte ihm und sah nicht auf, als sie an Marusha vorüberkam. Sie kontrollierte den Inhalt ihrer Handtasche.

»Gute Reise, Frau Collien!«

»Danke, werd ich haben. Paß auf meine Männer auf, hörst du. Und wenn sie frech werden, immer kräftig was hinter die Löffel.«

Das Mädchen lächelte breit, zwinkerte mir zu, und ich drehte mich weg. »Wo kommen die Sachen hin? Nach hinten?«

Mein Vater nickte, und als wir auf die Straße traten, waren noch mehr Kinder da. Aber auch Frau Streep und Herr Karwendel, Nachbarn von gegenüber, standen mit verschränkten Armen hinter ihren Zäunen und begutachteten Opa Jupps Wagen. Es war ein amerikanischer, ein Ford Mercury Combi, schwarz, dessen Kühler wie ein Raubtiergebiß aussah. Auch die Heckflossen mit ihren verchromten Kanten erinnerten an einen Hai, und wenn die großen, über die gesamte Breite des Wagens reichenden Rück- und Bremslichter aufstrahlten, verfärbte sich der Asphalt. Der kleine Schulz prüfte mit der Schuhspitze, ob sich das Weiße von den Reifen scheuern ließ. Da er erst vor kurzem hergezogen war mit seinen Eltern, kannte er den Wagen noch nicht. »Bei euch jemand gestorben?«

Ich öffnete die Heckklappe und stellte das Gepäck neben den Sarg. »Nein. Meine Mutter und Sophie fahren in Urlaub.«

»Ach so.« Er zeigte auf den Deckel voller weißer und lachsfarbener Nelken. »Ist da eine Leiche drunter?«

Ich sah meinen Vater an, doch der sagte nichts. Er schob den Koffer zu den übrigen Sachen, und ich schüttelte den Kopf. »Nein, ich glaub nicht.«

Der kleine Schulz seufzte. »Schade. Wollen wir heute nachmittag mit den Eisenautos spielen? Ich hab eine Rennbahn gebaut.«

»Vielleicht … Mal sehen.«

Ich stieg ein. Es gab nur Vordersitze, eine durchgehende Bank aus cremefarbenem Leder, und mein Vater setzte sich ans Steuer, drehte den Zündschlüssel um. Ich rückte neben ihn, und meine Mutter, die ihre Kostümjacke ausgezogen hatte, drückte auf den Zigarettenanzünder und rief durch die offene Tür nach Sophie. »Wirds bald?!«

Die sprang über die niedrige Hecke der Vogels, kam in Hüpfschritten um den Wagen und plumpste so ungestüm auf das Polster, daß ihr ein Bonbon aus dem Mund fiel. Anna und Rita, ihre Freundinnen, winkten; beide hatten große Lücken zwischen den Zähnen, und sie winkte zurück, während wir anfuhren. Der Motor machte kaum ein Geräusch.

»Die blöden Kühe!« Sie flüsterte. »Die sagen, wir stecken uns mit Leichengift an und kriegen Ausschlag und so. Stimmt das?«

Meine Mutter schmunzelte. »Die sind neidisch ... Paß auf, Walter, die Katze!«

Mein Vater lenkte den Wagen auf die Sterkrader Straße. Ich blickte auf das Tachometer, das nicht rund oder oval war wie bei anderen Autos. Eine rechteckige schwarze Scheibe, auf der ein waagerechter Pfeil erschien und mit zunehmender Geschwindigkeit, die in Meilen gemessen wurde, die Farbe wechselte: weiß, gelb, orange, rot und später, als wir ein Stück über die Schnellstraße fuhren, sogar violett. In den Autos, die wir überholten, veränderten sich die Gesichter, wurden seltsam starr. Hier und da erschienen senkrechte Falten zwischen den Augenbrauen, und die Lippen, gerade noch bewegt oder zum Lachen geöffnet, schlossen sich. Und wenn Sophie in die Hände klatschte, strahlend winkte oder ihre Fratzen schnitt, sah man sich verständnislos und wohl auch bestürzt an, und nur selten erwiderte jemand den Gruß – mit einem knappen Nicken oder Lächeln, dünn wie Luft.

Vorm Bahnhof stoppte mein Vater hinter den Taxen, und einige Menschen drehten die Köpfe, als er das Gepäck aus dem Sargraum zog. Er sah auf die Uhr, eine alte Kienzle mit gesprungenem Glas. »Ihr habt noch Zeit. Geht 'ne Bockwurst essen.« Dann reichte er meiner Mutter die Kostümjacke, hielt sie ihr mit zwei Fingern am Aufhänger hin. »Gib acht, daß die Kleine nicht so weit rausschwimmt, hörst du. Und laß sie nicht zu den Stuten auf die Koppel; die haben jetzt alle ihre Fohlen gekriegt.«

Sie nickte. An der Jacke hing ein kleines goldenes Eichhorn mit rubinroten Augen, und sie klappte den

Blusenkragen über das Revers, zupfte sich ein Haar vom Ärmel. Mein Vater stieß mich an. »Na los, sag tschüs. Und dann steig ein.«

Ich zeigte auf das Gepäck. »Bringen wir es ihnen nicht zum Zug?«

Meine Mutter, die sich die Nägel frisch lackiert hatte, streifte ein paar Handschuhe aus weißen Netzmaschen über. »Ach was, das ist nicht schwer. Paßt auf euch auf. Im Kühlschrank steht noch Nudelsalat. Und geht ab und zu mal mit dem Staubsauger durch die Wohnung.«

Ich wollte ihr die Hand geben, doch das kam mir seltsam vor. Aber umarmt hatten wir uns auch noch nie. Sie glättete ihren Rock, die Falten über dem Schoß, während Sophie sich auf die Zehen stellte und in die gläserne Trommel eines Losverkäufers blickte. Mein Vater stieg ein, schlug die Fahrertür zu. Ich blieb noch stehen.

Meine Mutter blickte auf. »Ja, was ist denn? Warum steigst du nicht ein?« Ich wußte nichts zu sagen, zuckte mit den Schultern. Als ich die Fäuste in die Taschen meiner kurzen Hose steckte, schauten die Zipfel unter dem Saum hervor. An meinen Knien alte Schrammen. »Keine Straßenschuhe in der Wohnung, hörst du. Eßt Obst. Und die Pflanzen nicht vergessen. Nun mach schon, Juli, der Papa wartet.« Sie wies mit einer Kopfbewegung auf den Laderaum, wo manche Blumen schon die Köpfe hängen ließen, und sagte leise, fast flüsternd: »Die Leiche muß ins Kühlhaus!«

Ich schloß die Heckklappe und stieg ein. Die beiden winkten, und mein Vater zog an dem Automatikhebel.

Er setzte ein Stück zurück, umfuhr einen Krankenwagen, und als wir wieder an ihnen vorbeirollten, hatte meine Mutter sich schon umgedreht und redete mit
dem Losverkäufer. Doch Sophie, ihren schlaffen Teddy
im Arm, kam noch einmal an den Wagen und klopfte
ans Fenster. »Juli!« Mein Vater bremste. Sie legte den
Mund an den Schlitz. »Ich bring dir Muscheln mit,
ja?«
Fast gleichzeitig drückten wir die Hände gegen das
Glas, und dann zog der Wagen wieder an, und ich
drehte mich um, blickte an dem Sarg vorbei durch den
Laderaum. Doch die Scheiben waren mattiert; nur wo
zwei Palmzweige sich kreuzten, funkelte das Glas klar.
Aber man erkannte kaum mehr als das Ziegelrot des
Bahnhofs oder das Schwarz der Taxen. Und dann bog
mein Vater auch schon um die Ecke.

Wir fuhren schweigend. Zwischen uns lag der Kittel,
den er immer trug, wenn er bei Opa Jupp aushalf. Darauf ein Paar Gummihandschuhe, rosa. Es war heiß, die
Luft über dem Asphalt flirrte. Zwei Kinder in wolle-
nen Badehosen balancierten auf dem Geländer der
Kanalbrücke und sprangen, als sie die Mitte erreicht
hatten, mit ausgebreiteten Armen in die Tiefe. Auf
einem Kohlenschiff kläffte ein Hund.
Opa Jupp wohnte in Sterkrade, gegenüber dem Johan-
niter-Krankenhaus, und er wartete schon vor der Tür
seines schmalen Ladens. In dem Fenster, in dem ein
plissierter Vorhang hing, hatte kaum mehr Platz als ein
Gummibaum und eine einzelne Urne auf einem Mar-

morsockel. Über der Tür stand in goldenen Lettern: Hess. Bestattungen. Wie immer trug er eine Prinz-Heinrich-Mütze, und die Zigarre in seinem Mundwinkel war nur noch kurz. Er blickte auf die Uhr. »Na, haben wir die Süßen zur Bahn gebracht?«

Mein Vater langte unters Armaturenbrett und zog die Handbremse an. Dann rückte er zur Seite, und sein Stiefvater zwängte sich hinters Steuer. Er war nicht sehr groß, hatte aber einen so gewaltig dicken Bauch, daß er sich weit zurücksetzen mußte und das Lenkrad aus poliertem Holz nur im unteren Teil umfassen konnte, nur mit den Fingerspitzen. Er drückte den Stummel in den Aschenbecher und reichte mir die Hand mit dem blauen Siegelring. »Tach, Sohnemann. Alles paletti? 'n Haarschnitt könnten wir mal wieder gebrauchen. Oder fängste jetzt auch schon wie die Pilzköppe an?«

Ich grinste, und er startete und fuhr los, sehr langsam. Auch die Pedale berührte er nur mit den Fußspitzen, und er sah nicht in den Spiegel, wenn er die Spur wechselte oder abbog. Doch niemand hupte. Am Hagelkreuz hielt er vor einer Ampel. »Was ist?« Es war immer ein Schnorcheln in seiner Stimme, als hätte er eine verstopfte Nase. »Bringen wir den Lütten erst nach Hause?«

Mein Vater, die Hände im Schoß, war wohl eingenickt. Jedenfalls zuckte er zusammen, blickte auf. »Wie? Ach was. Das kostet nur Zeit. Hab heut Nachtschicht.«

»Am Samstag? Donnerwetter. Gehts der Kohle wieder besser?«

An der Tonhalle war ein Plakatkasten zertrümmert, in dem anderen wurde für Ursus der Rächer geworben. Opa Jupp sah mich aus den Augenwinkeln an. »Haben wir denn schon mal 'ne Leiche erlebt?« Ich schüttelte den Kopf, und er bog auf den Friedhof hinter dem Kino. Kies knirschte unter den Reifen, prasselte gegen das Bodenblech. »Na ja, irgendwann ist immer das erste Mal. Sind auch nur Menschen.«

Wir fuhren durch eine Ahornallee, stoppten vor der Kapelle. Sie hatte einen Portikus voller Engel, und es gab Schriftzeichen im Stuck, die ich nicht kannte. Opa Jupp bemerkte meinen Blick. »Das ist Griechisch. Alpha und Omega. Weißt du, was das bedeutet?« Ich verneinte, und er fingerte eine neue Zigarre aus seinem Lederetui, bohrte mit dem Streichholz ein Loch in die Spitze. »Ich auch nicht. Sind wohl Automarken.«

Wir stiegen aus, betraten den Klinkerbau neben der Kapelle. Er hatte keine Fenster, nur Oberlichter aus Glasbausteinen, und wir gingen an einer Reihe numerierter Flügeltüren vorbei, alle geschlossen. Am Ende des Ganges befand sich eine Nische mit einem Kreuz, an dem ein Christus aus Bronze hing, und mein Vater langte hoch, zog einen Schlüssel hinter dem INRI-Schild hervor und öffnete die letzte Tür, drückte auf einen Schalter.

Abgestandene Kaltluft strömte uns entgegen, Neonlicht flackerte auf. Ein leerer Raum, nicht größer als unser Badezimmer und ähnlich gekachelt; in der Ecke, neben einem Kübel voll Immergrün, zwei Holzböcke, und mein Vater stellte sie in die Mitte und achtete darauf, daß die Beine genau da standen, wo es bereits

Abschürfungen im Estrich gab. Opa Jupp warf eine schwarze, an den Rändern mit Brokat umsäumte Samtdecke darüber, und gemeinsam zogen und zupften wir sie so zurecht, daß die vier Ecken den Boden berührten.

Dann gingen die Männer hinaus und holten den Sarg. Die Nelken auf dem Deckel wippten, als sie ihn durch den Gang trugen, langsam, und mein Vater, der rückwärts ging, blickte sich über die Schulter nach mir um. »Prosper« stand in verwaschener Schrift auf dem grauen Kittel. »Sag mal, hast *du* eigentlich unseren Wohnungsschlüssel?«

Ich nickte, und sie bogen um die Ecke, setzten die Last auf den Böcken ab. Die Zigarre im Mund, schnaufte Opa Jupp so, daß Ascheflöckchen von der Glut flogen. Doch zwinkerte er mir zu, krümmte einen Zeigefinger und klopfte gegen das lasierte Holz. »Hallo? Dürfen wir reinkommen?« Dann drehte er die kupfernen Flügelschrauben ab und blickte sich um, schien eine Ablage zu suchen. Schließlich gab er sie mir, und auch mein Vater, der dasselbe an der anderen Sargseite machte, reichte mir seine. Vorsichtig hoben die Männer den Deckel an, lehnten ihn gegen die Wand. Ein paar Nelken fielen zu Boden.

Der Tote, ein alter, sehr zarter Mann unter einer ornamental gesteppten Decke war etwas zur Seite gerutscht, und Opa Jupp beugte sich über ihn, schob die Hände hinter seine Schultern, rückte ihn zurecht. Dann trat er einen Schritt in den Flur, begutachtete seine Arbeit und ließ ein verärgertes Schmatzen hören. Er legte die Zigarre auf die Türklinke, packte noch einmal zu und zog ihn ein Stück höher auf dem Kissen, unter dessen perlfarbenem Bezug es knisterte, als wäre Holzwolle darin oder Stroh. Nun ragte der Kopf mit den eingefallenen Schläfen und der schön gewölbten Stirn über den Sargrand hinaus, und man konnte auch nicht mehr in die Nasenlöcher sehen.

Wachsweiß war die Haut im Gesicht, und auch seine Hände, die mein Vater ihm auf der Brust zusammenlegte – die Finger wurden ineinander verhakt – kamen mir durchscheinend vor, wie wäßrige Milch. Er trug zwei Eheringe, und Opa Jupp stieß mich an. »Nun guck mal da! Über achtzig Jahre, und hat nicht genug. Will immer noch was spannen.«

Er zeigte auf das linke Auge, das sich einen Spaltbreit geöffnet hatte. Man sah ein wenig von der Iris, grau, etwas gelbliches Weiß, und mein Vater berührte das Lid mit dem kleinen Finger, drückte es zu. Als er ihn zurückzog, zeichnete sich einen Moment lang die Riffelung seiner Handschuhe darauf ab. Doch das Auge öffnete sich wieder, sogar noch etwas weiter, die Iris war nicht grau, sondern blau, und Opa Jupp schüttelte den Kopf. »Nee, nee, Waller, so wird das nix.«

Er griff in seine Kitteltasche und legte nacheinander einen Kamm, eine Nagelschere, einen Lippenstift und eine Puderdose von Lancôme auf die Decke; meine Mutter hatte die gleiche. Außerdem ein paar Baumwolltupfer und eine winzige Tube. Sie verschwand fast zwischen seinen dicken Fingern, und während mein Vater das Auge des Toten aufzog, füllte er das untere Lid mit einer Flüssigkeit aus, deren Geruch mir bekannt vorkam. Ich trat an den Sarg.

»Was ist das?«

Opa Jupp schraubte die Tube wieder zu. »Das? Frag mich nicht. Irgendwas gegen Bindehautentzündung, glaub ich.« Mein Vater drückte die Lider zusammen und ließ den Daumen eine Weile darauf. Dabei sah er auf seine Kienzle.

In dem Kamm auf der Decke hingen verschiedenfarbige Haare, und Opa Jupp ging über den Flur, öffnete eine Stahltür und blickte sich um. Niemand war zu sehen zwischen den Gräbern, und er bückte sich, rupfte ein paar Buchsbaumzweige aus einer Umfriedung und verteilte sie auf der Decke. »Bißchen Petersilie muß sein. Kann man alles berechnen.«

Das Auge blieb geschlossen, und wir traten zurück. Der Tote sah zufrieden aus, schien sogar ein wenig zu grinsen, und ich bekreuzigte mich unauffällig mit dem Daumen. Hinter mir schnalzten die Handschuhe, die mein Vater sich von den Fingern zog.

Opa Jupp löste die Bremse. »So, und jetzt haben wir uns 'n schönes Eisbein verdient.«

Er fuhr vom Friedhof. Das Plakat in dem Schaukasten wurde gewechselt, Herkules und die wilden Amazonen, und er brachte uns in die Stadtmitte, stoppte vor der Bushaltestelle. Dann zerzauste er mir die Haare. »Wir verrechnen das beim nächsten Mal, Waller. Bin grad bißchen klamm. Hier ist schon mal 'n Fünfer, falls du den Lütten zum Friseur schicken willst.« Er gab meinem Vater einen Zwanzigmarkschein, und wir stiegen aus und sahen ihm nach. Zwar fuhr er Richtung Gutehoffnungs-Hütte, kam aber kurz darauf schon wieder an uns vorbei, auf der anderen Seite der vierspurigen Straße. Die Zigarre zwischen den Fingern, winkte er aus dem offenen Fenster.

Der Bus war fast leer. Außer uns saß nur noch eine ältere Frau darin. Sie hielt eine Kunstledertasche auf dem Schoß, in der es manchmal kläglich miaute. Dann zog sie den Reißverschluß auf und flüsterte etwas in beruhigendem Ton. Mein Vater nickte wieder ein. Als der Bus am Hallenbad in eine enge Kurve fuhr, sank er gegen mich und blieb so während der restlichen Fahrt. Obwohl er schwer war, rührte ich mich nicht. Doch kurz vor der Endstation weckte ich ihn auf.

Nicht viele Autos standen auf der Straße, und alle wurden gerade gewaschen. Die Frauen seiften sie ein, die Männer lederten sie ab, und die Kinder schleppten das Wasser herbei. Vor unserem Haus kramte ich in der Hosentasche und bekam einen Schreck, blickte mich um. Mein Vater stutzte. »Was ist? Schlüssel verloren? Mach mich bloß nicht schwach.«

»Nein, nein. Ich dachte …«

»Na, dann schließ auf!«

Ich zog den Bund hervor. Er hatte einen Anhänger aus Gummi, Kater Karlo, und ich nahm immer zwei Stufen auf einmal und lief, ohne die Schuhe auszuziehen, sofort ins Kinderzimmer. Sophies Bett war abgezogen, und die Hand zitterte etwas, als ich die Lade meines Schranks öffnete und die Wäsche anhob. Ich steckte die Faust tief hinein und schloß unwillkürlich die Augen, als würde ich es so nicht hören, das leise Poltern der vier Flügelschrauben auf dem Holz.

Am nächsten Tag kam ich zu spät in die Sakristei. Alle passenden Gewänder waren weg, und Herr Saale, der Küster, gab mir eins für Erwachsene und ein Gummiband dazu. Man mußte es sich um den Bauch binden und alles, was zu lang war an dem roten Talar, darüberraffen. So entstanden drei Lagen Stoff, über die dann noch das weiße Baumwoll- oder Spitzenkleid kam, und ich schwitzte schon, bevor das Hochamt begann. Die anderen saßen auf der langen Bank und spielten Karten.

Pfarrer Stürwald sah mich an. Er humpelte, hatte einen richtigen Klumpfuß, der in einem schwarzen Spezialschuh steckte, und im Religionsunterricht schlug er schon mal zu. Wir nannten ihn Pastek. Er streckte einen Finger vor. »Kannst du lesen?« Cremefarben die Robe, und er trug eine Schärpe aus Silberbrokat; doch die Brillengläser waren schmutzig, man konnte Fingerabdrücke und Haarschuppen sehen.

Über dem Schrank hing ein Schild: Alle Ministranten haben spätestens 10 Minuten vor der Messe in der Sakristei zu sein. Das Flüstern und Tuscheln der anderen verstummte.

»Entschuldigung, ich hab verschlafen. Meine Mutter ist verreist, und der Wecker …«

Er winkte ab. »Interessiert mich nicht.« Dann schlug er ein ledergebundenes Buch auf, eines der großen, und hielt es mir hin. Sein Daumen war gelb. »Lies mal die Stelle hier. Schön laut.«

Ein Text in Fraktur. Die ausgemalte Initiale war so fett gedruckt, daß ich die Motive, Blattgirlanden und kleine Vögel, unter meinen Fingern fühlte. »Die Väter haben saure Trauben gegessen, aber den Kindern sind die Zähne davon stumpf geworden. Denn siehe, alle Menschen gehören mir; die Väter gehören mir so gut wie die Söhne; jeder, der sündigt, soll sterben.«

»Na prima.« Stürwald hustete; sein Atem roch nach Rauch. »Klingt doch gut. Du machst den Lektor. Gib acht, daß du nicht zwei Seiten auf einmal umblätterst; der Goldrand klebt. Und los jetzt, stellt euch auf!«

Er reichte mir das prunkvolle Buch, und ich trat an die Spitze des Zugs und blickte mich um. Lektoren wurden nur die älteren Ministranten, oft machten es auch Erwachsene, doch an diesem Sonntag waren alle jünger als ich. Vom kleinen Schulz, der direkt hinter mir stand, wußte ich sogar, daß er noch nicht einmal sein Confiteor auswendig konnte, immer nur murmelte, wenn es an der Reihe war, und ich atmete tief, als der Küster auf die kleine Glocke schlug, hob mir das Buch vor die Brust. Die Kirche, so viel sah ich schon durch den Türspalt, war voll.

Vor Aufregung vergaß ich jedoch, noch einmal rasch das Gummiband zu richten, es hochzuziehen unter dem Überwurf. Wie die meisten in der Schublade war es ausgeleiert und mitsamt der Stoffmassen, die es zu halten hatte, vom Oberbauch auf die Hüften gerutscht. Die Orgel dröhnte, die Gemeinde sang, und da ich mit dem schweren Buch in beiden Händen nichts korrigieren konnte, trat ich mir schon nach wenigen Schritten auf den Saum, was ihn noch etwas tiefer herabzog.

Obwohl man alle Türen und Oberlichter geöffnet

hatte, war es atemberaubend heiß. Sogar im Gang standen Menschen, und um den langen Weg entlang der Sitzbänke bis zum Altar überhaupt noch gehen zu können, ohne zu stürzen, mußte ich den roten Stoff bei jedem Schritt ein wenig vorauskicken, was ein wildes Flappen und Flattern ergab. Einige Erwachsene in den vorderen Reihen grinsten. Ein kleines Mädchen hielt sich die Hand vor den Mund.

Auch Herr Gorny war da. Er stand zwischen Männer- und Frauenblock und blickte mich lange unverwandt an. Dabei verengte er die Augen, und die schmalen Lippen zuckten, bevor er die Seite in seinem Gesangbuch umblätterte, mit feuchtem Finger. Einen Lidschlag lang sah ich die Kuppe durch das dünne Papier hindurch und wurde wohl noch langsamer. Stürwald räusperte sich. Der kleine Schulz drückte mir seine gefalteten Hände in den Rücken.

Auf dem staubigen Weg zwischen den Feldern radelte mein Vater zur Zeche. Er trug seine braune Cordjacke mit dem Lederkragen, und bald schon war er nur ein Punkt und schließlich ganz verschwunden im Wäldchen vor dem Förderturm. Die Sonne stand tief. Das Katzenauge an seinem Schutzblech glühte noch einmal auf.

Der Schatten des spitzgiebeligen Wetterhäuschens auf dem Balkon zog sich über die ganze Mauer. Ich saß in der Ecke unter dem leeren Schwalbennest und löffelte einen Joghurt, als die Tür in Marushas Zimmer knarrte. Aus dem offenen Fenster wehte die Gardine einen

Augenblick lang über unseren Tisch, und dann hörte ich Musik, die Beatles, und beugte mich vor.

Sie trug den karierten Rock und einen Büstenhalter, und der rote Himmel flammte auf in dem großen Spiegel, als sie den Wäscheschrank öffnete. Um ans obere Fach zu kommen, mußte sie sich auf die Zehen stellen, was die Muskeln an ihren Waden hervortreten ließ. Papier fiel zu Boden, zwei zerdrückte Taschentücher, und sie öffnete den Halter, hängte ihn an die Klinke und streifte ein weißes Shirt über den Kopf, ziemlich eng. Nase und Kinn zeichneten sich ab unter dem Gewebe, während sie daran zerrte, der offene Mund, und ungeduldig stampfte sie auf.

Die Brüste meiner Mutter hatte ich noch nie gesehen, aber sogar im Mieder waren sie nicht so voll wie die von Marusha, die ein wenig wippten. Hauchblaue Adern verloren sich an den Seiten, und die Warzen hoben sich kaum ab von der braunen, im Abendlicht annähernd goldenen Haut. Doch auf einer glänzte ein Haar.

Die Platte war zu Ende, schnellte aus dem Gehäuse, und sie streckte einen Fuß vor und schob sie noch einmal hinein. Da entdeckte sie mich in dem Gardinenspalt und schien zu erstarren. Zwei, drei Herzschläge lang blickte sie drohend aus dem Spiegel heraus in meine Richtung. Dann zog sie den Stoff langsam über den Oberkörper bis zum Nabel und drehte sich um, krallte nach mir durch die Gardine.

»He, du Spanner! Hau ab!«

Ich wich zurück, blieb aber sitzen.

»Na, wirds bald?! Daß du dich nicht schämst …«

»Wieso denn? Das ist unser Balkon. Ich hab hier 'n Joghurt gegessen.«

Sie riß den Store zur Seite und funkelte mich an. »Von wegen Joghurt! Du hast mir auf die Titten geglotzt!«

»Gar nicht. Auf den Rücken.«

»Also hast du doch hier reingeguckt!«

Sie holte aus, und ich drückte mich tiefer in die Ecke. Die Körner im Rauhputz stachen mir in den Arm. »Wenn du's Fenster offenläßt! Wo soll ich denn hinsehen. Ich wohn doch hier ... Willst du 'ne Kippe?«

Sie hob das Kinn, zupfte an ihrem Ohrring. Doch ihr wütender Blick wurde etwas weicher. »Geile Sau!« Sie schmunzelte streng. »Dein Alter da?«

Ich schüttelte den Kopf. »Gerade weg. Hat Nachtschicht. Aber seine Gold-Dollar liegen drüben, auf der Couch.«

»Laß mal. Sind mir zu stark.«

Sie setzte sich auf die Fensterbank, winkelte die Knie an und drehte sich auf dem Po herum. Stellte die Füße auf unseren Tisch. Der Rock war so hoch gerutscht, daß ich das weiße Dreieck zwischen ihren Schenkeln sah, die unschöne Falte im Stoff. Ich blickte über die Brüstung in den Garten, wo Herr Gorny Äste von einem Obstbaum sägte. Marusha schob die Unterlippe vor, blies sich eine Strähne aus der Stirn. »Puh ... Diese Hitze macht einen kirre, was? Warst du schwimmen?«

»Nein. Ist mir zu weit.«

»Weit? Wieso? Du hast'n Fahrrad.«

»Ich doch nicht. Mein Vater. Ich darfs nur nehmen, wenn er nicht auf Schicht muß.« Ich löffelte den Rest aus meinem Glas, leckte den Löffel ab. »Was ist denn jetzt mit deiner Stelle? Bist du bei Lantermann?«

»Wo? Na, das hätte grad noch gefehlt. Bei Kaiser und Gantz bin ich!« Sie schlang die Arme um die Schienbeine, legte das Kinn auf ein Knie. »Probezeit. Aber glaub mal nicht, daß ich da bleibe. Die schubsen einen nur rum. Bei den Temperaturen im Stofflager, die Ballen schwer wie Blei – kannst du dir vorstellen, wie das ist? Und kaum bin ich fertig und will nach vorn, wo's klimatisiert ist, zeigt die Zimtzicke auf meine Bluse und sagt: Mit den Schwitzflecken dürfen Sie aber nicht vor die Kundschaft, liebes Fräulein. Also geh ich wieder ins Lager und muß mich auch noch betatschen lassen. Danke!«

»Dann mach doch was anderes.«

»Ach ja? Und was? Putzen bei Hoesch? Oder soll ich in die Schokoladenfabrik, mit Kittel und Häubchen?« Als sie die Füße bewegte, hinterließen ihre Zehen zarte Abdrücke auf der Tischplatte, die aber sofort trockneten. »Laß dich dick machen, sagt der Jonny immer, dann kriegst du Stütze. So ist der.«

»Warum denn? Du mußt die Schokolade ja nicht essen. Nur verpacken.«

Sie zog kurz die Brauen zusammen, schüttelte den Kopf. Dann lächelte sie. »Du bist wirklich süß … Hat deine Mutter schon geschrieben?«

»Nein. Sie ist ja grad erst weg.«

»Und ihr seid einsam, was? Aber du hast jetzt sturmfreie Bude. Lad doch deine Freundin ein!«

»Wieso? Was soll denn das immer! Ich hab keine Freundin. Bin doch erst zwölf.«

»Du bist fast dreizehn. Da kann man schon 'ne Menge drehen. Mit zwölf war ich zum ersten Mal schicker. Wen magst'n du in deiner Klasse? Kenn ich die?«

»Wir sind nur Jungs.«

»Aber in der Parallelklasse? Gibts da eine?«

Ich zuckte mit den Achseln, wischte das Joghurtfläschchen aus. »Weiß nicht. Vielleicht.«

»Und wer ist es? Sag schon!«

Den Finger im Mund, murmelte ich den Namen. Doch sie verstand ihn trotzdem, machte theatralisch große Augen. »Angelika Dezelak? Die mit dem schwulen Bruder? Harkordtstraße? Das ist nicht dein Ernst!«

»Na und? Wieso nicht?«

»Aber die trägt Glasbausteine, oder? Außerdem ist sie fast 'n Kopf größer als du. Was findst'n an dem Gestell?«

Ich stand auf. »Geht dich doch nichts an. Wir sind genau gleich groß. Und sie ist witzig. Aber weil sie immer Angst hat, hacken alle auf ihr rum. Mein letzter Wille, Frau mit Brille. Solche Sachen.«

»Und deswegen magst du sie?«

Ich antwortete nicht, ging in die Küche, spülte das Glas aus. Doch Marusha sprang vom Tisch und folgte mir. »Sag jetzt! Nur weil man sie verhohnepipelt, bist du in sie verliebt?«

»Quatsch! Wir gehen manchmal zusammen zur Schule, mehr nicht. Oder wir spielen Tier-Quartett. Was willst'n hier eigentlich? Das ist unsere Küche!«

Doch sie drängte mich mit der Hüfte zur Seite, drehte den Hahn auf und ließ sich Wasser in den Mund laufen. Es triefte von ihrem Kinn auf das Shirt. Dann hielt

sie die Hände darunter und legte sie sich in den Nak-
ken. »Küßt ihr euch denn schon?«

Ich sagte nichts, stieß nur etwas Luft durch die Nase,
und sie öffnete unseren Kühlschrank, musterte die
Fächer. Außer Margarine und Kondensmilch war nur
noch eine Flasche Bier und etwas Schwartenmagen
darin. Sie nahm das Fläschchen Lack aus dem Butter-
fach und verglich die Farbe mit ihren Nägeln. »Küssen
ist wichtig. Die meisten Jungs können das nicht. Küssen und zärtlich sein. Die wollen gleich immer … Da
kann die größte Schreckschraube kommen, frag den
Jonny. Dem ist es egal, ob 'ne Frau häßlich ist oder
aus'm Hals riecht oder so. Weißt du, was der sagt?
Legt er eben 'n Handtuch drüber.«

Ich setzte mich auf die Anrichte; jetzt war ich einen
halben Kopf größer als sie. »Wieso 'n Handtuch?
Dann sieht er sie ja nicht.«

Aus dem Fenster in den Garten starrend, auf die Reihen junger Obstbäume vor dem Schuppen, drehte
Marusha sich eine Locke um den Zeigefinger. Ein paar
Wassertropfen, klar wie Tau, glitzerten auf den
Schnittflächen der abgesägten Äste. Mit einem Tep-
pichmesser ritzte Herr Gorny die Rinde auf und löste
sie vorsichtig ein Stück weit vom Holz. Das machte er
an jedem Stumpf zweimal und wickelte dann aus einer
alten Windel im Gras ein paar kleine, sehr schräg an-
geschnittene Zweige. Die tunkte er in einen Leimtopf
und schob sie hinter die Rinde.

»Hast du überhaupt schon mal geküßt?«

Im Licht, das aus dem Schrank auf ihre Beine fiel, sah
ich Marushas Gänsehaut in der kühlen Luft, und ich

schluckte, schüttelte den Kopf, kriegte aber kein Wort raus. Obwohl sie sich nicht bewegt hatte, kam sie mir plötzlich sehr nah vor; ich roch den Atem, mehr Kaugummi als Rauch. »Dann mußt du es langsam mal lernen, oder?«

Sie sah mich kurz aus den Lidwinkeln an, beulte sich die Wange mit der Zunge aus, und ihre nackten Füße machten ein leises Geräusch auf den Dielen, als sie sich umdrehte und zur Wohnungstür ging. Die war nur angelehnt. »Wie lange hat dein Vater denn Nachtschicht?«

»Was? Keine Ahnung. Eine Woche.«

Sie trat auf die Matte. »Interessant. Und du bist ganz allein? Da komm ich dich doch mal besuchen, Kleiner.«

Ich grinste. »Von wegen! Hier wird alles abgeschlossen.«

Sie zog das Kinn an den Hals und ließ ein spöttisches Grunzen hören. »Als ob das ein Hindernis wäre ...«

Dann verschwand sie in ihrem Zimmer, und ich rutschte von der Anrichte, schlug den Eisschrank zu. Unten verband Herr Gorny die Stümpfe mit Bast.

»Übrigens ... Im Konsum suchen sie eine Hilfe.« Doch das hatte sie schon nicht mehr gehört.

Ich nahm den Besen aus dem Schrank und füllte einen Eimer mit Wasser. Nachdem ich einen Schuß Pril dazugegeben hatte, suchte ich nach einem Lappen, fand aber nur ein altes Hemd, das in der Rohrkrümmung unter dem Ausguß steckte. Es war voller Löcher, und ich brachte alles in den Flur und fegte die Treppe. In der Wohnung der Gornys spielte jemand auf dem Akkordeon, wahrscheinlich Lotte. Sie war die Jüngste und konnte kaum über das Instrument schauen. Meistens saß Frau Gorny neben ihr und half beim Aufziehen und Schließen des Balgs, während sie die Tonleiter übte.

Ich fegte den Staub aus der offenen Haustür in den Garten und wischte dann Stufe um Stufe mit dem feuchten Lappen ab. Sonne schien durch das Oberlicht, und das rotbraune Holz glänzte wie frisch lakkiert. Da kam Wolfgang in den Flur. Auf dem Steg zwischen den Trägern seiner kurzen Lederhose klebte ein Edelweiß aus Horn, und er biß von einem Stück Fleischwurst ab, schmatzte. »He! Wieso machst du die Treppe naß!«

Ich antwortete nicht, wrang den Aufnehmer aus. Doch er blieb stehen. Die Gemeinheit in seinen Augen hatte etwas mit dem Scheitel zu tun; aber ich wußte nicht, was.

»Ihr habt vielleicht'n Jagdhund in dem Club! So'n Vieh hab ich noch nie gesehn. Ist doch krank, oder? Schlägt dauernd Kusselkopp und sabbert rum. Den würd ich einschläfern lassen.«

Ich wischte weiter, sah nicht auf. »Du bist ja nur sauer, weil du kein Mitglied wirst. Vier Stimmen gegen eine, und die gehörte dir.«

»Ach, Quatsch. Das ist doch Kinderkram, was ihr da macht.« Er spuckte etwas aus; ein winziges Stück Knorpel fiel auf den Boden, hüpfte über die Kacheln. »Ich geh jetzt aufs Gymnasium.«

»Na prima, Seppel. Da gehörst du auch hin.«

Er erwiderte wohl etwas, doch verstand ich es nicht. Laut schreiend stürmten Dietrich und Sabine, zwei jüngere Geschwister, an ihm vorbei ins Freie, und er folgte ihnen, schloß die Tür. Ich wischte die letzte Stufe ab und warf den Lappen in den Eimer. Lotte ließ ihre Finger über die Klaviatur spazieren, und pfeifend stieg ich die glänzende, im oberen Drittel leicht gewundene Treppe hinauf, wollte in unsere Wohnung. Doch sah ich schon nach wenigen Schritten, daß ich Abdrücke hinterließ auf dem feuchten Lack. Also ging ich noch einmal hinunter und begann, mich Stufe um Stufe rückwärts hochzuarbeiten, meine Spuren verwischend.

Das dauerte länger als das eigentliche Putzen, ich kam ins Schwitzen dabei und war fast oben, als die Haustür einen Spaltbreit geöffnet wurde. Flüsternd und kichernd blickten Dietrich und Sabine zu mir hoch, Lakritzspuren in den Mundwinkeln. Ihre Gesichter waren erhitzt, und einen Moment lang sah ich einen Hosenträger hinter ihnen, das Edelweiß aus Horn. Dann hoben sie ihre dünnen Arme und schleuderten fast gleichzeitig zwei Hände voller Gartenerde über die Stufen. Kleine Steine flogen bis zu mir hinauf und klickerten noch treppab, als die Tür schon wieder ins Schloß fiel.

»Briefmarkensammler!« Keine Ahnung, warum ich das schrie. In der Wut fiel mir nichts anderes ein. Der Sand knirschte unter meinen Sohlen, und auf der vorletzten Stufe rutschte ich aus, konnte mich aber fangen. Ich stürmte hinaus, doch auf dem Bürgersteig war niemand. Nur Wolfgangs Fahrrad stand in dem Ständer, der Pflasterplatte mit Vertiefung, und ich spuckte auf den Sattel. Dann ging ich durch den Flur und klopfte im Parterre. Das Akkordeon verstummte.

Frau Gorny, die wegen ihrer bandagierten Beine nur schlurchen konnte, öffnete mir. Sie kaute irgend etwas und lächelte über ihren gewaltigen Busen auf mich hinunter. »Na? Noch Hunger?« Sie hatte uns einen großen Topf Graupensuppe gekocht, für die ganze Woche, und ich schüttelte den Kopf, zeigte auf die Treppenstufen. Ich war noch etwas atemlos. Lotte stand hinter ihr, betrachtete mich mit offenem Mund, und ihre Mutter runzelte die Brauen, machte einen Schritt in den Flur. »Ja, was?«

Ich schluckte meinen Speichel. »Hab gewischt, und dann … Die Schweinerei da … Das hat der Wolfgang gemacht. Er hat Didi und Sabine angestiftet, und sie kamen mit Dreck und …« Ich machte eine Armbewegung, blickte zu ihr auf, doch sie verzog das Gesicht, als verstünde sie mich nicht. In den Taschen ihrer Kittelschürze kramend, schlurchte sie wieder in die Wohnung. Ihre Verbände rochen nach Teer.

»Wieso putzt *du* denn die Treppe?«

Ich zuckte mit den Achseln. »Sie war schmutzig.«

»Ja, aber nicht von uns, oder? Ihr geht doch da hoch. Wir wohnen hier unten.«

»Klar. Weiß ich. Aber der Sand und die Steine …«

Sie schüttelte den Kopf, steckte sich einen getrockneten Apfelring in den Mund. »Nein, nein.« Flusen aus der Schürze klebten daran, doch das schien sie nicht zu stören. Sie schmatzte leise. »So was machen meine Kinder nicht. Die sind anständig erzogen.« Dann schloß sie die Tür.

Der Mann schob den Wagen durch den ausgekohlten Raum. Er war leicht abschüssig und führte zu einem ungesicherten Blindschacht. In einem Haufen alter Fangeisen steckte ein Warnschild, und hinter einem Lattenkreuz ging es zwanzig Meter in die Tiefe. Die Schicht war um, und man hörte kaum etwas anderes als das Heulen der Luft, die durch den Wetterschacht geblasen wurde. Wie Rauch wirbelte der Staub durch den Strahl seiner Lampe, und der Mann arretierte die Räder, zog sich Handschuhe an und räumte die Eisen, die vielfach ineinander verzahnt waren, zur Seite. Dann stellte er ein Zusatzlicht auf, klappte den Zollstock auseinander und maß die Höhe des Strebs.
Das Holz im Förderwagen war neu, roch nach Harz, und er sägte ein halbes Dutzend Balken zurecht und verkeilte sie zwischen Sturz und Schwelle. Die Hammerschläge hallten wider in dem Schacht und den angrenzenden Füllörtern, als er Brett um Brett gegen die Kanthölzer nagelte; je schmaler die Öffnung, desto lauter rauschte die Zugluft und wurde schließlich so stark, daß sie ihm das Halstuch vor den Mund drückte. Dann war der Schacht verschalt, und er verstaute das restliche Holz und das Werkzeug, löschte die Handlampe und zog den Wagen zurück.
Obwohl die Schienen rostig waren, rollten die Räder fast geräuschlos, und nachdem er die Steigung hinter sich hatte, stoppte er an einer Streckenkreuzung mit

sogenanntem Sensenausbau, um sich die Schuhe fester zu binden. Anschließend zog er die zerbeulte Blechflasche aus dem Holz, schüttelte sie nah am Ohr und trank sie aus. Er liebte diese Stunde nach Feierabend, wenn die meisten Kumpel längst in der Kaue waren oder auf ihren Fahrrädern saßen, diese reiche Ereignislosigkeit, in der man nicht dauernd etwas tun oder wahrnehmen mußte. In der man sich wahrgenommen fühlte vom Berg. Kühl war es hier. Es roch entfernt nach Kalk.

Er wischte sich mit dem Handrücken über den Mund, drückte den Schnappverschluß zu, verstaute die Flasche in seiner Jacke. Die halbrunden Stahlträger wölbten sich über ihm wie die Rippen eines riesigen Brustkorbs, und er atmete tief und zog am Wagen – da schien sich etwas zu bewegen in der Höhe, lautlos und ohne jedes Gewicht. Als schöbe sich eine Dunkelheit in die andere. Als zuckte die Luft. Fledermäuse konnte es hier, knapp tausend Meter unter der Erde, nicht mehr geben, und er bog den Kopf in den Nacken drehte sich um. Der Lichtpunkt glitt zitternd über Mergel und Stahl, doch zu sehen war nichts. Mergel und Stahl.

Irgendwo heulte eine Schrämmaschine auf und verstummte. Ketten klirrten, und er ging weiter. Der Kalkgeruch nahm zu, und dann hörte er es auch schon, das vertraute Schlurchen der Einstauber, das Klappern ihrer Eimer und die rhythmisch ausgestoßenen Rufe. Vier Kopflampen näherten sich in einer grauweißen Wolke, und der Mann trat in eine Nische, einen aufgegebenen Vortrieb, und zog sich das Halstuch über

Mund und Nase. »Stau-ub!« rief der Ortsmann, der einen roten Helm trug und ihm zuwinkte; »Stau-ub!« wiederholten die anderen im Chor und griffen in die Kasteneimer, die an ihren Schultern hingen. Mit Wucht schleuderten sie je eine Handvoll Kalk über die Sohle und die seitlichen Stöße der Strecke, um so den Kohlenstaub zu binden und die Explosionsgefahr zu bannen.

In kleinen, aufeinander abgestimmten Schritten gingen sie an ihm vorüber, und auch ihre Armbewegungen waren wie die von Sämännern synchron, wobei die vorderen den unteren Teil und die folgenden den First der Strecke abdeckten. Sie hatten sich die Jackenärmel in die Handschuhe und die Hosenbeine in die Socken gestopft, doch keiner von ihnen trug einen Filter; die Masken hingen an den Gürteln. Der fünfte Mann, der ihnen in einigem Abstand folgte und die übersehenen Stellen versorgte, hielt eine Zigarette in der hohlen Hand, und als die Kolonne um die nächste Kurve bog, war alles Schwarze weiß.

Das Blatt in der Hand der Ansagerin zitterte, und sie sah nicht auf. Dreimal schon hatte sie sich versprochen bei dem Wort Warschauer-Pakt-Staaten, was mir derart peinlich war, daß ich mich am liebsten hinter dem Sessel versteckt hätte. Ich stellte den Ton ab und ging in die Küche, um mir ein Wurstbrot zu machen. Der Mond war nicht zu sehen hinter den Wolken, und die Laternen auf der Fernewaldstraße schienen zu flackern; doch es waren wohl die vielen Falter, die den

Eindruck erweckten. Die Weizenfelder rauschten, und manchmal hörte ich ein entferntes Grollen. Vielleicht gab es endlich ein Gewitter. Hinter Marushas Fenster kein Licht.

Ich zog die Pelle von der Wurst – da klingelte es. Ein kurzer, wie verschluckter Ton, als wäre jemand ohne Absicht an den Knopf gekommen. Im Bad hätte ich ihn kaum gehört, und ich lief durchs Wohnzimmer und blickte auf die Straße, wo nichts zu sehen war als eine Katze, die ihren Nacken an der Ecke eines Schaltkastens rieb. Der Fahrradspiegel, von den Vormietern an die Fensterbank geschraubt, um den Eingang im Auge zu haben, war verdreht.

Wieder klingelte es, ähnlich kurz und sicher genauso leise; doch fühlte ich meinen Puls im Hals. Der Türöffner befand sich im Flur, und als ich auf die Fußmatte trat, hätte ich fast geschrien vor Schreck, atmete jedenfalls japsend ein. Marusha hielt mir eine Hand vor den Mund. In dem bläulichen Geflacker des Fernsehers konnte ich erkennen, daß sie Shorts und eine ärmellose Bluse trug; außerdem roch sie parfümiert, und ich langte nach dem Drehschalter. »Bist du grad nach Haus gekommen? Wieso machst du kein Licht?«

Doch sie hielt meine Finger fest, zischte mich an; ihr Atem roch nach Zahnpasta. Und plötzlich huschte jemand die Treppe herauf, und zwar an der Innenseite, wo das Holz nicht knarrte. Die spitzen Schuhe in der Hand, nahm er immer zwei Stufen auf einmal, und sein Schatten wuchs über ihn und seine glänzende Haartolle hinaus und wurde wieder kleiner. Aus der Gesäßtasche der Jeans ragte eine Flasche.

Ohne ein Wort verschwand er in dem Zimmer, das Marusha ihm aufhielt, und obwohl sie die Tür gleich wieder schloß, hatte ich die Kerze gesehen, ein Avon-Duftlicht, wie es auch meine Mutter besaß. Mit dem Handrücken strich sie mir über die Wange. »Du verpetzt mich nicht, oder? Der Jonny hat Urlaub. Wir wollen nur was bereden.«

Sie hatte geflüstert, und auch ich sprach leise. »Schon gut, keine Angst. Knutschst du mit ihm?«

»Nicht frech werden, Kleiner. Geh schlafen!«

Dann schob sie mich in die Wohnung, schloß unsere Tür von außen, und ich drehte den Schlüssel um, holte mir mein Brot. Im Fernseher, immer noch ohne Ton, hockten Bergleute mit geschwärzten Gesichtern in einem niedrigen Streckenausbau und winkten in die Kamera, und einen Moment lang horchte ich. Doch hörte ich nichts als das leise Malmen meiner Kiefer.

In einem Jerry-Cotton-Heft hatte ich einmal gelesen, wie ein Mörder in die verschlossene Wohnung drang, indem er ein Stück Zeitung unter der Tür hindurch-schob. Er stocherte mit einem Messer in dem Loch herum, bis der Schlüssel auf das Blatt fiel, und zog es unter der Tür hindurch auf seine Seite. Und dann schloß er auf ... Ich stopfte mir den Rest Brot in den Mund und zog unseren Wohnungsschlüssel ab, steckte ihn in die Tasche. Anschließend goß ich mir ein Glas Milch ein.

Der Mond war wieder zu sehen; über dem Förderturm verzogen sich die Wolken, und vorsichtig legte ich den Hebel um und drückte die Balkontür auf. Weit entfernt, in der Senke hinter den Feldern, rumpelte der

Güterzug, der die Zechen und Kokereien miteinander verband, manchmal schlug etwas gegen die Geleise, und ich versuchte vergeblich, jemanden zu erkennen hinter Marushas Vorhängen. Zu dicht das grobe Gewebe, nicht einmal die Kerze schimmerte hindurch. Doch eine Fensterhälfte war gekippt, und behutsam setzte ich mich auf den Stuhl darunter, der etwas wackelte. Der lange Zug wurde immer mal wieder leiser und ratterte dann doppelt laut unter den Brücken. Ich zählte sie mit, vier. Danach bog er hinter den Halden ab, und es war wieder so still, daß ich einen Igel am Ende des Gartens hörte, sein Schnauben und Ächzen, als er sich unter einer Zaunlatte hindurchzwängte mit seinen Stacheln. Eine Sekunde lang funkelte Mondlicht in den winzigen Augen.

Marusha flüsterte. Sie schien das Bettzeug aufzuschütteln, und Jonny antwortete sehr gedämpft, mit tiefer Stimme; ich verstand kein Wort. Etwas schnalzte, der Verschluß seiner Flasche wohl, und gleich darauf hörte ich ein leises, fast tonloses Gurgeln. Marusha lachte auf, ganz kurz; Metallisches klirrte, vielleicht eine Schnalle. Ihr Flüstern wurde lauter und atemloser zugleich, die Bettfedern quietschten, und dann war es eine Weile still, und ich dachte, die beiden wären eingeschlafen. Der Lavendelduft der Kerze wehte durch den Fensterspalt, und ich trank meine Milch aus und stellte das Glas auf die Brüstung. Auch im Garten kein Laut. Der Igel war nicht mehr zu sehen. Das Laub der Bäume glänzte.

Ein warmer Windhauch strich mir über das Gesicht, langsam liefen die Milchreste an der Innenseite des

Glases hinab, und plötzlich schrie Marusha auf; es war ein gedämpfter Schrei, wie ins Kissen hinein, und irgend etwas schlug polternd um in dem Raum. Ich schnellte hoch, blieb aber stehen. Die folgende Stille hatte etwas Abwartendes, und auch ich lauschte, ob sich jemand regte im Haus; ihr Stiefvater hatte einen leichten Schlaf ... Doch alles blieb ruhig. Nur der Wasserhahn über dem Ausguß tropfte, und wieder stöhnte Marusha, leiser als zuvor.

Aber es klang gequält, wie bei einer Katze, der man das Fell im Genick herumdreht, und ich räusperte mich und brachte das Glas in die Küche, spülte es aus. Dabei glitt es mir aus der Hand, zerbrach aber nicht. Dann öffnete ich den Kühlschrank, starrte hinein, wußte nicht mehr, was ich wollte, drückte ihn wieder zu. Und als ich erneut auf den Balkon trat, stöhnte sie immer noch. Außerdem hörte ich ein Geräusch, das mir bekannt vorkam, eine Art Klatschen, und ich mußte an meine Mutter denken. Sie verdrosch meine Schwester zwar seltener als mich, und auch nicht mit dem Holzlöffel, denn Sophie war ja noch klein. Aber sie schlug sie mit der flachen Hand, meistens auf den nackten Po, und genauso klang es hinter dem Vorhang, wenn auch nicht so laut.

Ich dachte daran, was für ein brutaler Kerl Jonny war und daß er immer einen Grund fand, sich zu prügeln, auf jeder Kirmes. Er schien nasse Hände zu haben, und ich stellte mir Marushas Gesicht vor, tränenüberströmt, und wie er es ohrfeigte, noch und noch, während sie sich verzweifelt wehrte. Das alte Bett, das mein Vater ihr schon einmal mit Draht zusammengerödelt hatte, knarrte und ächzte, der halbrunde Giebel mit den eingeschnitzten Früchten stieß gegen die Wand, und ich räusperte mich noch einmal, überdeutlich. Aber das wurde wohl nicht gehört.

Denn plötzlich, als hätte sie ihm einen Tritt in den Magen gegeben, stöhnte Jonny auf und schien in die Kissen zu sinken. Es war ein Knurren wie durch gefletschte Zähne, wie bei Ursus, wenn er Felsen stemmte oder Feinde – während Marusha ganz schnell und zittrig atmete und schließlich leise lachte. Ein goldenes Keuchen. Dann war es still.

Kurz darauf wurde ein Streichholz angerissen. Rauch kam durch den Fensterspalt, das Aroma einer Roth-Händle, und ich ging ins Wohnzimmer und stellte den Fernseher aus, das Testbild. Setzte mich wieder auf die Couch. Mit einer Fingerspitze radierte ich durch die Zwischenräume meiner Zehen, doch es war kein Schmutz darin. Die Laterne vor dem Haus projizierte die Schatten der Topfpflanzen unter die Decke, und der schwarz-graue Dschungel sich überschneidender Blätter und Ranken vor dem hauchzarten Muster der Gardine schien sich zu bewegen. Aber es war das Wasser, das mir in die Augen stieg, keine Ahnung warum, und ich krümmte mich zusammen und schlief ein.

Irgendwann hörte ich ein leises Knarren, Schritte treppab, und mir wurde kalt; doch war ich zu träge, um aufzustehen, und deckte mich mit den Brokatkissen zu. Im Traum klopfte ich gegen einen Sargdeckel, immer wieder, rief meinen Namen, und plötzlich schreckte ich hoch. Es war taghell, und einen Moment lang wunderte ich mich darüber, daß ich Kleider trug.

Dann klopfte es lauter, ein wütendes Hämmern, die Tür rappelte im Rahmen.

»Julian!«

Ich erkannte die Stimme, drückte auf die Klinke. »Es ist abgeschlossen!« rief ich, und er schlug noch einmal gegen das Holz.

»Das merk ich wohl! Mach gefälligst auf!«

Erst jetzt fiel mir der Schlüssel in der Hosentasche ein, und als mein Vater ins Zimmer trat, wich ich einen Schritt zurück vor seinem stieren Blick. Fahl war er, fast bleich, wie stets, wenn er von der Nachtschicht kam. »Was ist denn mit dir los? Warum schließt du dich ein?«

Er sah sich um, und ich gähnte, vielleicht ein bißchen übertrieben, rieb mir das Gesicht. »Wie spät ist es denn? Soll ich dir einen Nescafé machen?«

Er sagte nichts, wartete auf eine Antwort. Die Lidränder waren noch schwarz vom Kohlenstaub.

»Na ja, ich wollte eigentlich nicht abschließen. Aber da gabs so einen gruseligen Film, jemand kam mit einem Messer in die Wohnung, und ich dachte …«

Er stieß etwas Luft durch die Nase, spöttisch, stellte seine Tasche auf den Glasschrank. »Du spinnst doch, oder? Ein Film ist ein Film, und du bist du. Wer soll dir denn hier was tun?«

Ich zuckte mit den Achseln, ordnete die Kissen. »Keiner.«

»Na also! Laß die verdammte Flimmerkiste aus, Mensch!« Dann knöpfte er sich das Hemd auf und ging ins Bad.

Zorro winselte, als ich ihm ein Einmachglas voll Graupen in den Napf schüttete. Mit spitzen Zähnen zog er sich ein Wurststück aus dem Brei und lief in den Garten. Der Kaninchenkäfig war leer, und auch die Tauben hockten nicht mehr in ihrem Verschlag. Nur noch der Nymphensittich döste auf seiner Stange unter der Decke, regungslos. Die grauen Lider waren geschlossen, und er öffnete sie auch nicht, als ich ihm Kerne in den Napf schüttete, rückte nur ein Stück zur Seite.

Ich fegte die Bude aus und ging mit dem Blecheimer zur Pumpe hinter Pomrehns Haus. Man mußte den quietschenden Schwengel mehrmals betätigen, ehe das erste, noch rostige Wasser kam. Falls es überhaupt kam. Das Küchenfenster des Alten stand offen, ebenso die Glasveranda, die aus vielen kleinen, oft gesprungenen Scheiben bestand. Der Fensterkitt war weggebröckelt, fast überall, und wenn die Tür einmal ins Schloß fiel, klirrte der ganze Vorbau. Doch jetzt schien die Morgensonne hindurch, und an einer der Kakteen auf dem Wandbrett war eine blaßrote Blüte aufgegangen.

Nur angelehnt die Innentür, und dahinter gab es eine Waschküche mit einem großen Kessel, in dem man früher Schweinefutter gekocht hatte; immer noch hing ein saurer Geruch in den Wänden. Niemand war in den Gartenzimmern, und ich ging durch den Flur voller Truhen und Schränke, der in den anderen Teil des Hauses führte. Die Sonnenblumen vorm Wohnzimmerfenster waren mannshoch, und Licht drang nur vereinzelt in den Raum, in staubigen, immer wieder von den Schatten der Vögel durchzuckten Strahlen. Ich klopfte an den Türrahmen.

Pomrehn, der zwischen seinen Maschinen saß, drehte sich nicht um. Die Hände im Schoß, starrte er vor sich auf den Boden. Die weißen Haare waren am Hinterkopf plattgedrückt. »Julian! Was bringst du mir?«

»Wieso wußten Sie, daß ich es bin ...? Wollte nur mal sehen, wie's Ihnen geht.«

»Oh, gut.« Mit dem Daumen zeigte er auf eine Stange Zigaretten, aufgerissen, und eine Flasche Dornkaat im Regal. »Bin jetz 'n Sozialfall, glaub ich. Die haben mir das Haus unterm Arsch weggepfändet. Aber egal. Wenn sie mich nur hier sterben lassen.«

»Wieso das? Sind Sie krank?«

»Schön wärs.« Er steckte sich eine Reval an. Der Rauch quoll träge durchs Zimmer. »Meine Frau sagt, ich muß noch aushalten. Ich bin noch nicht fertig.«

»Ihre Frau?«

Er nickte. »Und ich frag sie dauernd: Weshalb, verdammt? Womit bin ich nicht fertig? Aber das sagt sie mir natürlich nicht.«

Ich grinste. »Kann sie ja auch nicht. Sie ist doch tot. Wissen Sie zufällig, wo die Kaninchen sind? Der Käfig steht offen, und niemand ...«

»Was heißt denn tot? Alles Quatsch. Nur weil einer in die Grube fährt, ist er doch nicht tot. Er bleibt vielleicht 'ne Weile weg, wie im Traum. Aber dann kommt er wieder und erinnert sich an nichts, verstehst du?«

Ich schüttelte den Kopf, setzte mich auf einen Hocker. Er stand vor der Maschine mit Rundbürsten, von denen manche aus Tierhaaren waren; sie fühlten sich an wie Ponymähnen. »Mein Opa handelt mit Toten. Ich meine, er hat so einen Beerdigungsladen. Und es ist überhaupt nicht schön, wenn du da als Leiche liegst. Sie brechen dir fast die Finger, und dann schmieren sie Klebstoff in deine Augen, damit sie geschlossen bleiben.«

Pomrehn schraubte den Dornkaat auf, trank einen Schluck. »Ach was. Das ist doch nicht der Tod.« Er wischte sich über den Mund. »Das ist nur das Sterben ... Wo die Karnickel sind, willst du wissen? Frag deine Kumpel. Oder schau gleich bei denen im Backofen nach.«

»Wieso?« Ich stand auf. »Sie meinen, die haben sie geschlachtet? Auch das kleine weiße?«

»Nee, so klein war das nicht mehr. Und geschlachtet hab ich sie. Die waren viel zu doof, mit ihren stumpfen Messern. Statt sie erst bei den Ohren und dann mit'm Feuerhaken, zack, ins Genick ... Die wollten sie schon enthäuten, da haben sie noch gezappelt.«

Ich griff in eine Kiste voller Absätze, nahm einen heraus, drehte ihn zwischen den Fingern. »Aber das Weiße war meins! Es hieß Mister Sweet.«

Pomrehn schmatzte. »Tja ... Was soll ich da jetzt machen, Junge. Sie sagten, sie hättens mit dir abgesprochen.«

Mit Wucht schmiß ich den Absatz in die Kiste zurück. »Diese Lügner!«

Er hüpfte wieder hervor, und ich lief hinaus, nahm den halbvollen Eimer von der Pumpe, brachte ihn zur Bude.

Unter den Obstbäumen sah ich mich nach Zorro um,

wollte pfeifen. Doch meine Lippen waren gespannt vor Wut und der Mund so trocken, daß ich keinen Ton hervorbrachte. Nachdem ich die Trinkschale und den kleinen Napf des Sittichs gefüllt hatte, nahm ich meinen Speer von der Wand. Die Spitze, der ausgewalzte Nagel, war abgebrochen, und ich zog den Rest aus dem Holz und ritzte damit »Dicke Sau, du wirst sterben!« in die Tür. Dann ging ich weg.

Die Weizenfelder hinter der Kleekamp-Siedlung wurden schon gemäht. Staubfahnen stiegen in den Himmel, der voller Schwalben war, ein Flugzeug mit einen Transparent drehte seine Runden, und ich streifte durch die Ginsterbüsche, bis ich an den Rand der Kiesgrube kam. Mein Schatten fiel über den gelben Hang, und ich legte mir eine Hand über die Augen und spähte auf den Grund der Grube, wo der trockene Boden wabenartig aufgebrochen war. Niemand spielte dort unten; es war wohl zu heiß, und ich hob den Kopf. Eine leichte, doch sehr laute Maschine, Persil bleibt Persil. Vor der Türöffnung hing eine Kette, der Pilot trug Shorts, und als ich wieder auf meinen Schatten blickte, hockte der eines Hundes daneben, in einigem Abstand. Doch ich drehte mich nicht um, auch nicht, als er leise winselte.

Am Grubenrand ein rostiges Schild, Einsturzgefahr. Er fiel ein Stück weit senkrecht ab, und ich zerbrach den Speer überm Knie und warf eine Hälfte in die Tiefe. Zorro stutzte, knurrte, reckte den Hals. Dann schleuderte ich die zweite Hälfte, und er scharrte im Gras, drehte sich einmal um sich selbst und – sprang hinterher. Die Rute, die voller Disteln war, stand fast waagerecht, die Ohren flogen hoch, und einen Moment lang huschte ihm sein Schatten voraus.

Doch kaum berührte er den Boden, knickten ihm die Gelenke weg, und er jaulte auf und kugelte den Hang hinunter, fast unsichtbar vor Staub. Das Klickern der Steine und Kiesel klang mir wie Knochen, und manchmal wand er sich, als wäre er selbst ein Sack voll Sand, ohne Rückgrat. Erst kurz vor einem Silo, das umgekippt auf der Erde lag, kam er wieder auf die Beine. Er nieste, schüttelte sich, sah zu mir hoch. Klein war er dort unten, gelbgrau, und ich tippte mir an die Stirn. »Was soll denn das, du blöde Lehmschleuder! Willst du dir die Rippen brechen?!«

Er bellte und zuckte auch schon zusammen vor seinem eigenen Echo. Der Widerhall von allen Seiten irritierte ihn so, daß er auf den Hintern sank, die spitzen Schulterblätter höher als der Kopf, und ich sprang hinunter, landete weich im lockeren Boden. Doch der Weg zu ihm war mühevoll; bei jedem Schritt versank ich knöcheltief, die Steinchen in den Schuhen schmerzten, und als ich endlich zu dem Silo kam, hatte Zorro sich nicht von der Stelle gerührt. Die Vorderpfoten gespreizt, die lange Zunge seitlich aus dem Maul, sah er mir hechelnd entgegen. Ein Ohr war nach hinten geklappt, und ich richtete es im Vorübergehen, was ein wenig staubte.

Dann marschierte ich quer durch die Grube auf die Einfahrt zu, einer Schotterrampe, und während er über die Hänge lief, in Löchern scharrte oder schlammiges Wasser aus Radspuren schlappte, besah ich den Unrat, der überall lag, verbeulte Öfen, Matratzen, Schutt. Ich hatte eine Schachtel Streichhölzer dabei und warf ab und zu ein brennendes in Farbeimer oder rostige Kanister. Doch nichts explodierte.

Als wir aus der Grube kamen, ging ich ein Stück weit über den Fahrradweg und spähte in die Gärten. Alle Gorny-Kinder waren auf dem Hof. Sie hockten auf selbstgezimmerten Bänkchen und putzten Schuhe. Jeder hatte eine Aufgabe: Dietrich bürstete den groben Schmutz herunter, Sabine trug braune Creme auf, Lotte schwarze, und Wolfgang polierte. Frau Gorny stand am Küchenfenster und schälte Kartoffeln.

Ich machte kehrt, lief mit Zorro über die Straße. Vor der Hecke versuchte ich, den Dreck aus seinem Fell zu klopfen, und er biß in meine Schnürsenkel, wollte spielen, wälzte sich schon wieder im Gras. Also ließ ich es, schnippte mit den Fingern und sprang die Stufen zur Haustür hoch. Er folgte mir mit einem Satz.

Doch als ich aufschloß, schien er zu erstarren. Er stemmte die Pfoten gegen die Schwelle, beschnupperte die Bodenfliesen, und ich packte ihn beim Halsband und zog ihn, rückwärts gehend, die Treppe hinauf. Speichel tropfte aus seinem Maul, und er verdrehte die Augen und scharrte mit den Krallen auf dem Holz herum; ich gab aber nicht nach, stieg immer weiter, wobei ich ihm das Leder fast über die Ohren zog. Sein gequältes Knurren hallte im Flur, er schnappte nach mir, und als ich auf dem Zwischenabsatz hielt, um zu verschnaufen, machte er sich mit einer jähen Kopfbewegung los.

Doch zum Glück lief er nicht wieder hinunter. Er sprang an mir vorbei, die Treppe hoch, und da die Tür verschlossen war, kam er dort nicht weiter. Den Schwanz zwischen den Beinen, drehte er sich auf der Stelle und blickte in die obere Ecke des spitzen Raums, als könnte ihm die kleine Spinne dort helfen. Dann sank er auf die Matte, winselte leise, und langsam stieg ich ihm entgegen.

»Brav! Keiner tut dir was!« Ich zeigte ihm meine Handflächen, lächelnd, doch seine Augen waren voller Angst, und als ich oben stand, sprang er wieder auf die Pfoten. Er zitterte am ganzen Leib, sein Urin pläddterte auf die Dielen, und ich wollte ihn anschreien, blieb aber ruhig. Vorsichtig langte ich über seinen Kopf zur Klinke, und kaum hatte ich daraufgedrückt, zwängte er sich durch den Spalt und preschte blindlings weiter, bis ins Kinderzimmer. Verkroch sich unter Sophies Bett. Ich ging ihm nach und schloß die Tür.

Mein Vater schlief noch, und nachdem ich die Pisse aufgewischt hatte, trank ich eine Tasse Wasser. Dann steckte ich die Kurbel auf die Schneidemaschine und schnitt ein paar Scheiben von dem Brot ab, das Frau Gorny uns hingelegt hatte. Ich bestrich sie mit Margarine und Leberwurst und steckte den Tauchsieder in den Kessel, für seinen Tee. Es gab Pennyroyal und Westminster. Ich nahm Westminster. Im Eierfach des Kühlschranks lag noch eine halbe Zitrone, und als ich sie auspreßte, hörte ich ihn im Bad und kurz darauf im Wohnzimmer.

Wenn er über die Dielen ging, klirrte es zart in der Vitrine meiner Mutter. Es war ein alter Schrank mit halbrundem Grundriß, der den Erwachsenen knapp bis zur Hüfte reichte. Hinter der Glastür mit Facettenschliff gab es drei Etagen; in den beiden unteren befanden sich ihre Sammeltassen, die so auf den dazugehörigen Tellern lagen, daß man ins Innere blicken konnte, auf die Blumen oder goldenen Ornamente, und im Fach darüber standen unsere Gläser für Wein und Likör, fast alle hauchdünn. Doch brauchten wir sie nie, nicht einmal sonntags. Mein Vater trank sein Bier aus der Flasche, und wir bekamen unsere Milch in alten Senfgläsern, mit Henkel. Auf dem Schrank stand der Rauchfänger, eine Eule aus Porzellan; wenn man sie einschaltete, leuchteten die Augen gelb.

Mein Vater gähnte. Er trug noch seine Schlafanzughose und ein Unterhemd und kratzte sich mit beiden Händen Bauch und Brust. Dann stellte er den Topf mit den Graupen auf die kleine, von Frau Schulz geliehene Kochplatte, und ich klappte die Brotdose zu. »Ich hab dir Leberwurst draufgetan, oder? Wenn du lieber Käse willst, müßte ich noch rasch einkaufen gehen.«

Er schüttelte den Kopf, zog die Teebeutel aus der Thermoskanne und gab einen Eßlöffel Zucker und den Zitronensaft hinein. Dann schraubte er sie zu, und als die Graupen warm waren, setzte er sich mit einem Teller voll auf den Balkon. Doch aß er nicht. Die Hände im Schoß, starrte er benommen über die Felder und den Wald vor der Zeche. Schwärme von Krähen umflogen den Förderturm, und er kratzte sich etwas Schorf vom Arm, eine alte Schramme. Die Haut darunter war rosig.

Das Geschirrtuch über der Schulter, setzte ich mich zu ihm. Er hielt die Lider einen Moment lang geschlossen, schluckte, und ich schob ihm die Flasche

Maggi über den Tisch. »Hast du mit der Mama telefoniert?«

»Hm?« Das Weiße in seinen Augen war wieder ganz klar, und er sah auch nicht mehr so blaß aus. Er rührte in dem Brei. Dann aß er einen Löffel und runzelte kaum merklich die Stirn. »Telefoniert hab ich. Sie war aber grad nicht in der Pension.«

»Wo dann? Auf dem Gestüt?«

Er kaute langsam, irgendwie vorsichtig, und schüttelte den Kopf. »Am Meer, sagte die Wirtin. Hast du deine Übungen gemacht?«

»Rechnen? Schon gestern.«

Während er sich Würze in die Suppe spritzte, zog ich die Tischschublade auf; meine Schwester verwahrte ihren Knetgummi darin, Murmeln rollten mir entgegen, und ich drückte sie wieder zu. Dann zeigte ich mit dem Daumen hinter uns, auf das Fenster. Es war geschlossen. »Hör mal, Papa, was ich dich fragen wollte: Das ist doch eigentlich unser Zimmer, oder?«

Er brockte sich etwas Brot in den Teller. »Wieso? Es gehört zu unserer Wohnung, ja.«

»Und warum können wir es dann nicht benutzen?«

»Na, du bist gut. Und wo soll die kleine Gorny hin?«

Ich schlug mit dem Handtuch nach einer Fliege auf der Brüstung. Doch sie war schon tot. »Weiß nicht. Vielleicht heiratet sie ja bald oder zieht einfach aus. Würde ich dann das Zimmer kriegen?«

Er trank einen Schluck Milch aus der Flasche, wischte sich mit dem Daumen über den Mund. »Schon möglich. Wenn wir es bezahlen können.«

»Was? Ich denke, es gehört zu unserer Wohnung!«

»Na klar, du Schlaumeier. Aber weil wir es nicht benutzen, zahlen wir auch weniger Miete.«

»Ach so …« Ich machte meine Finger feucht, rieb mir einen Fleck vom Knie. Mein Vater zerkaute etwas Knorpeliges; es krachte leise in seinem Mund; doch statt es auszuspucken, kaute er immer noch weiter, wobei seine Zähne ähnlich knirschten wie sonst im Schlaf. Ich blickte in den Garten.

»Sag mal, der Herr Gorny, der ist auch Bergmann, oder?«

»Natürlich. Hier ist jeder Bergmann, das weißt du doch.«

»Aber er ist nicht so einer wie du, oder? Du bist sein Vorgesetzter, stimmts?«

»Manchmal. Wenn er mir zugeteilt wird. Er ist Hauer, und ich bin Rutschenmann.«

»Dann kannst du ihm sagen, was er machen soll?«

Er zuckte mit den Achseln, nickte.

»Und du verdienst auch mehr Geld, oder?«

»Ein bißchen. Wenn die Gedingelage stimmt.«

»Ja, aber wieso hat er dann ein Haus und wir nicht?«

»Ach, so läuft der Hase.« Er schob den halbvollen Teller von sich, aß noch ein Stück Brot. »Na ja, er hat zwar ein Haus, aber dafür ist er auch bis zum Lebensende verschuldet. Seine Bank ist der Besitzer, nicht er. Und so was kommt für mich nicht in Frage. Ich will frei sein, verstehst du das? Du als alter Indianer …«

Ich grinste. »Tecumseh! Der zieht mit dem Wind.«

»Na siehst du. Und so bin ich auch.«

Das Unterhemd spannte sich über der Brust, einzelne Haare stachen durch das Gewebe, und ich stand auf, holte ihm seine Zigaretten aus der Küche. »Aber du mußt doch arbeiten, oder?«

Er stutzte, richtete sich auf. »Was war das?«

Auch ich hatte etwas gehört, reichte ihm sein Feuerzeug. »Laß nur, bleib sitzen. Ich schau mal nach. Vielleicht ist ein Buch aus dem Regal gefallen.«

Im Kinderzimmer hatte Zorro die Puppenkiste meiner Schwester umgestoßen und war gerade dabei, einen ihrer Teddys zu zerreißen. Holzwolle quoll aus dem Bauch, ein Ohr hing nur noch an einer Ecke, und als ich ihn zwischen seinen Zähnen hervorziehen wollte, knurrte er drohend, und ich ließ ihm das Vieh. Stellte die Kiste aber auf den Schrank.

»Ist nur eine Puppe vom Bett gefallen.«

Zigarette im Mund, stand mein Vater im Wohnzimmer und zog sich an, und ich verstaute Brote und Tee in seiner Tasche. Er knöpfte sich das Hemd zu. »Vielleicht gewinnen wir ja im Lotto. So ein Haus wäre natürlich schön. Irgendwo im Grünen. Keine fremden Leute, ein bißchen mehr Platz …« Dann rümpfte er die Nase. »Sag mal, bist du in Hundedreck getreten?«

Ich hielt mich am Schrank fest, blickte unter meine Sohlen. »Nee. Kommt vielleicht von draußen rein. Soll ich dir das Fahrrad aus dem Keller holen?«

Er verneinte, nahm seine Jacke vom Haken, schlackerte sie kurz. Die Schlüssel klirrten. »Geh nicht so spät ins Bett, hörst du. Im Fernsehen gibts eh nur Schrott. Und wenn das erst mal in deiner Birne ist, geht es nicht wieder raus. Was war das eigentlich für'n Brief im Abfall, die Fetzen von Spar?«

»Ein was? Ach so, Reklame.«

»Woher weißt du das? Der war doch gar nicht geöffnet, oder?«

»Gornys hatten den gleichen.«

Er nickte, ging hinaus, und kurz darauf sah ich ihn zwischen den gelbgrauen Feldern, wo er rasch kleiner wurde. Die Sonne sank, und wenn er in die Pedale trat, blitzten die verchromten Fahrradklammern an seinen Hosenbeinen auf. Ich holte mir einen sauberen Löffel und aß den Rest aus seinem Teller, während ich daran dachte, daß bei uns überhaupt niemand Lotto spielte. Nie.

In der folgenden Nacht klemmte Marusha ein Stück Pappe zwischen Klingelschale und Klöppel, und als es schnarrte, ging ich nicht an die Tür. Oder doch nur, um abzuschließen. Offenbar hatte Jonny sich nicht die Schuhe ausgezogen und trug eine Tüte oder Tasche voller Flaschen, und ich trat auf den Balkon, lehnte mich gegen die Brüstung. Das Fenster stand zwar offen, doch der Spalt zwischen den Vorhanghälften war zu schmal, um etwas zu sehen. Außerdem schien die Nachttischlampe gegen den rostroten Stoff.

Die Schranktür quietschte, und plötzlich wurde die Musik, ein Lied von den Rolling Stones, laut aufgedreht. Und gleich wieder leiser gestellt. Jonny lachte gespielt dreckig, öffnete wohl ein Bier, und nach einem Augenblick, in dem die Bettfedern knarrten, stieß er auf, ein dunkles Blubbern. »Schönen Gruß von Sohle sieben …« Marusha kicherte, löschte die Lampe, und nun war der rote Vorhang grau; ich sah meine schmale, vom Mondlicht projizierte Silhouette auf dem Stoff und zog mich zurück.

Zorro schlief auf dem Sofa, vor laufendem Fernseher. Doch als ich mich neben ihn setzte, wurde er wach, und ich kraulte ihm den Nacken, zupfte ein paar Distelsporen aus dem Fell. »Du miefst wirklich, Kumpel. Wie ein Askari.« Ich hatte keine Ahnung, was das war; mein Vater sagte es manchmal, wenn er von der Arbeit erzählte: Wir stanken wie Askaris. Zorro biß verspielt in meine Hand.

Ich ging in die Küche, wickelte eine Scheibe Plockwurst aus dem Papier und hielt sie hoch über meinen Kopf. Sein Schwanz schlug gegen den Glasschrank. Winselnd folgte er mir ins Bad, und nachdem ich die Tür hinter ihm geschlossen hatte, ließ ich die Hand sinken und warf den Bissen in die Wanne. Er stutzte, hob die Pfoten auf den Rand, reckte sich aber vergeblich danach, und ich packte ihn bei den Hinterläufen, half ihm hinein. Seine Krallen klickten auf der Emaille, und er verschlang die Wurst mit einem Haps und bellte einmal, wie zum Dank. Leckte sich die Lefzen.

Ich streichelte ihm den Kopf, schob die Finger hinter sein Halsband und drehte das Wasser auf. Obwohl es noch warm war von der Tageshitze, zuckte er zusammen, als ihn der Strahl aus der Handbrause traf. Er wollte wegspringen, die Pfoten quietschten und knarzten, doch ich hielt ihn fest, sprach beruhigend auf ihn ein. Sein nasses Fell sah jetzt schwarz aus.

Er knurrte, verdrehte die unterlaufenen Augen, und während ich ihm Ei-Shampoo über das Rückgrat goß, einen langen Strahl, bäumte er sich auf. Doch ich wand das Halsband aus geflochtenem Leder so, daß er fast keine Luft mehr bekam und auch nicht jaulen oder bellen konnte, nur noch röcheln. Die Spannung im Arm war wie die im Herbst, im Sturm, wenn man einen weit entfernten Drachen an der Leine hatte. Trotzdem hielt ich ihn fest, auch als er ins Rutschen kam im Schaum und immer wieder gegen den Wannenrand schlug, die Armaturen. Und schließlich schien er sich zu ergeben.

Spreizbeinig stand er da, zitternd, und ich seifte ihn gründlich ein und duschte ihn ab, zwei Mal. Das Wasser war grau, doch sein Fell, das eng an dem knochigen Körper lag, fühlte sich schon weicher an, und ich hängte ihm das weiße Frotteetuch über den Körper und rubbelte ihn ab. Er ließ es geschehen. Als er halbwegs trocken war, griff ich ihm unter den Brustkorb und half ihm aus der Wanne, wo seine Krallen ein paar Schrammen hinterlassen hatten, öffnete die Tür. Doch er blickte mich nicht an, folgte mir auch nicht vor den Fernseher. Er trottete ins Kinderzimmer und verkroch sich wieder unter Sophies Bett.

Ich legte mich auf die Couch. Im zweiten Programm lief ein Liebesfilm, und als das Paar sich küßte, kniete ich mich vor den Bildschirm, um genauer zu sehen, wie sie es machten. Die Lippen waren geschlossen, keine Spur von Zungenschlag, und ich fand es seltsam, daß die beiden einander nicht in die Quere kamen mit ihren Nasen, die lang waren. Es mußte an der Kopfhaltung liegen, und ich nahm einen weichen Bleistift und zeichnete ein Gesicht auf den Türrahmen, Punkt, Punkt, Komma, Strich. Führte die Lippen ein bißchen deutlicher aus. Dann legte ich die Hände seitlich gegen das Holz, in Hüfthöhe etwa, und schob den Unterleib vor. Wenn ich mich dem Gesicht gerade näherte, stieß meine Nasenspitze schon bald gegen den Rahmen. Hielt ich den Kopf aber schräg, ragte sie über seinen Rand hinaus, und ich konnte den Mund ohne Hindernis küssen.

Ich übte das einige Male, auch mit geschlossenen Augen – als es plötzlich klopfte, ganz leise nur. Jemand drückte die Klinke hinunter, mehrmals, doch ich reagierte nicht. Spuckte mir aber auf die Finger und wischte die Zeichnung vom Lack, was nicht recht gelang. Sie verschmierte. Wieder wurde geklopft, etwas lauter jetzt, und ich blickte auf den Wecker. Es war elf.

»Wer ist da?«

»Na, wer soll hier schon sein.« Marusha zischte. »Hoffentlich machst du bald auf!«

»Wieso? Ich schlafe schon.«

»Bei laufender Glotze?! Bitte …! Es ist dringend.«

Ich zog an der Schnur, knipste die Stehlampe an. Dann langte ich in die Hosentasche, steckte den Schlüssel ins Schloß, öffnete die Tür aber nur einen Spalt. Ich hielt den Fuß davor. Marusha trug ihren Morgenmantel mit den Disney-Motiven. Er war von Woolworth, und an den Nähten hatte man überhaupt nicht auf das Muster geachtet. Ein Stück von Goofy hing mit einem von Minny zusammen, und Onkel Dagoberts Hut saß auf dem Hintern von Pluto. »Können wir mal bei euch pinkeln? Wir haben uns unterhalten und ein bißchen viel Bier getrunken … Mein Waschbecken ist kaputt.«

»Und warum nehmt ihr nicht deinen Topf?«

»Der ist voll!« Sie rieb die Knie zusammen wie Sophie, wenn sie es kaum noch aushalten konnte. »Bitte, Juli! Du kriegst auch was dafür.«

»Na gut.« Ich trat zurück. »Aber nicht wieder Halb-bitter!«

Jonny, dessen Tolle aussah, als wäre er gar nicht im Bett gewesen, legte ihr eine Hand auf die Schulter und drängte sich an uns vorbei. Die schwarze Badehose schimmerte wie Kohle und hatte einen Sportsfleck vorn. Er sah mich kaum richtig an, ging geradewegs durch das Wohnzimmer in den Flur und war schon in der Toilette verschwunden, ehe ich »Rechts!« gesagt hatte.

Marusha lächelte mich an. »Das weiß er doch.« Es war ein ernstes Lächeln, wie bei einer Frau.

»Ach ja? Woher denn?«

Sie zuckte mit den Achseln. »Die Häuser sind doch alle gleich.«

Er hatte die Tür nicht geschlossen, wir hörten seinen Strahl ins Becken plätschern, doch das schien ihr nicht peinlich zu sein. Sie blickte sich im Zimmer um. »Ihr habt wirklich schöne Möbel, muß man sagen. Deine Mutter hat Geschmack. Wenn ich mal 'ne eigene Woh-nung hab ...«

»Wieso? Ziehst du aus?«

»Ich? Hättest du gern, was? Na, wer weiß ...«

Ihr Morgenrock saß nicht sehr straff, und ich fand, daß sie seltsam roch, nach Rotkäppchen-Camembert. Ich zeigte auf ihren Hals. Keine Ahnung, warum ich plötzlich flüsterte. »Hat er dich gewürgt?«

Sie öffnete den Mund, der aussah, als wäre der Lippenstift verwischt. Sie trug aber keinen. Neben der Wohnungstür hing ein runder Spiegel mit einem sternförmigen Rahmen aus Wollfäden und Draht, und sie betastete die beiden rotvioletten Flekken an ihrem Hals und murmelte: »Die Sau!«

In dem Moment zog Jonny an der Kette, die Spülung gurgelte, und als er auf uns zukam, nestelte er noch an dem Bändchen seiner Hose. Er machte sich nicht die Mühe, leise aufzutreten. Seine Brust war unbehaart, die Muskeln dort zuckten bei jedem Schritt, und er grinste uns an. Doch Marushas Augen funkelten vor Wut.

»Was ist das hier, du Arsch! Bist du bescheuert?!«

»Wieso?« Er zwinkerte mir zu. »'n kleines Brandzeichen. Da sieht jeder, daß du vom Jonny bist.«

»Ach ja. Und wie soll ich das in der Firma erklären? Was meinst du, was die denken! Ich kann doch bei der Hitze nicht mit'm Tuch bedienen!«

Er schnalzte leise, machte eine Kopfbewegung. »Quatsch nicht. Geh pissen.«

Sie atmete tief, sagte aber nichts. Mit einem Ruck zog sie ihren Gürtel fest. Dann wendete sie sich ab, und ihr Hintern wippte unter dem bunten Stoff, die braunen Waden glänzten. Jonny sah mich an.

»Selber schuld, kann ich da nur sagen. Wenn sie so heiß sind, daß sie's nicht merken ... Oder? Wie alt bist du, Kleiner?« Er roch nach Brisk und Bier.

»Ich? Fast dreizehn.«

»Also zwölf. Schon Haare am Sack?«

Ich antwortete nicht, stieß nur etwas Luft durch die Nase, und er lachte. »Sei nicht beleidigt. Bist doch kein

Mädchen. Willste mal 'ne Runde auf meiner Guzzi drehen?«

»Haben Sie nicht 'ne Kreidler?«

»Du mußt mich nicht siezen. Ich *hatte* 'ne Kreidler. Wieso?«

»Ist 'ne Guzzi besser?«

»Besser?! Das ist wie Goggo und Mercedes, Mann!«

Auf seinen Armen lauter selbstgemachte Tätowierungen, Anker, brennende Herzen, ein Kreuz auf dem Hügel. Außerdem ein Schriftzug: Jonny liebt ... Ich drehte etwas den Kopf, konnte aber keinen weiteren Namen lesen. Nach »liebt« gab es eine Lücke, ein blasses Oval. Dann folgte das nächste Motiv, eine Nixe mit Schwert. Wieder rauschte die Spülung, und als Marusha aus dem Bad kam, sah sie uns nicht an. Die Fäuste in den Taschen ihres Morgenrocks, preßte sie die Lippen zu einem Strich zusammen und blickte auf den Fernseher, als wäre da mehr zu sehen als das Testbild.

Jonny streckte den Arm aus. »Mach kein Theater. Der Fleck ist morgen von gestern.«

Er wollte ihr wohl auf den Hintern schlagen, doch sie wand sich weg, fuhr mir übers Haar. »Danke, Juli. Und geh mal ins Bett, hörst du. Ist schon spät. Ich schlaf jetzt auch.« Das Kinn erhoben, verließ sie die Wohnung, ohne auch nur einen Seitenblick für den Mann zu haben. Doch der zwinkerte mir zu, und kurz darauf hörte ich sie schon wieder kichern, im Dunkeln. Ein Lied von den Beatles lief leise aus.

Ich nahm eine Scheibe Wurst aus dem Kühlschrank und warf sie unter Sophies Bett. Zorro schnupperte und schmatzte, kam aber nicht hervor. Oder doch erst, als ich eine zweite Scheibe vor seiner Nase pendeln ließ. Er war noch etwas klamm, schien mir aber nicht mehr böse zu sein. Das Fell roch gut. Ich stellte ihm einen tiefen Teller auf den Balkon, goß Milch hinein, und sein Zunge schlappte so ungestüm darin herum, daß das Porzellan auf dem Estrich klapperte. Doch obwohl ihr Fenster offenstand, auf Kippe, schienen die beiden das nicht zu hören.

Das Bettgestell knarrte, die Federn ächzten, und Maruscha atmete schnell und zittrig und stöhnte leise. Von ihm hörte ich nichts, und ich setzte mich auf den Boden, drückte den Rücken gegen die Wand und sah in den Himmel. Auch der Hund hob kurz einmal den Kopf. Es war etwas Silbernes in den Lauten, ganz zart, wie Mondlicht auf Milch, und ich fühlte, wie sich die Härchen auf meinen Unterarmen sträubten, und kratzte darüber.

Ein Flugzeug blinkte zwischen den Sternen. Die beiden bewegten sich heftiger, Zorro leckte ein paar Tropfen vom Estrich, und ich hielt den Atem an, als Marusha plötzlich »Warte mal!« flüsterte. »Warte!« Augenblicklich war es still, im Garten zirpten Heimchen, und dann raschelte etwas, Kissen wohl, und ihre Stimme hinter dem Vorhang klang wie sonst, sehr ruhig, fast erwachsen. Der Teller war leer. »Julian? Gehst du bitte wieder in eure Wohnung?«

Ich richtete mich auf, zog den Hund über die Schwelle und schloß die Tür.

Der Mann drehte sich um. Das Licht bis zur Kurve der Kopfstrecke funktionierte, wenn auch flackernd. Wasser war an drei Stellen eingebrochen, doch der Weg zum Schacht schien frei zu sein. Hinter dem Abzweig war es dunkel. Dort begann der Alte Mann, ein ausgekohlter, noch nicht wieder aufgefüllter und als Flucht- und Lagerraum genutzter Streb. Der Zugang war überschwemmt, und er öffnete die Kiste neben dem Schrapper, nahm Fäustel, Säge und eine Handvoll Nägel heraus und ging zu den Spundbohlen, die ein Kumpel hier gestapelt hatte, ehe ihn der Wassereinbruch überraschte. Sie waren gut zwei Meter lang, und er zersägte eine in der Mitte, verband die Hälften mit Querhölzern. Neben dem Stapel standen mehrere Kanister voll Wasser und Tee, und er kippte zwei von ihnen in die Dunkelheit – die plötzlich heller zu werden schien um eine Erinnerung. Pfefferminze.

Dann kramte er eine Drahtrolle zwischen dem Werkzeug hervor und rödelte die Plastikbehälter unter den Brettern fest. Er schob das Floß ins Wasser, stellte seine Gezähekiste darauf, legte den Abbauhammer daneben. Irgendwo jaulte eine Haspel, weit entfernt hörte er das Rufen der Salzer, und er zog seine Jacke und das graue Unterhemd aus und öffnete die Schnallen an den Schuhen. Er stopfte die Socken hinein, zog den Gürtel aus den Schlaufen, hängte ihn sich quer über den Oberkörper und befestigte die Batterie für das Helmlicht vor der Brust. Schließlich stieg er aus der schweren Drillichhose, legte alle Sachen auf das Floß und machte ein paar Schritte die abgesenkte Sohle hinab.

Trotz der Hitze in der Strecke war das Wasser nicht warm und wurde, je tiefer er sich vortastete, immer noch kälter, fast eisig. Die jähen Reflexe seiner Lampe blendeten ihn, und er fühlte die Schienen unter den nack-ten Füßen und hielt sich an den Stempeln fest, geschälten Rundhölzern, die wie Reste vorzeitlicher Pfahlbauten aus dem Wasser ragten. Es reichte ihm bis zu den Hüften, und beim nächsten Schritt verschwand sein Nabel.

Er blieb einen Moment stehen, um seinen Körper an die Temperatur zu gewöhnen, die immerhin etwas Verläßliches hatte in der Situation. Langsam hob er den Kopf. Fast alles dort oben, das sogenannte Hangende, wurde nur noch von der Eigenspannung des Gesteins gehalten, und jeder Tropfen, der aus den Rissen und Spalten fiel, hallte vielfach wider in der Stille. Eine Reihe trapezförmiger Stützbalken lehnte schräg an der Streckenwand und sah wie ein ausgebrannter Dachstuhl aus.

Er watete weiter, nun bis zur Brust im Wasser, doch seine Lampe flackerte nicht, der Akku war dicht. Unter den Füßen Geröll und Eisenteile, und als er einen Moment lang keinen Grund mehr fühlte, hielt er sich an einer alten Luftleitung fest, mürbes Gummi, zog sich daran weiter. Kurz darauf stieg die Sohle wieder an, und er blickte sich um. Ein Gewirr aus umgestürzten oder herabgesackten Stützen und Streben lag hinter ihm, und Ketten und Kabel hingen wie Lianen dazwischen, versanken in der glatten Schwärze und tauchten ein Stück weiter wieder auf. Doch ganz in seiner Nähe schwamm etwas Helles, und er richtete den Strahl seiner Lampe darauf. Eine Brotdose, Plastik. Sie war leicht durchscheinend in dem Licht, und er konnte irgend etwas Goldverpacktes darin erkennen, ein Bonbon vielleicht, eine Praline, und machte einen Schritt darauf zu.

Dabei ruderte er mit einem Arm, und das Floß, das er hinter sich herzog, glitt zur Seite, streifte einen Stempel, der stehenblieb. Die daraufliegende Kappe, ein roher Fichtenstamm, klatschte jedoch ins Wasser, das ihm immer noch bis zu den Rippen reichte und über ihm zusammenschlug. Er machte einen Schritt nach vorn, doch ging das nicht schnell genug. Der Stamm, von der Wucht seines Aufschlags noch einmal emporgetragen, schrammte ihm über den Rücken, und er fletschte die Zähne, kniff die Augen fest zusammen.

Er zwang sich, tief zu atmen, auch wenn das vor Schmerzen kaum möglich war. Er keuchte nur, seine Bauchmuskeln zogen sich zusammen, und ihm wurde schwindelig. Mit einer Hand hielt er sich an dem Floß fest, mit der anderen betastete er den Rücken und sah sich die Finger im Lampenlicht an. Dann sank er tiefer ins Wasser, und so schmutzig es auch war, die Kühle tat ihm gut. Irgendwo wurde eine Wettertür geöffnet, die Zugluft nahm zu, wellte die schwarze Oberfläche, und er sah sich erneut nach der Brotdose um. Doch ein Gewirr ausgekehlter, kreuz und quer ineinandergestürzter Stempel nahm ihm die Sicht, und er richtete sich auf und ging langsam weiter.

Der Vogel war fort. Jemand war eingestiegen in der Nacht und hatte alles kurz und klein geschlagen; wahrscheinlich Leute von der Kleekamp-Bande. Sie hatten mitgehen lassen, was brauchbar war, Pfandflaschen, Kerzenstummel, Werkzeug, und sogar in die Ecke geschissen. Grüne Fliegen schillerten auf dem Haufen und stoben blitzartig hoch, als Zorro daran roch. Mit dem Messer schnitt ich ein Stück der Bodenpappe aus und warf den Dreck ins Kornfeld. Die Sitzstange des Sittichs hängte ich in einen Baum.

Auch eines der FKK-Hefte aus dem Versteck hinter der Wandverkleidung hatten sie zerrissen, überall lagen Schnipsel nackter Mädchen herum, und ich fegte sie über die Schwelle hinaus. Dann suchte ich mir einen handlichen Stein und nagelte die Bretter fest. Das kleine Fenster hing nur noch an einem Scharnier; das andere ließ sich nicht mehr anschrauben, die Löcher waren ausgefranst. Doch ich steckte Holz hinein, winzige Spähne, bis das Gewinde wieder griff.

Als ich das Fenster schloß – die Glocken läuteten, obwohl es sicher noch nicht Mittag war –, sah ich ihn zwischen den Mauern und den verkohlten Balken des alten Stalls. Er kraulte Zorros Kopf und schien die Inschriften und Zeichen auf dem Verputz zu lesen, und vielleicht hatte er mich ja gehört. Vielleicht aber auch nicht. Ich zog den fadenscheinigen Lumpen vor das gesprungene, in den Ecken schon moosige Glas und ging zur Tür, drückte sie ganz vorsichtig zu. Sie knarrte trotzdem.

Doch er drehte sich nicht um. Er kramte in der abgeschabten Tasche, aus der eine Thermoskanne ragte, schob sich etwas in den Mund und las kauend weiter. Der Dicke und die anderen hatten jede Menge versautes Zeug an die Wand geschrieben, auch Gereimtes wie »Loch ist Loch, rein muß er doch«, und auf dem meterlangen Pimmel eines Gartenzwergs, einer Kreidezeichnung von Karl, standen unsere Namen. Ich schob den kleinen Riegel vor, ein wenig zu früh, und mußte die Tür noch einmal aufziehen, einen Spalt nur. Doch in dem Moment drehte sich Herr Gorny um, und obwohl die Bäume zwischen uns waren, kam es mir vor, als sähe er mir ohne Abstand in die Augen. Er schien nicht überrascht zu sein. Er tippte sich an den Hut.

»Hallo.«

Ich nickte nur, und er gab Zorro einen Bissen Brot, schloß die Tasche, kam langsam durch das Gras. Dabei musterte er alles, was herumlag, eine alte Leiter, eine Schubkarre ohne Rad, Haufen zerbrochener Ziegel, und ich trat unter das Vordach. Ein Krümel klebte an seinem Kinn.

»Na du?« Er schob sich den Hut aus der Stirn und blickte an mir vorbei in die Bude. Auch seine Wimpern waren blond. »Das ist also euer Versteck? Nicht übel. Wo sind denn die Tiere?«

Ich zuckte mit den Achseln, zeigte auf Zorro. »Im Moment haben wir nur noch den. Ein reinrassiger Jagdhund. Gehorcht mir aufs Wort.«

Herr Gorny kam näher, und ich trat zur Seite. Totzdem legte er mir eine Hand auf die Schulter; ich schwankte ein wenig. Er machte einen Schritt über die Schwelle und blickte sich um, rümpfte die Nase. Der braune Anzugstoff glänzte an den Ärmeln und den Rückseiten der Oberschenkel, und er stellte seine Tasche ab und wies mit dem Daumen in die Ecke. »Und was ist das? Ein Kindersarg?«

Ich grinste. »Das war die Futterkiste. Ist aber leer.«

»Na dann …« Er setzte sich auf den Deckel und legte beide Hände auf die Knie, wo die Bügelfalte kaum noch zu sehen war. Sein breiter Ehering blitzte im Dämmerlicht. »Wir hatten früher auch solche Buden. Wenn unsere Eltern geahnt hätten, was wir da alles getrieben haben …« Er hielt mir eine leere Handfläche hin und klappte die Finger mehrmals rasch nach innen. »Komm mal kurz rein und mach zu. Damit ich sehe, wie der Raum so wirkt.«

Ich gehorchte, und er hängte seinen Hut an den Fenstergriff und rückte ein wenig zur Seite. Dabei beulte er sich die Wange mit der Zungenspitze aus. Die Krume fiel vom Kinn. »Na komm schon, setz dich her.«

»Aber ich muß die Klinke festhalten. Sonst geht die Tür wieder auf. Haben Sie schon Feierabend?«

Zorro scharrte vor der Schwelle, und Herr Gorny ließ ein Schnalzen hören, wies in den Raum. »Da könnte man was draus machen. Hier 'n Tisch, dort 'n Bett, kleiner Ofen – fertig wär das Liebesnest. Bist 'n richtiger Hausbesitzer, was? Wie ich.«

»Nein. Das gehört mir doch nicht.«

»Na, war nur Spaß. Aber mir gehört mein Haus ja auch nicht. Nicht wirklich.«

»Wieso? Wem denn? Der Bank?«

Er sah mich aus den Augenwinkeln an, ein rascher Blick, und schob eine Hand in die Hosentasche. »Auch der nicht. Man kann nichts besitzen im Leben, verstehst du?«

Ich runzelte die Brauen.

»Doch, du verstehst. Du gehst doch in die Kirche. Keins der Haare auf deinem Kopf gehört dir. Nicht eins.«

»Sie meinen, weil sie ausfallen können?«

»Sie können dir auch erhalten bleiben. Aber deswegen gehören sie dir nicht. Denk mal drüber nach, gründlich. Und dann sag noch mal: Mein Geld, mein Haus, meine Frau ... Alles nicht so wichtig. Unter meinen Kleidern bin ich wie du.« Wieder blickte er sich um. »Und hier macht ihr also eure Spielchen?«

»Manchmal. Autoquartett. Oder auch Mau-Mau.«

»Ach komm, tu nicht so. Ihr macht auch andere Sachen.«

»Ja? Was denn?« Ich wußte nicht, was er meinte, und er bückte sich und hob ein Papierstück auf, briefmarkengroß. Dabei schmunzelte er zwar, doch sein Mund war schmal wie eine Schneide.

»Und was ist das?«

Fleischfarben. Ich hatte es beim Fegen übersehen und zuckte mit den Schultern. »Keine Ahnung. Vielleicht gehört es der Kleekamp-Bande.«

»Erzähl doch keinen Mist. Meinst du, ich bin blöd? Ihr wichst hier, oder?«

»Was?«

»Mein Gott, du mußt dich nicht genieren. Das ist normal. Wir haben das auch gemacht. Wer hat den Größten bei euch?«

»Wieso? Ich weiß nicht. Ich füttere nur die Tiere.«

Er stieß Luft durch die Nase, spöttisch. »So siehst du aus ...« Während er mit einer Hand in der Hosentasche kramte – die Form der Knöchel drückte sich durch den dünnen Stoff –, hielt er mit der anderen das Bildchen vor sich hin. Der Daumennagel war schwarzblau.

»Ich müßte jetzt auch gehen, weil mein Vater ...«

»Der hat Nachtschicht. Der schläft. Entspann dich mal, Junge. Wir kennen uns doch, oder? Wir wohnen unter einem Dach. Habt ihr neuerdings auch so'n Flimmern auf dem Schirm?«

»Wir? Eigentlich nicht. Nur beim Testbild.«

»Ach ja? Interessant.« Nachdrücklicher kramte er in der Tasche, was ihn anzustrengen schien. Er schloß einmal kurz die Augen, ächzte leise. »So spät guckst du also ...«

Zorros Pfoten erschienen unter der Tür, nur die Spitzen; er kratzte an der Bodenpappe, und Herr Gorny lehnte sich zurück. »Dein Vater ist 'n kräftiger Mann. Muskulös ... Das mögen die Frauen. Hast du ihn schon mal nackt gesehen?«

»Ich? Nein.«

Er leckte sich die Unterlippe. »Aber ich. Wir sehen uns alle wie am ersten Tag. In der Kaue. Man wäscht sich gegenseitig den Rücken, weißt du. Da ist nichts Schlimmes dran. Es gibt Kleine und Große. Krumme und Gerade. Manche sind sogar beschnitten. Würdest du das gern mal sehen?«

Draußen jaulte der Hund, und ich wußte nichts zu sagen. Ich betastete meinen Arm, die Flohstiche am Ellbogen, eine ganze Straße, und nun kramte Herr

Gorny auch in der anderen Tasche, in der es blechern klang, nach Pastillen in einer Dose. Dabei sog er die Luft durch die Zahnritzen ein und klappte die Knie weit auseinander. Ich öffnete die Tür.

»He, warte doch mal!«

»Ja, Moment ...«

Ich ging aber doch ins Freie, blinzelte ins Licht. »Suchen Sie vielleicht Ihren Hausschlüssel? Sie können meinen haben. Ich muß hier sowieso noch aufräumen.«

Zorro begrüßte mich mit Gebell, sprang an mir hoch. Er stemmte seine Pfoten gegen meine Brust und versuchte, mir das Gesicht zu lecken. Doch stieß ich ihn weg. Ich mußte pinkeln, ging unter die Bäume, und er folgte mir, tapste durch meinen Strahl. Kurz darauf kam Herr Gorny aus der Bude.

Ich war gerade dabei, die Kaninchenkiste zu zerkleinern; sie roch ziemlich scharf, und an den rauhen Brettern hing noch etwas Fell. Er hatte sich den Hut wieder aufgesetzt und fingerte an seinem Reißverschluß herum. Dabei lächelte er mich an, und zum ersten Mal sah ich seine Zähne. Sie waren gelb und kurz und standen etwas auseinander. Ich zerbrach ein Stück Holz über dem Knie.

»Donnerwetter!« Er klopfte sich Staub vom Ärmel, Spinnenfäden. »Ganz schön stark.«

Ich wollte nicht grinsen, halbierte das nächste Brett. Aber dann grinste ich doch, und er zog die Tür hinter sich zu. Ich schichtete das Holz in die Mulde.

»Na komm ... Ein Junge in deinem Alter geht doch nicht mehr in die Hocke, wenn er was auf dem Boden erledigt. Das machen Pimpfe und kleine Mädchen. Steh auf und bück dich!«

»Ja. Haben Sie Ihren Schlüssel gefunden?«

Er schüttelte nur den Kopf und trat auf den asphaltierten Radweg, wo ein zerbrochener Rückstrahler lag. Nachdem er ihn eine Weile betrachtet hatte, kickte er ihn weg und drehte sich noch einmal um. Jäher Wind ließ den Weizen hinter ihm wogen, zwei Spatzen flogen daraus hervor, und er griff sich an die Krempe. »Sag mal, langweilst du dich denn, wenn dein Vater auf Nachtschicht ist? Fühlst du dich allein?«

Keine Ahnung, warum meine Augen plötzlich brannten. Kalte Asche wehte auf, und ich verneinte mit einer Kopfbewegung. Dann schichtete ich die restlichen Bretter und ein paar morsche Äste auf den Haufen und kramte nach meinen Zündhölzern. »Ich sehe gar nicht so lange fern. Ein Testbild gibt es doch auch vor dem Programm.«

Er musterte mich, nicht unfreundlich. Doch obwohl er blaue Augen hatte, war sein Blick irgendwie grau. »Verstehe. Vielleicht komm ich dich mal besuchen, oder? Ich kann auch oft nicht schlafen. Dann spielen wir Karten oder so. Autoquartett.«

Ich sagte nichts, nickte nur, und er ging davon. Die Schachtel war schon mal feucht gewesen, viele Schwefelköpfe zerbröselten auf der Reibfläche. Schließlich hatte ich etwas Papier angezündet, doch das Holz brannte schlecht, was wohl am Wind lag. Er jagte Wolken über den Himmel, wühlte im Laub und drückte auch die Flamme zur Seite. Welke Gräser fingen Feuer, und ich trat darauf herum. Doch es breitete sich immer schneller aus, ich trampelte und trampelte, und die trockene Erde staubte unter meinen Schuhen.

Am Sonntag frühstückten wir spät, ohne Sammeltassen. Mein Vater machte uns Rühreier mit Schnittlauch, den Frau Gorny aus dem Garten heraufgebracht hatte, und während wir aßen, lief der Fernseher, Der internationale Frühschoppen. Werner Höfer war mir nicht nur wegen seiner großen Brille unsympathisch. Immer sprach er so gedehnt, daß man seine nächsten Worte erriet und das Gefühl bekam, die langweilige Sendung gehe nie vorbei. Doch dann stellte mein Vater den Apparat aus und zündete sich eine Gold-Dollar an. Er legte beide Arme auf die Rückenlehne des Sofas und blickte aus dem Fenster. Der Himmel war blau.

»Hast du mit der Mutti telefoniert?«

Er nickte. »Gestern abend, vor der Schicht.«

»Und? Kommen sie nächste Woche wieder?«

Er legte den Kopf in den Nacken, blies den Rauch hoch. »Eher übernächste. Deine Mutter braucht ein bißchen Erholung.«

»Klar.« Ich schob den Aschenbecher vor ihn hin. »Vielleicht können wir sie ja mal besuchen? Einen Tag oder so?«

Er sah mich an. »Schön wärs. Aber ich hab nächste Woche noch mal Nachtschicht. – Du langweilst dich, was?«

»Nein, nein. Ist schon in Ordnung.«

»Doch, du langweilst dich. Du wärst auch lieber

da oben, wie ich. Wir zwei sind richtige Landeier, stimmts?«

Ich grinste, zuckte mit den Achseln. Dann stand ich auf und stellte die Teller zusammen, brachte sie in die Küche und goß mir noch ein Glas Milch ein. Auf dem Förderturm der Zeche wehte eine Fahne, wegen Berlin.

»Paß auf …« Er trank einen Schluck von seinem Nescafé. »Wir können was unternehmen. Ich hab 'n Kumpel im Kleekamp, den wollte ich immer schon besuchen. 'n feiner Kerl. Da gehen wir hin.«

»Na ja …« Ich setzte mich wieder. »Es muß nicht sein. Ich langweile mich wirklich nicht.«

Er drückte die Zigarette aus, zog den Gürtel seines Morgenmantels fester. »Der wird dir gefallen. Kennt alle Spieler in der Oberliga West, jedes Ergebnis. Und er sammelt diese Landserhefte und Fotos von Kriegsschiffen und so. Und dann: Sein Bruder ist 'n richtiger Krimineller. Erinnerst du dich an den Diamantenraub vor zwei Jahren in Amsterdam?« Er wies auf die Bild am Sonntag, die in der Obstschale lag. »Die haben zig Millionen erbeutet. Und der Bruder von dem Lippek war dabei!«

»Ist Lippek ein Spitzname?«

»Wie? Nein, nein. Das ist der Nachname. Er heißt Herbert. – Also gut, ich rasier mich jetzt, du spülst das Geschirr und räumst 'n bißchen auf, und dann gehen wir los.«

Es roch seltsam, als ich erneut in die Küche kam, vertraut und abstoßend zugleich, und ich blickte durch die offene Tür auf den Balkon. Marusha saß auf der

Fensterbank und lackierte sich die Nägel. Sie hatte die Füße auf unseren Tisch gestellt und blickte nicht auf.

»He! Hast du schlechte Laune?«

Das Pinselchen blitzte in der Sonne. Sie sagte nichts, schüttelte nur langsam den Kopf, und ich stellte den Gasboiler an und ließ warmes Wasser in die Spüle, gab einen Schuß Pril dazu. Noch einmal blickte ich mich aus den Augenwinkeln um. Sie trug ihre Lee und ein Turnhemd, und ich spülte den Aschenbecher aus, wusch das Geschirr ab, kriegte die Pfanne aber nicht richtig sauber. Etwas von dem Ei war darin festgebacken, und Marusha schraubte das Fläschchen zu.

»Das wird nichts mit dem Lappen. Du mußt 'n Stahlschwamm nehmen.«

Ich hatte keine Ahnung, wo in der Küche sich so etwas befand, schaute unterm Spülstein nach, und sie zupfte die Watte zwischen ihren Zehen hervor. »Im Besenschrank. Im obersten Fach.«

Tatsächlich gab es da einen Drahtschwamm, und Marusha räkelte sich und gähnte. Dann streckte sie die Beine so weit aus, daß die Füße über die Tischkante ragten, musterte das frische Rot. »Diese Sonntage sind zum Sterben, oder? Du freust dich die ganze Woche, daß du frei hast, und dann weißt du nicht, was machen. Ich glaub, ich wandere aus. Nach Holland vielleicht, wo diese Gammler sind. Die müssen nichts tun und leben trotzdem gut.«

»Du kannst doch mit Jonny 'n Ausflug machen. Rudern in Grafenmühle. Und Schießstände gibts da auch.«

»Mit *wem*?« Sie zog die Nase kraus. »Der braucht mir

gar nicht mehr zu kommen, der Arsch. Werd bloß nicht wie diese Kerle, das sag ich dir! Ich hab die Schnauze bald voll.« Sie streckte eine Faust vor, zwinkerte mir zu. »Kann ich dir das mal anvertrauen?«

Ich ging auf den Balkon. Die Flecken an ihrem Hals waren blasser geworden. Doch am Oberarm gab es neue, blaue, und ich nahm ihr die Watte aus der Hand. »Wir gehen übrigens gleich weg. Zu einem echten Diamantenräuber. Stand sogar in der Zeitung.«

»Wohin? Wie kommt ihr denn dazu?«

Ich warf die Flocken in den Kohlenkasten. »Mein Vater kennt den, von der Zeche. Er hat damals bei dem Millionending mitgemacht, in Amsterdam. Hast du das nicht gelesen?«

Sie schmunzelte. »Ach ja? Und weil er jetzt so reich ist, fährt der jeden Tag in'n Pütt, oder was?«

Ich zuckte mit den Achseln. »Keine Ahnung. Jedenfalls war er dabei. Er oder sein Bruder. Kannst ja mitkommen und ihn fragen.«

»Meinst du?«

»Warum denn nicht?« Ich schrubbte weiter an der Pfanne herum, ohne viel Erfolg; der braune Belag verklebte die Maschen des Schwamms, und mein Vater kam in die Küche. Er trug bereits seine Anzughose und knöpfte sich das weiße Hemd zu. Wegen der großen Hände hatte er meistens Schwierigkeiten mit dem obersten Knopf, und auch jetzt bückte er sich ein wenig, reckte das Kinn. Ich wischte mir die Finger an der Hose ab, und während ich den Hemdknopf schloß, blickte er in die Spüle. »Das ist der Schwamm fürs Klo, Junge. Für den Kalk ...«

Er hatte Marusha wohl nicht bemerkt. Die Arme um die Knie geschlungen, beugte sie sich vor. Wie immer, wenn sie mit meinen Eltern sprach, war ihre Stimme hell und lieb, und sie lächelte breit. Aber nur mit dem Mund. »Hallo, Herr Collien!«

Mein Vater nickte knapp und räumte das saubere Geschirr weg. Die oberen Fächer des Hängeschranks waren mir noch zu hoch. Sie nahm die Füße von unserem Tisch, stellte sie auf ihre Fensterbank. »Der Juli sagte, Sie machen einen Ausflug?«

»Quatsch. Wir gehen spazieren.«

»Sie habens gut. Kann ich nicht mitkommen?«

»Du? Wieso das?«

»'s ist so langweilig hier.«

Er schlug den Hemdkragen hoch, zog die Krawatte aus seiner Tasche. »Dann geh deiner Mutter helfen. Zu tun gibst doch wohl immer was.«

»Ich hab frei heute!« Sie machte eine beleidigte Schnute. »Muß mich doch auch mal erholen.«

Er blickte in den Spiegel über der Spüle, einem Überbleibsel aus dem Käfig des Wellensittichs, den wir mal hatten, und band sich einen Knoten, wobei seine Finger etwas zitterten, wie meistens, wenn er zarte Sachen machte. »Du bist ja noch nicht mal richtig angezogen. Und wir gehen jetzt. Vielleicht beim nächsten Mal.«

Er steckte das Schlipsende durch die Schlinge, und sie richtete sich auf. Ein gelbes Wappen war auf das Turnhemd genäht, der Bundesadler. »Ich brauch nur eine Minute. Dreißig Sekunden. Bitte, Herr Collien! Der Juli hat gesagt, ich könnte mit.«

Mein Vater sah mich aus den Augenwinkeln an. Ich

kratzte mit einem Holzlöffel in der Pfanne herum, und er schüttelte den Kopf. »Na schön, meinetwegen. Wir gehen aber nur bis zum Kleekamp. Sag deinen Eltern Bescheid.«

Sie biß sich auf die Unterlippe, lächelnd. Dann hob sie die Füße, drehte sich in ihr Zimmer, und gleich darauf hörten wir ein Poltern und Klappern, wie immer, wenn sie in ihrem Kleiderschrank wühlte. Ich faltete das Geschirrtuch zusammen, hängte es über die Herdstange, und mein Vater gab mir einen Klaps. »Du fängst ja früh an ... Kämm dich, hörst du. Und dann zieh diese Shorts aus, bitte.«

Ich ging ins Kinderzimmer. Doch die Khakihose war schmutzig, und ich zog die von meinem Kommunionanzug an und rubbelte an der Bügelfalte herum. Sie blieb aber scharf. Dann holte ich mir den Kamm aus dem Bad, und während ich noch versuchte, durch meine Haare zu kommen, klopfte es, und Marusha stand im Wohnzimmer und strahlte uns an. »Kann ich so gehen?«

Mein Vater, der auf dem Sofa saß und in der Zeitung blätterte, sah kaum richtig auf. Sie trug eine enge rosa Hose mit kleinen Schlitzen über den Knöcheln und spitze Schuhe ohne Fersen, mehr Schlappen als Pumps, ebenfalls rosa; außerdem eine weiße Bluse mit langen Kragenspitzen, und ihre Lippen waren tiefer und glänzender rot als der Lack auf neuen Matchbox-Autos. Rasch streckte sie mir die Zunge heraus.

Doch mein Vater schüttelte den Kopf. »So nehm ich dich nicht mit. Du ziehst dir erst noch was an, bitte.«

»Warum? Es sind doch über dreißig ...«

Er blätterte um. »Du weißt, was ich meine.«

Ein Hauch von Röte in ihrem Gesicht, und sie blickte an sich hinunter. »Ach so? Sieht man das?« Dann zog sie die Bluse straff, und nun bemerkte auch ich, daß sie keinen Büstenhalter trug. Noch einmal verschwand sie in ihrem Zimmer.

Es war so heiß, daß man gar nicht das Gefühl hatte, im Freien zu sein. Der Weg durch die Ginsterheide war asphaltiert und schien direkt auf den Förderturm der Zeche zuzuführen. Die Räder standen still, die Fahne, auf Halbmast, hing schlaff herab. Kein Hauch bewegte die Blätter an den Bäumen, nichts raschelte im verdorrten Gras. Mein Vater hängte sich die Jacke über die Schulter und schwieg. Er redete nie viel, und auch ich wußte nichts zu sagen und zupfte hier und da eine Ginsterblüte vom Zweig und lutschte daran. Früher bildeten wir uns ein, daß sie süß waren. So gelbe Blüten konnten nur süß sein. Doch sie schmeckten nach nichts.

Marushas Absätze klapperten auf dem Belag, und sie setzte sich eine Sonnenbrille auf und zeigte zum Horizont, wo die Konturen der Zechenanlage zu zittern schienen. Weißer Dampf stieg aus einem Kühlturm, der Schatten einer Krähe huschte darüber. »In welchen der Gebäude arbeiten Sie denn, Herr Collien?«

Der schmale Schlips glänzte in der Sonne, ein metallisches Braun. »In keinem. Ich arbeite unter der Erde, wie dein Vater auch.«

»O Gott. Den ganzen Tag?«

Er nickte. »Zur Zeit die ganze Nacht. Wieso?«

»Ich versteh überhaupt nicht, wie man so was machen kann. Das muß doch ungesund sein, oder? Der Dreck, der Staub, die schlechte Luft, und immer passiert was.«

»Das tuts woanders auch. Auf'm Bau kannst du vom Gerüst fallen und im Stahlwerk ... Was weiß ich. Wichtig ist doch, daß man die Familie ernährt, oder?« Marusha schien zu überlegen, starrte auf den Weg. Sie kratzte sich mit dem kleinen Finger unter der Nase. »Na ja, wahrscheinlich ...« Dann kickte sie einen Kronkorken fort, flötete tonlos vor sich hin, und ich blieb ein wenig zurück und musterte ihren Hintern in der engen Hose. Kniff sogar die Augen zusammen, um schärfer zu sehen. Doch ich konnte die Linie ihres Slips nicht erkennen.

Wir bogen vom Radweg ab und gingen über einen schmalen Pfad voll Abfall und Schutt zum Bürgersteig hinunter. Es war die Kleekampstraße, der gepflasterte Teil, wo es noch Hausnummern gab. Die Baracken standen hinter der Brücke. »Huch!« Marusha blieb stehen, schob sich die Brille ins Haar. »Wo führen Sie mich denn hin? Hier war ich ja noch nie!«

Mein Vater öffnete ein Tor aus Schmiedeeisen; es reichte ihm gerade bis zu den Knien. In dem Vorgarten standen unzählige Blumen, und jede einzelne Blüte sah wie etwas Explodierendes aus. Es gab ein paar gelbe, weiße und orangefarbene, aber die meisten waren rot, und während mein Vater auf die Klingel drückte und wir warteten, betrachtete ich Marushas Pantoletten. Die Zehen zeichneten sich ab durch das dünne Leder. Sie bewegte sie leicht.

Im ersten Stock wurde die Gardine ein wenig zur Seite gezogen. Eine ältere Frau. Ihre Lippen sahen aus, als hätte sie etwas Bitteres im Mund. Dann hörten wir jemanden die Treppe herunterkommen, und mein Vater strich mir eine Strähne aus der Stirn und wies mit einem Augenrollen nach oben. »Er wohnt unterm Dach.«

Erst als ein Schatten sie verdunkelte, sah man, daß es einen Riß in der bernsteinfarbenen Türscheibe gab. Der Mann, der uns öffnete, war sehr hager, fast dürr, und hatte keine Schuhe an, nur Socken. Er war schwarz gekleidet, doch das Hemd paßte nicht ganz zum Ton der Hose. Es schien neu zu sein. Am Kragen und an den Manschetten waren goldene Fäden eingewebt, und er grinste breit, fast verschmitzt, und reichte meinem Vater die Hand.

»Waller, alter Grubengaul! Hastes endlich ma geschafft?« Die blonden Haare waren leicht zerzaust, die Augen blau, und er hatte einen Rasierschnitt am Kinn. »Wußt ich doch, dat irgend sowat inner Luft lag. Hab extra paar Granaten kalt gestellt. Alle ma rein hier!«

Er hielt die Tür weiter auf, doch mein Vater blieb stehen, griff mir an die Schulter. »Das ist mein Ältester. Julian.«

»Hallo!« Er gab mir die Hand, mit festem Druck, und sah mir gerade ins Gesicht. Auch seine Lidränder waren schwarz von dem eingewachsenen Kohlenstaub. »Ich bin der Herbert. Kannst mich aber Lippek nennen, tun se alle.«

»Und das hier ...«

»Donnerwetter!« Während er meine noch in der Rechten hielt, griff er mit der Linken bereits nach Marushas Hand. »Wußte gar nicht, daß du schon 'ne erwachsene Tochter hast! Ist ja 'n richtiger Pokal, den du mir da bringst.«

Mein Vater schmunzelte streng, und Marusha kicherte, machte einen übertriebenen Knicks. Dann stellte sie sich vor.

»Tja.« Lippek schmatzte, leckte sich einen Mundwinkel. Er hatte einen sehr großen, spitz hervorstehenden Adamsapfel. »Bei soviel Schönheit müssen wir wohl hochdeutsch sprechen, sonst ham wer keine Schnitte. Dann ma rauf mit euch, immer geradeaus, bis Wolke sieben. Ich steig noch schnell in'n Keller. Hab 'n lecker Aufgesetzten. Der läuft runter wie 'n Lied.«

Das Treppenhaus roch gebohnert. Topfpflanzen auf kleinen Hockern spiegelten sich im Rotbraun des Linoleums, und Marusha trat nur mit den Schuhspitzen auf die Stufen. Manchmal schlugen ihre Absätze wie Hämmerchen an die Messingleisten.

Lippeks Wohnung war winzig; ein Kleiderschrank stand auf dem Treppenpodest vor der Tür. Es gab eine Küche mit Kabinendusche, einen schmalen Schlafraum ohne Fenster und ein Wohnzimmer, in dem die Möbel, der Schrägen wegen, eng zusammenstanden: ein Sofa mit Armlehnen aus Holz, ein Tisch mit vergilbtem Spitzendeckchen unter der Glasplatte und zwei Cocktailsessel. In einem Schrank mit Regalaufbau zwei Reihen Bücher, Bildbände wohl, und ein Globus aus Pappe. Die Meere waren so blau wie der Himmel vor dem offenen Fenster.

»Platzt euch!« Lippek, etwas atemlos, stellte eine Flasche ohne Etikett auf den Tisch. Die Flüssigkeit darin sah nach Himbeersirup aus, vielleicht etwas heller. »Pils kommt gleich.« Dann ging er in die Küche, drehte sich in der Tür aber nochmal um. Ich hatte mich auf einen Sessel gesetzt, nur auf die Kante, und legte den Kopf schräg, um die Buchtitel zu lesen. »Für dich hätt ich 'n Mutterbier. Oder Zitronensprudel.«

»Danke. Dunkelbier wär gut.«

Mein Vater und Marusha setzten sich aufs Sofa. Die hellgraue, wie von Hand linierte Tapete – sie hatte ein Muster aus Pinseln, Paletten und kleinen Bilderrahmen – war hinter ihren Köpfen dunkler und fettfleckig. Unter der Lampe hing ein Fliegenfänger, dessen Leim sich in der Hitze schon verflüssigte. Er hing in braunen Tropfen am Papier.

Lippek stellte drei Flaschen Pils und eine Flasche Malzbier auf den Tisch und öffnete den Schrank so weit, wie es die Sessel zuließen. Er langte in den Spalt und holte Gläser, Pinnchen und ein paar Untersetzer aus Bast heraus. Dann entkorkte er den Schnaps. »Da wird der Sonntag ja doch noch was ... Ladys first.«

Doch mein Vater hielt die Finger über Marushas Glas. Sie stutzte, blies empört die Backen auf, und Lippek runzelte die Stirn. »Was ist? Schwanger?«

Da lachte sie auf, hielt sich aber gleich die Hand vor den Mund, nur die Fingerspitzen. Mein Vater rückte ihr Pinnchen weg. »Die kriegt nichts. Jedenfalls nichts Hochprozentiges. Die ist fünfzehn, Mann!«

Lippek hob erstaunt die Brauen, doch es wirkte gespielt. »Im Ernst?! Ich werd nicht mehr. Gut, daß du das sagst. Man will ja schließlich wissen, warum man ins Gefängnis kommt, oder? Und ich dachte, die wär schon heiratsfähig.« Er zwinkerte ihr zu, goß die anderen Gläser voll. Es roch nach Johannisbeeren. »Aber *einen* kann sie, Waller. Oder? Nur mit uns anstoßen. Bißchen flüssiges Obst …«

Mein Vater blickte Marusha an und erwartete wohl, daß sie jetzt selbst verzichtete. Doch sie spitzte nur den Mund, und Lippek schenkte ein. »Also, Herrschaften …« Er hob sein Glas. »Schön, daß ihr gekommen seid.« Über den Ellbogen hinweg sah er mich an, nickte mir zu. »*Du* hast einen Vater! Weißt du das? 'n besseren kannst du gar nicht haben. Keiner malocht so wie der. Und dabei ist er 'n hundertprozentiger Kumpel. Da …« Mit einer Kinnbewegung wies er in die schräge Fensternische. Unter einer kleinen Grubenlampe aus Messing hing ein Hauerbrief in einem Rahmen aus unlackiertem Holz. Mein Vater hatte den gleichen, bewahrte ihn aber im Nachttisch auf. »Daß ich was geworden bin in dem ollen Pütt, hab ich nur ihm zu verdanken. Dem Waller-Knaller. Prost!«

Die Männer kippten ihre Schnäpse, doch Marusha nippte nur daran. »Mmh!« machte sie und fuhr sich mit der Zunge über die Oberlippe. »Der ist ja gar nicht so süß, wie ich dachte. Richtig lecker!«

»Lecker ist gar kein Ausdruck.« Lippek goß die Biergläser voll. »Hier. Nachspülen, und dann gehts weiter.«

Mein Vater steckte sich eine Zigarette an und legte das Päckchen auf den Tisch, das Feuerzeug auf das Päck-

chen und schob beides neben den Aschenbecher.
»Hast du morgen Frühschicht?«
Er nickte.
»Bei wem?«
»Keine Ahnung. Wahrscheinlich Motzkat.«
»Na, dann hast du's gut. Habt ihr den Hobel auf der
Fünften inzwischen repariert? Die können ja gar nicht
so schnell Krankenscheine drucken, wie das Ding mit
Brocken schmeißt. Der Mulisch sagte mir, du hättest
einen 50-Millimeter-Patentschlauch angefordert?«
»Ach, der ist doch 'n Arsch mit Ohren! Wie kann ich
einen Fünfziger anfordern, wenn wir nur einen Drei-
ßiger-Stutzen haben! Glaub doch nicht alles, was der
Käskopp erzählt.«
Noch einmal nippte Marusha von ihrem Schnaps.
Dann trank sie ihn aus und schob unserem Gastgeber
das Gläschen hin. Es war rot von ihrem Lippenstift.
»Stimmt es eigentlich, daß Sie Diamantenräuber wa-
ren?«
Der Angesprochene stutzte, schüttelte den Kopf. »Paß
mal auf ...« Er zielte auf sie mit dem Flaschenhals.
»Bevor du überhaupt noch ein Wort sagst: Wir sind
hier in meiner Wohnung, oder wo sind wir? An der
Tür steht mein Name, stimmts?« Marusha, erschrok-
ken, nickte kaum merklich, antwortete aber nichts.
Sie nagte an ihrem Daumen. »Na bitte! Und in meiner
Wohnung, verstehst du, da wird sich nicht *gesiezt*. Da
könnte der Gerichtsvollzieher kommen, dem würd ich
sagen: Hömma, wenne den Kuckuck auf'n Kühlschrank klebs, bring mich 'n Bierchen mit!«
Sie kicherte, und er entkorkte die Flasche mit den

Zähnen. »Also, für dich bin ich du. Ich komm gleich mal rüber, und dann machen wir das mit dem Küßchen klar. Muß alles seine Ordnung haben.«

Dann schenkte er noch einmal Schnaps nach, auch ihr, und mein Vater schnalzte leise. »Hör auf jetzt, Mann! Das ist schon der zweite.«

Der andere nickte. »Na, daß du zählen kannst, weiß ich doch, Waller. Und daß du mir die Stempel und die Kappen vorrechnest, ist auch in Ordnung. Du bist der Chef. Aber hier ist mein Revier. Prösterchen!«

Marusha hob zwar ihr Glas, doch im Gegensatz zu den Männern trank sie diesmal nichts. Sie stellte es wieder auf den Tisch zurück, nippte von ihrem Pils und zeigte auf die Schachtel HB, die zwischen den Flaschen lag. »Spendierst du mir eine?«

Lippek wischte sich über den Mund. »Dir spendier ich alles. Aber nur, wenn ich sie auch anzünden darf.«

»Klar! Oder soll ich trocken rauchen?«

Nach und nach hatte ich mir alles Malzbier ins Glas gegossen. Randvoll war es nun, ohne Schaum, und langsam beugte ich mich vor, um etwas abzutrinken.

»Also was jetzt?« Marusha stieß gegen den Tisch, nahm die brennende Zigarette entgegen. »Hast du mal Diamanten geklaut?«

Er schnalzte leise, blickte meinen Vater an, wies mit einer Kopfbewegung auf das Mädchen. »Hättest du das gedacht? Ich meine, daß so was fünfzehn ist? Unglaublich, oder? 'ne richtige Frau, guck sie dir an. Voll ausgebildet.«

»Nein.« Ich wischte das Bier mit dem Taschentuch auf. »Sie ist noch in der Lehre.«

174

Er schüttelte nur den Kopf, blickte am Tisch vorbei auf ihre Beine. »Was muß so ein Weib denn noch lernen ...«

Sie zupfte ihre Bügelfalte zurecht, stieß den Rauch sehr fein durch die Nase. »Textilverkäuferin. Bei Kaiser und Gantz.«

»Ach du Scheiße! Ehrlich? Da hab ich mal Unterhosen gekauft. Ich kann euch sagen, das war mir vielleicht peinlich. Kommt so'ne Fregatte und fragt: Was haben Sie denn für 'ne Schrittgröße? Vor den Leuten! Und ich: Na, keine Ahnung. Hab das noch nicht ausgemessen. 'n Meter oder so. Und alle gucken mich an, als hätt ich 'n Schuß.«

Marusha lachte, schlug sich mehrmals rasch aufs Knie. »Das war bestimmt die Niedl. Die stellt solche Fragen. Hieß die Niedl?«

Er kratzte sich den Nacken. »Was weiß denn ich, wie die Schickse hieß. Ich kauf jedenfalls nur noch vom Grabbeltisch.«

Wieder drehte er den Korken aus der Flasche, blickte mich an. Auch er hatte große Hände, doch die Gelenke waren erstaunlich zart. »Na, du stiller Vertreter? Bist wie dein Alter, was? Dir muß man auch jedes Wort aus der Nase ziehen. Was willst'n werden?«

Ich grinste, zuckte mit den Achseln, und mein Vater drückte seine Zigarette aus. »Er zeichnet gut.«

»Ist wahr? Na ja, so was muß es auch geben. Dann wird er wohl nicht so blöd sein und auf'n Pütt gehen, oder? Wenn mein Sohn zu mir käme: Hömma, ich will Bergmann werden – ich würd ihm die Schippe ins Kreuz hauen.«

175

Mein Vater stieß etwas Luft durch die Nase. »Du hast doch gar keine Kinder!«

Lippek goß nach. »Ja, und? Heißt das was? Das heißt gar nichts. Was nicht ist, kann noch werden.« Er hob sein Pinnchen mit zwei Fingern, wie eine Schachfigur, stieß damit gegen Marushas Glas. »Also, Süße, du bist im Rückstand. Auf ex!«

Sie tippte sich an die Schläfe, und auch mein Vater machte eine abwehrende Handbewegung. »Hör auf jetzt, Herbert. Bei der Hitze hier … Was meinst du, was der Konrad sagt, wenn ich sie blau nach Hause bringe.«

»Der Gorny? Mit dem hab ich auch schon gesoffen. Der kann genausowenig verpacken wie die. Prost, Kumpel!«

Er stieß mit ihm an – doch nun griff Marusha zu ihrem Aufgesetzten. Sie warf den Kopf so abrupt in den Nacken, daß die Sonnenbrille aus dem Haar rutschte. Dabei verzog sie keine Miene, schloß nur einmal kurz die Lider, und schneller als die Männer stellte sie das Pinnchen wieder ab. Ihre Wangen glühten.

Mein Vater sah sie an wie manchmal Sophie, sehr streng, doch mit einem wehmütigen Ausdruck um die Augen, und sie hob die Schultern. »Na und? Ich werd sechzehn. Und der Gorny hat mir gar nichts zu sagen. Er ist nicht mein Vater.« Dann streifte sie die Asche ab und wendete sich wieder Lippek zu. »Jetzt sag schon! Hast du wirklich diesen Diamantenraub gemacht? Mit Waffen und allem?«

»Er doch nicht!« Ich sprach halb in mein Glas hinein. »Das war sein Bruder.«

Schaum tropfte auf die Tischplatte, als Lippek Bier nachschenkte. Er drehte sich um, runzelte die Stirn. »Was ist mit meinem Bruder?«

Der Blick und die Kopfbewegung stimmten nicht ganz überein, und er schien schon etwas mühevoller zu sprechen. Mein Vater schob ihm seine Gold-Dollar hin. »Ich hab ihm von dem Raub erzählt. Stand ja auch in der Zeitung.«

Der andere nickte. »Natürlich. Kannst du ruhig erzählen. Alles Idioten, doof wie Schifferscheiße. Die vermodern jetzt in irgendeinem Knast.« Er zog eine Zigarette aus der Schachtel, zeigte damit auf Marusha. »Diamanten sind gar nichts wert, laß dir das gesagt sein. Nicht das Schwarze unterm Nagel. Die Frau, die mich heiratet, braucht keine Diamanten. Was soll sie auch damit, kann sie doch nicht verheizen. Aber sie hat immer 'n Keller voll Kohlen, wenn du verstehst, was ich meine. Die kriegt immer Feuer!«

Mein Vater hatte beide Hände auf den Tisch gelegt, drehte einen Untersetzer zwischen den Fingern. Er war sehr faserig, wie aus Haaren. »Diamanten sind ja auch nur Kohle.«

Marusha löschte ihre Kippe. »Wieso?«

»Na ja, sie sind aus Kohlenstoff, wie jedes Brikett. Nur Millionen Jahre älter.«

Der andere nickte gewichtig. »Und den Druck darfst du nicht vergessen, Waller. Das ist wie im Leben. Wenn du eine Frau richtig drückst, funkelt sie wie'n Edelstein.« Er stieß mich mit der Fußspitze an. »Stimmts?«

Dann stand er auf, vielleicht ein wenig zu abrupt.

Jedenfalls mußte er sich am Schrank abstützen. Er langte ins Regal und hielt mir einen Bildband hin. Die Oberliga West, 1947 – 1963. Schwarzweiß. »Na, ist das was? Da findest du alles drin, die ganzen Spiele mit Mannschaftsaufstellungen, die wichtigsten Tore, die schönsten Fouls.« Seine Hand zitterte leicht, als er für mich umblätterte; die gelben Fingernägel waren geschnitten, aber nicht gefeilt. »Guck mal hier, der olle Kuzorra, Helmut Rahn, und da, Horst Szymaniak. Der kommt aus Erkenschwick, genau wie ich. Kannst du haben.«

»Danke!« Ich legte es mir auf den Schoß, und mein Vater blickte mich verwundert an, lockerte den Krawattenknoten.

»Du interessierst dich doch gar nicht für Fußball, oder?« Er sprach etwas langsamer als gewöhnlich, auf Stirn und Wangenknochen war ein unschönes Glänzen, und ich zuckte mit den Schultern, sah aus dem Fenster.

»Was?!« Lippek setzte sich wieder. »Der Sohn vom Waller interessiert sich nicht für Sport? Das darf doch nicht wahr sein.« Er entkorkte den Schnaps und schenkte ein. »Das glaub ich einfach nicht. Was bist'n du für'n Kerl?«

Mein Vater nahm das Pinnchen entgegen. »Er zeichnet gut. Besonders Tiere. Einmal mußte ich in die Schule, weil die Lehrerin nicht glauben wollte, daß er ein Schwalbennest ganz allein gezeichnet hatte. Sogar diese winzigen Härchen um die Schnabellöcher waren drauf.«

Marusha blickte sich um. »Gibts keine Musik?«

»Klar doch!« Lippek machte eine Kopfbewegung.
»Gleich neben dir, die ganze Truhe ist voll. Aber dreh
nicht so laut, sonst hab ich den Drachen am Hals. Die
kriegt noch 'ne Miete von mir.«
Sie beugte sich über die Sofalehne und zog einen
Klappschrank auf. Dabei straffte sich die Bluse so, daß
ich ihren BH erkennen konnte. Er war hauchweiß. Sie
nahm ein paar Scheiben aus dem Ständer und legte sie
auf den Zehnplattenwechsler. Doch beim ersten Lied
sank der Tonarm auf den Teller, den gerillten Belag,
und ich stand auf und verstellte die Umlaufgeschwin-
digkeit von 33 auf 45. Männer gibts wie Sand am
Meer, es werden täglich immer mehr.
»O Gott! Hast du nichts Modernes? Beatles oder
Lords?«
»Wer? Ich?« Lippek hob sein Glas. »Heiß ich Pillek?
Solche Negermusik kommt mir nicht ins Haus.
Stimmts, Waller? Noch Bier?« Er sah mich an. »Geh
mal zum Kühlschrank, ja? Im Gemüsefach …«
Ich stand auf. Die Küche war klein, an dem quadrati-
schen Tisch mit den verchromten Stahlrohrbeinen
stand nur ein Stuhl. Auf dem Abreißkalender war es
noch Mai.
In der Duschkabine tropfte ein Hemd auf einem
Drahtbügel, und das Licht im Kühlschrank funktionierte nicht. Doch am Gefrierfach hing ein dicker Bat-
zen Eis. Darunter nichts als ein Glas Gurken und ein
Teller mit einem angebissenen Stück Sülze und ein
paar Bratkartoffeln; die Gabel lag noch darauf. Ich
nahm zwei Flaschen Pils aus der unteren Lade und
brachte sie ins Wohnzimmer.

179

»Du hast wirklich 'n lieben Sohn.« Lippek hielt bereits den Öffner in der Hand; er hatte einen Griff aus lakkiertem Bambus, und mein Vater, beide Arme auf der Rückenlehne des Sofas, zuckte mit den Achseln. Sein Blick war schon etwas glasig. »Nur 'n bißchen still ist er«, fügte der andere hinzu und öffnete die Flaschen.

»Stille Wasser sind tief.« Marusha schmunzelte, und mit einem Klatschen fiel eine neue Platte auf den Teller. Weiße Rosen aus Athen.

Mein Vater nickte. »Auf'm Land war er anders. 'n richtiger Wildfang. Der hat dir schon die Ohren abgebrabbelt, bevor er sprechen konnte. Und immer nur Unsinn im Kopf.«

Ich wand mich ein wenig in meinem Sessel, klappte den Bildband auf und wieder zu. Schlug die Beine übereinander.

»Einmal, da war er vielleicht zwei oder so ...«

»Papa!« Ich drehte mich ein wenig weg. »Nicht schon wieder! Das kennen wir doch.«

Er schüttelte den Kopf. »Du kennst das. Die hier nicht. – Also, er war noch klein, und wir haben ihm einen roten Strickanzug gekauft, so'n Einteiler zum Zuknöpfen.«

Marusha schnippte mit den Fingern. »Overall heißt das.«

»Meinetwegen. Jedenfalls sind wir abends raus, zum Melken, und er tappert wie immer hinterher. Da fängts an zu regnen, und ich sag: Setz dich da unter den Anhänger! Und er gehorcht auch und spielt irgendwas zwischen den Milchkannen. Wir machten natürlich unsere Arbeit, wie bei jedem Wetter, und guckten eine Weile nicht hin. Und dann trifft uns fast der Schlag. Da hat er nämlich das Melkfett entdeckt und sich von oben bis unten eingeschmiert mit dem Zeug! Der sah aus wie'n Stück Butter, sag ich euch. Und den teuren Anzug konnten wir natürlich wegschmeißen.«

Marusha kicherte, trank ein wenig von ihrem Schnaps, und auch Lippek grinste. »Na ja, bißchen Körperpflege, was? Muß sein.«

Er streckte ein Bein in den Schatten der Tischplatte, und einen Moment lang glaubte ich, seine Füße zu riechen. Aber vielleicht waren es auch meine, ich hatte nur Sandalen an. »Und einmal …«

Mein Vater fuhr sich durch die Haare; er hatte große Schwitzflecken unter den Achseln, und ich griff nach meinem Glas. Doch es war leer. »Papa, bitte!«

Er beachtete mich nicht. Wie träumend blickte er zur Lampe hoch, und Lippek berührte Marushas Fuß. Sie hatte ihre Schuhe schon vor einiger Zeit abgestreift und wich nicht zurück. Sah aber meinen Vater an, als hinge sie an seinen Lippen.

Der machte eine Kopfbewegung. »Den konntest du keine fünf Minuten unbeobachtet lassen. Eine Koppel hatten wir, die war ziemlich steinig. Überall so kleine Kies-Inseln, und der Junge krabbelte zwischen den Kühen herum. Die waren ungeduldig, wollten gemolken werden. Sie brüllten und stampften. Doch er kroch auf allen vieren unter ihnen durch und brabbelte und sang, und am schönsten fand er es, seinen kleinen Kopf an den Zitzen zu reiben.«

Marusha zog einen Fuß auf das Sofa, verschränkte die

Hände vorm Knie. Doch den anderen ließ sie unter der Tischplatte, und Lippeks Zehen in den schwarzen Strümpfen glitten mit Bewegungen über den Spann, die mich an eine Raupe erinnerten. »Ich kann mir gar nicht vorstellen, daß du mal auf'm Land warst, Waller. Kann ich mir echt nicht vorstellen.«

Mein Vater nickte, wendete den Kopf und sah in den Himmel, der immer noch wolkenlos war. »Und plötzlich fand er raus, daß er sich aufrichten konnte, wenn er sich am Schwanz einer Kuh festhielt. Was er auch machte. Und dann bückte er sich nach den Kieseln, die zwischen den Hinterhufen lagen, hob einen nach dem anderen auf und steckte sie der Kuh ins Loch.«

Marusha hielt sich eine Hand vor den Mund. Doch hinter den Fingern schien sie zu grinsen. Lippek trank etwas Schnaps aus der Flasche. »In welches?«

Mein Vater schüttelte den Kopf. »Na, ins Arschloch. Das andere ist zu, wenn sie nicht heiß sind. Kiesel für Kiesel schob er da hinein, ich weiß nicht, wie viele. Meine Frau und ich, wir haben aufgehört mit dem Melken, sahen uns das an. Manche Steine waren groß wie Pingpong-Bälle, und er legte sie auf die Mulde, die der Schließmuskel bildet, drückte mit der flachen Hand nach, und – flopp – war er weg. Fünf Minuten ging das so, wir kriegten uns kaum noch ein. Und der Kleine machte ein Gesicht, als würde er eine richtig ernste Arbeit tun.«

»Und dann?« Marusha verschränkte die Arme vor der Brust, als wäre ihr kalt. Gleichzeitig kippte sie den Fuß, damit Lippek an die Sohle herankam.

Mein Vater trank einen Schluck Bier. »Na, irgendwann

wars wohl genug. Man hörte so ein Grummeln und Klickern in der Kuh, sie drehte den Kopf und brüllte, und dann – plopp, plopp – schiß sie alle wieder in den Kies. Und der Lütte stand dabei und klatschte in die Hände.«

Marusha nahm sich eine Gold-Dollar, ohne zu fragen. Auch ihre Augen glänzten, und in der Stimme war etwas Schlingerndes. »So einer bist du? Ganz schön versaut!«

Ich grinste, doch mein Vater runzelte die Brauen, schob ihr sein Feuerzeug hin. »Was hat'n das mit versaut zu tun? Bei einem Kind?«

»Aber wirklich ...« Lippek stieß auf, mit geblähten Backen. »Daß *du* mal so'n Landei warst, Rutschenmann, das krieg ich nicht in mein'n Kopp. Du bist doch 'n Wühler! Du gehörst unter die Erde!«

Während er den Rest aus seinem Bierglas trank, glitt er mit der großen Zehe über Marushas Fußsohle, ganz sanft, und sie öffnete den Mund, strich sich eine ihrer kastanienbraunen Locken hinters Ohr. Ich sah die Brustwarzen unter der Bluse.

Mein Vater rieb sich den Nacken. Schwerfällig sprach er jetzt, undeutlicher auch, mit Pausen zwischen den Sätzen, und stierte dabei vor sich hin. »Er war einfach neugierig. Genau wie ich in dem Alter. Bin auch immer in jeden Verschlag reingekrochen. Wie'n Hündchen. In'n Geflügelstall zum Beispiel. Und dann kam ich schreiend raus, mit'm Hahn auf'm Kopf, einem kleinen Italienerhahn. Der hatte sich in meine Haare gekrallt, pickte wie wild auf mir rum. Als wollte ich ihm die Hühner klauen.«

Ich schnippte mit den Fingern, zeigte auf sein Handgelenk. Doch er reagierte nicht.

»Und einmal wars ganz schlimm. Darf gar nicht dran denken. Neben der Landwirtschaft gabs auch 'ne kleine Pferdezucht, Traber. Und eine der Stuten, eine schöne Braune, war 'n wirklich wildes Biest. Die konntest du nicht an die Kandare nehmen. Jedenfalls nicht, wenn sie ein Fohlen hatte. Die ließ keinen an sich ran, von der Gutsherrin mal abgesehen. Einem Knecht hatte sie das Becken zertrümmert, und sogar die anderen Pferde biß und trat sie bis aufs Blut. Also kriegte sie eine eigene Koppel, mit ihrem Fohlen.«

Marusha hatte Lippek den Fuß entzogen. Beide schienen sie meinem Vater kaum noch zuzuhören. Sie sahen sich zwar an, aber es waren Blicke wie durch Chiffon. Ihre Spiegelungen auf der Tischfläche trafen sich, wo die fast leere Schnapsflasche stand, und unser Gastgeber schwankte ein wenig im Sitzen. Mein Vater zupfte sich eine Fluse vom Hemd. »Die wußte, was sie wert war. Und eines Tages ...«

Ich räusperte mich überdeutlich, wedelte mit einem Untersetzer, zeigte erneut auf seine Uhr, und jetzt sah er auf, seltsam benommen. Die Augen, plötzlich umschattet, schienen tiefer zu liegen, und er nickte und schob die Manschette zurück.

»Was ist?« Lippek richtete sich auf. »Wollt ihr etwa ungemütlich werden? Jetzt macht mich aber nicht schwach!«

Mein Vater drehte an dem Rädchen. »Der Junge hat recht, Herbert. Ich brauch noch'n Helm voll Schlaf. Muß gleich anfahren.«

»Was?« Auch Marusha schien überrascht. »Ist doch Sonntag!«

Er steckte die Zigaretten und das Feuerzeug weg. »Da unten nicht ...« Als er aufstand, wäre er fast mit dem Kopf gegen die Lampe gestoßen, die gelben Glasschalen, die wie Baskenmützen aussahen. In einer lag eine Münze.

»Aber dann trinken wir wenigstens noch einen zum Abschied!« Rasch goß Lippek die Pinnchen voll. »Früchte sind gesund.« Auch Marusha war aufgestanden, und er reichte den beiden die randvollen Gläser, wobei ihm der Schnaps über die Finger lief und auf den Teppich tropfte. Schwankend legte er mir eine Hand auf die Schulter, und ich machte mich steif, um ihn zu stützen. »Also Freunde: Zur Mitte, zur Titte, zum Sack, zack, zack!«

Das Glas an den Lippen, stieß Marusha die Luft durch die Nase und blickte mich an. Sie hielt die Schuhe in einer Hand, und als die drei getrunken hatten und die Pinnchen nacheinander auf den Tisch stellten, klang das wie ihre Pfennigabsätze auf der Treppe. Die Blumen schienen zu glühen in dem Licht.

»Das sind Dahlien.« Unsere Schatten strichen darüber hin. Am Ende des Gartenwegs blieb mein Vater stehen, zog die Krawatte wieder fest. »Wir hatten noch mehr damals. Die wachsen wie Unkraut.«

Die beiden waren etwas zurückgeblieben, sprachen miteinander in dem dämmerigen Flur, in dem es nach Kaffee und selbstgebackenem Kuchen roch, und ich trat neben meinen Vater, flüsterte fast. »Was hat sein Bruder eigentlich mit den Diamanten gemacht?«

185

Er zerrieb ein Blütenblatt zwischen den Fingern. »Keine Ahnung. Es waren Rohlinge, die wirst du nicht los. Nicht auf dem Schwarzmarkt. Und geklaute Diamanten schleift dir keiner, jedenfalls kein Fachmann. Ich glaub, das Ganze war ein Flop.«

Marusha lachte auf – ein helles, beschwipstes Lachen mit einem Schnarchlaut am Ende, doch mein Vater drehte sich nicht um. Er blickte auf die andere Straßenseite, wo es einen Garten voller Zwerge gab. Einer las ein Buch. Sein Kumpel legte einen Arm um das Mädchen, roch an den Haaren. »Und wann?«

Marusha grinste. »Mal sehen ...«

Er faßte nach, wollte unter der Achsel hindurch an die Brust, doch sie stieß ihn weg, und mein Vater öffnete das Tor. Ein anderer Zwerg hatte wohl mal eine Tasse in der Hand gehabt, hielt aber nur noch den Henkel. Auf dem Bürgersteig drehten wir uns um, und Lippek, dem das Hemd aus der Hose hing, winkte. »Glück auf!« Marusha pustete einen Kuß durch die Luft.

Dann bogen wir auf den schmalen, leicht ansteigenden Pfad. Ich ging als letzter, und immer wieder hielt sie die Ginsterzweige fest, damit sie mir nicht ins Gesicht schlugen. Der Asphalt auf dem Radweg war jetzt weich, ihre Absätze hinterließen Spuren, und mein Vater summte leise, was er selten tat, eigentlich nie. Es klang fast wie ein Brummen. Ich konnte die Melodie nicht erkennen.

»He!« Marusha richtete ihre Bluse, setzte die Sonnenbrille auf. »Ich bin die Frau, ich komm in die Mitte!« Doch als sie sich bei uns einhakte, verstummte mein Vater, blickte zum Kühlturm. Sie roch leicht verschwitzt, aber es war parfümierter Schweiß, und ich atmete tief. Auch auf ihrer Nasenspitze winzige Perlen.

»Gefällt dir der Lippek?«

»Der?« Sie lächelte sanft, es sah ein bißchen mitleidig aus. »Wo denkst du hin! Der pichelt zuviel. Und dann ist er mir zu klein. Man möchte sich ja anlehnen, verstehst du. Wenn er wie dein Vater wäre …«

Der schüttelte den Kopf. »Was redest du denn? Der Herbert ist genauso groß wie ich.«

»Aber Sie wirken größer. Weil Sie ruhiger sind.«

»So ein Quatsch!« Es klang streng, und er bemühte sich wohl, dabei nicht zu schmunzeln. Man sah es aber doch.

Marusha machte einen Hüpfschritt. »Wollen wir singen?«

»Was?!« Ich entzog ihr den Arm, und mein Vater antwortete erst gar nicht. Er steckte sich eine Zigarette an. Der Rauch schien auf der Stelle zu schweben in der heißen Nachmittagsluft. Am Horizont flirrte die Autobahn.

Marusha machte ihre beleidigte Schnute. Nur in den Mundwinkeln war noch Lippenstift. »Na schön. Dann eben nicht. Und wer kennt einen Witz?«

Keiner antwortete. Ich zupfte an den Zweigen herum, und sie blickte zu meinem Vater auf. »Mensch, ihr seid ja Party-Bomben. Aber dann müssen Sie das mit dem Pferd zu Ende erzählen. Sie wissen schon: diese bissige Stute …«

»Nein! Um Gottes willen. Ich erzähl einen Witz.«

»Ach ja? Laß hören.«

Ich überlegte. »'n langen oder 'n kurzen?«

»'n lustigen.«

»Also gut ... Ein Mann hat 'ne riesige Bibliothek. Da kommt seine Nachbarin und sagt: Sie haben aber tolle Bücher. Kann ich mir mal eins ausleihen? Klar, sagt der Mann. Aber gelesen wird hier. – Er sagte das, weil er schon viele Bücher nicht zurückgekriegt hatte.«

Marusha griff sich an den Hals, weitete den Kragen.

»Und das war der Witz?«

»Nun warte doch. Ein paar Tage später sieht er die Nachbarin mit einem neuen Rasenmäher und sagt: Was für ein toller Rasenmäher! Kann ich mir den mal ausleihen? – Klar, sagt die Frau. Aber gemäht wird hier.«

Sie kicherte, doch ich konnte ihre Augen nicht sehen hinter der Sonnenbrille, und mein Vater, der wahrscheinlich gar nicht zugehört hatte, fuhr mir kurz einmal durchs Haar. Ich fühlte den Manschettenknopf am Ohr. Und dann räusperte er sich und fing doch damit an ...

»Luna hieß sie, Mond. Wenn ich daran denke ... Keiner konnte auf die Koppel. Das war wirklich lebensgefährlich. Der Zaun grenzte an unseren Garten, an jeder Ecke ein Warnschild, und eines Tages paßten wir kurz mal nicht auf. Wir harkten im Gemüse herum, und plötzlich hörten wir sie schnauben. Meine Frau stieß mich an. Sie war leichenblaß. O mein Gott, sagte sie. Der Junge!

Er war unterm Draht durchgekrochen und wackelte auf die Stute zu, und ich wollte schon brüllen: Juli! Zurück! Doch das hätte das Tier nur erschreckt und noch gefährlicher gemacht. Es scharrte schon und stierte ihm wild entgegen, und das Fohlen sprang weg, floh ans Ende der Koppel. Also stellten wir uns an den Zaun und riefen ihn leise. Doch er ging in die Hocke, pflückte ein paar Champignons, und ich überlegte kurz, ob ich hinrennen und ihn schnappen sollte. Er war aber schon zu nah an der Stute – die komischerweise noch nicht die Ohren anlegte. Zwar peitschte der Schwanz hin und her, doch sie blieb einfach stehen und blickte meinem Sohn entgegen. Und der wußte nichts von Angst. Der lachte und brabbelte Lunaluna, hielt ihr die blöden Pilze hin. Sie stieß sie mit der Schnauze von seiner Hand, biß ihn aber nicht, und meine Frau krallte sich in meinen Arm und sagte: Mach doch was! Um Gottes willen, mach!

Aber was sollte ich tun. Wäre ich auf die Koppel gegangen, hätte das Vieh wild um sich geschlagen. Doch im Moment war es friedlich. Es bog den Hals und beschnupperte Juli von oben bis unten, und der freute sich und befingerte die Nüstern. Und als Luna ihm einen Stups gab, fiel er auf seinen Windelhintern und kreischte vor Vergnügen.«

Marusha zog die Zigarette zwischen seinen Fingern hervor, machte einen Zug und gab sie ihm zurück. Dann hakte sie sich wieder bei mir ein.

»Inzwischen hatten sich alle Nachbarn versammelt, die Schweineknechte, das Dienstmädchen aus dem Gutshaus, und sogar der Bäcker war aus seinem Brotauto gestiegen und stellte sich an den Zaun. Und alle riefen: Juli, komm! Juli, Schokolade! Meine Frau winkte sogar mit dem Teddy. Doch der Lütte schien uns gar nicht zu hören. Er krabbelte unter der Stute herum, die ganz ruhig stehenblieb und sich nach dem Fohlen umsah. Das traute sich langsam näher, beroch meinen Sohn, und wieder rief die Liesel: Komm, Juli! Bitte, komm! Doch der zog sich an einem Hinterbein hoch und sagte nur: Nein. Dabei blickte er sich nicht mal um. Einfach: Nein! Und dann fing er an, das Vieh zu streicheln.«

Marusha sah mich kopfschüttelnd an. In ihrem Lächeln war etwas Freches.

»Das mußt du dir vorstellen!« Mein Vater atmete tief. »Während das Fohlen trinkt, steht der zwischen den gewaltigen Hinterbeinen dieser Satans-Stute und streichelt ihr das Fell, das hellere an den Innenseiten der Schenkel. Das ist besonders glatt und zart; weiß der Kuckuck, wie er das rausgefunden hat. Und dabei sagt er immer: Ei! Luna, ei! Und ist ganz selig.«

»Und die Stute?«

»Die rührt sich nicht. Der scheints zu gefallen. Das Fohlen ist längst schon wieder am Ende der Koppel, jagt Schmetterlingen nach, und die Mutter läßt sich streicheln – ich weiß nicht, wie lange. Ich krieg immer noch 'ne Gänsehaut, wenn ich an dieses endlose Ei! denke.«

Er schnippte die Zigarette auf den Asphalt. Ich trat sie aus. »Aber irgendwann hatte sie wohl genug und machte einen Schritt nach vorn. Mein Kleiner fiel um, schrie vor Schreck, und alle hielten die Luft an. Denn auch die Stute war erschrocken, stand ein bißchen verquer. Um wieder richtig Tritt zu fassen, hätte sie den Huf genau da hinsetzen müssen, wo der Junge lag.

Doch sie hob ihn langsam über ihn weg, schnaubte –
und folgte dem Fohlen auf die untere Koppel.«

»Puh«, machte Marusha und öffnete noch einen
Knopf ihrer Bluse. »Da wär' ich drei Tode gestorben.
Als Mutter, meine ich.«

Mein Vater grinste. »Die Liesel hat so was von gezit-
tert. Ich kann dir sagen ...« Er blickte mich an. »Ich
glaub, an dem Tag hast du zum ersten Mal richtig
Dresche gekriegt, oder?«

»Ja?« Ich ging voraus, haschte nach einer Mücke.
»Kann sein. Ich erinnere mich doch nicht.«

Als wir wieder im Haus waren, im Treppenflur, gab
Marusha mir einen Klaps. »Na dann, ihr zwei ... Das
war ein schöner Ausflug, ich werd mich revanchie-
ren.« Sie öffnete ihre Tür. »Und jetzt hau ich mich 'ne
Stunde hin.« Doch drehte sie sich auf der Schwelle
noch mal um und zeigte auf meinen Vater, der an seinen Schnürsenkeln zog. Sie hatten sich wohl verkno-
tet. »Machst *du* ihm Dubbel? Oder soll ich ...?«

»Was?« Ich schlüpfte aus den Sandalen. »Wieso du?«
Sie zuckte mit den Schultern, und als er sich aufrichte-
te, war sie fast schon in ihrem Zimmer. Er sah blaß
aus, müde, und strich sich die Füße auf der Matte ab;
dabei hielt er seine Schuhe doch in der Hand. Der
Schlips war gelockert. »Wenn du runtergehst, putz dir
die Zähne, hörst du. Damit sie deine Fahne nicht riechen. Nachher hab ich dich betrunken gemacht.«

Sie lächelte seltsam, irgendwie traurig. »Haben Sie ja
auch.« Dann schloß sie die Tür.

Ich zog mich um, und als ich von der Toilette kam, lagen Hemd und Hose meines Vaters auf dem Bett. Die Bildzeitung in der Hand, stand er in Unterwäsche vor dem Fernseher und verfolgte ein Fußballspiel. Er schwankte etwas, und ich ging in die Küche und zog den Deckel der Wurstdose auf. »Wann fährst du?«

»Heute später. Ist nur 'ne Kurzschicht. Wieso?«

»Könnte ich dein Fahrrad haben? Ich will zum Baggersee, schwimmen. Bin auch rechtzeitig wieder da.«

»Meinetwegen.« Er schaltete den Fernseher aus. »Aber fahr nicht durch Scherben.«

Die Straße Richtung Kirchhellen war neu, es gab noch keine Markierungen auf dem Asphalt, und die prallen Reifen machten kaum ein Geräusch. Freihändig fahrend, in Schlangenlinien, aß ich eine Knifte mit Cornetbeef. Dann beugte ich mich tief über den Lenker, winkelte die Ellbogen ab und stieß einen gellenden Schrei aus, als ich an dem Zaun der Hühnerfarm vorbeikam. Doch die Tiere rührten sich nicht, dösten träge in ihren Löchern.

Kurz vor Grafenmühle, dem Ende der Straße, bog ich auf den steinigen Weg zur Baggergrube, wo die Sonne die graubraunen Fichtenstämme in der Höhe fast goldfarben erscheinen ließ. Kein Hauch bewegte die staubigen Kronen. Wie immer an den Wochenenden standen eine Menge Autos um den See herum, und ich hörte den Lärm der Radios und das Rufen und Kreischen der Badenden schon von weitem. Irgendwer spielte Trompete.

Bei dem Eismann in dem Dreiradwagen kaufte ich mir eine Flasche Sinalco und fuhr um den Parkplatz herum. Der Pfad, von Baumwurzeln durchzogen, führte an den kleineren See, zu dem es keine Zufahrt mehr gab. Er war zur Hälfte verschilft, meistens hatte man dort seine Ruhe, und als ich auf die Lichtung vor der Badestelle kam, sprang mir Zorro entgegen. Klatschnaß war er und jaulte vor Freude, wobei ihm immer wieder das linke Hinterbein wegknickte; ich lehnte das Rad gegen eine Fichte und kraulte ihm das Fell. Die Marondes standen bis zum Bauch im Wasser, auf der Luftmatratze zwischen ihnen lag allerlei Kram: ein zerbeulter Kochtopf, ein löchriges Schaufelblatt, Konservendosen, ein Fahrradlenker. Ich winkte ihnen zu, zog meine Decke vom Gepäckträger und ging zum Ufer, wo der Dicke lag, völlig nackt. Er blätterte in einer Illustrierten und antwortete nicht auf mein »Hallo«, blickte kaum auf. Er zog etwas Rotz durch die Nase.

»He, Juli!« Karl war in die Hocke gegangen, das Wasser stand ihm bis zum Hals, und ich breitete meine Decke aus. Er hob ein altes Bügeleisen hoch, völlig vermoost. »Hau ab, Juli! Wir haben August!«

»Sehr witzig ...« Ich zog mich aus, legte meine Kleider zu einem Kopfkissen zusammen und schlug das Buch auf, das ich mir mitgebracht hatte, Lederstrumpf. Zorro legte sich neben mich ins Gras. Er roch etwas brackig, wie der See.

Der Dicke sah auf. »Was gibt das denn? So kannst du da nicht liegen. Das is'n Nacktbadestrand.«

»Ach ja?« Ich starrte zwar auf die Seiten, las aber nichts. »Seit wann das?«

»Immer schon. Oder siehst du hier 'ne Badehose?«

Ich zeigte auf den Hund, doch der Dicke grinste nicht. Er kratzte sich am Sack. Franz und Karl zogen die Matratze ans Ufer. Auch sie hatten nichts an, und sie waren schon dicht behaart. Sie schmissen den Schrott, den sie vom Grund gefischt hatten, ins Gebüsch, und der Dicke schnippte mit den Fingern. »Kommt mal her und guckt euch den Kleinen an. Sieht der nicht wie'n Warmer aus in seiner Latex-Tüte?«

Die beiden blickten sich um, taxierten mich kurz. Karls linker Unterarm war noch dick geschwollen von der Tätowierung, die er sich selbst in die Haut gestochen hatte, ein Herz, von einem Blitz getroffen, und Franz wischte sich die Hände am Hintern ab und kam auf mich zu. Er schielte etwas, und als er über mir stand, tropfte Wasser von seinem Körper auf mein Buch, den Schutzumschlag aus Zeitungspapier. »He!« Ich rutschte zur Seite. »Paß auf!«

Doch er schüttelte die Haare über mir aus und ließ sein Geschlechtsteil schlackern – während sein Bruder sich mit einer Handvoll Entengrütze näherte. Ich sprang auf. Der Dicke blätterte um. »Also, entweder du ziehst die Buchse aus, oder du verpißt dich. Wir haben das Ufer sauber gemacht, und wir bestimmen, wie hier gebadet wird.«

Ich sagte nichts. Ich raffte meine Sachen zusammen, und Karl verrieb das grüne Zeug in Zorros Fell, was dem offenbar gefiel. Er besprang seine Wade. Über den Trampelpfad, der um den See herumführte, ging ich an die nächste Stelle, von der aus man ins Wasser kam, ohne durch das Schilf zu müssen. Dort gab es eine Mulde im hohen Gras, und als ich mich hineinlegte,

sah ich nur noch den Himmel und die Wipfel voller
Kiefernzapfen. Obwohl kein Hauch von Wind zu füh-
len war, bewegten sie sich leicht.

Ich trank meine Limonade in kleinen Schlucken und
las eine Weile, in der ich von den anderen kaum mehr
hörte als gelegentliches Plantschen oder Lachen und
einmal einen Furz. Das Buch auf der Brust, dämmerte
ich vor mich hin. Die Sonne stand tief, und mein Körper war voller Stiche. Manche hatte ich mir aufge-
kratzt, ohne es zu merken, doch als das Sirren der
Mücken über mir lauter wurde als der entfernte Lärm
der Badenden am großen See, setzte ich mich auf. Das
Zeitungspapier löste sich vom Buch, und der sandfar-
bene Einband war heller an der Stelle, an der sich eine
Annonce befand, Trill Kleintierfutter. Das dunkel ge-
druckte Meerschweinchen hatte wohl die Sonne abge-
halten.

Als ich zum Wasser hinunterging, war die andere Badestelle leer. Auch von Zorro keine Spur. Wo die Dek-
ke gelegen hatte, war das Gras noch flachgedrückt,
eine zerknüllte Zigarettenschachtel lag daneben, verkohlte Streichhölzer, und ich beschattete mir die Augen mit der Hand, um genauer zu sehen. Doch es gab
keinen Zweifel; das Fahrrad war weg.

Ich nahm meine Sachen, rannte durch den Farn, und
rief nach dem Dicken, mehrmals. Aber zwischen den
Bäumen war niemand. Eine Rolle Draht lag im Moos,
ein Schild mit der Aufschrift Forstamt, zerschossen,
ein Schuh, und ich durchkämmte das Gestrüpp am
Ufer, spähte ins Schilf und watete sogar ins Wasser, das
trübgrün war. Man konnte kaum eine Handbreit tief

sehen, und ich fluchte leise, biß die Zähne zusammen und pflügte mit den Füßen durch den Bodenschlamm. Dabei dachte ich gar nicht an Scherben. Doch der einzige Gegenstand, an den ich stieß, war eine alte Mopedfelge, die Speichen voller Algen.

Dann zog ich mich an und lief zum großen See, der schon fast ganz im Abendschatten lag. Nur noch ein Auto stand da, ein Ford Taunus, die Türen offen. Ein Radio lief, und auf großen Decken lagen zwei Paare und knutschten und knubbelten herum. Leere Bierflaschen steckten kopfunter im Sand, die goldenen Ähren auf den Etiketten glänzten in der Sonne, und einer der Männer sah kurz einmal auf, als mein Schatten darüber fiel.

»Entschuldigung, haben Sie drei Jungen mit vier Fahrrädern gesehen? Ein Hund war auch dabei. Sie haben mich beklaut, und ich muß doch ...«

»Hau ab, Kleiner.« Der Mann, der lange lockige Haare und einen Schnäuzer hatte, sah der Frau in die Augen. Sie trug einen Bikini, und er strich über ihren Bauch, zupfte eine Fluse aus dem Nabel. »Du störst.«

»Ich weiß. Aber vielleicht können Sie mir helfen? Das Rad war nur geliehen. Es gehört meinem Vater, und er muß damit zur Arbeit! Jetzt gleich! Ich meine, was soll ich denn machen ...«

Niemand reagierte. Das andere Paar küßte sich mit weit geöffneten Lippen. Die Wangen wölbten sich nach innen. Der Lockige schob die Fingerspitzen unter den Saum der Bikinihose, die Frau schloß die Lider, und ich wendete mich weg, lief über den Schotterweg zur Straße, auf der ein paar Hasen saßen, regungslos.

Der Asphalt war warm, die Sonne schien irgendwo hinter den Pappeln, die die Felder am Horizont begrenzten, und ich legte die Hände zwar wie einen Trichter um den Mund, wußte dann aber nicht, in welche Richtung ich rufen sollte. Ich rannte los.

In der einen Hand mein Buch, hielt ich mit der anderen die Zipfel der Decke, die ich mir um die Schultern gehängt hatte, unterm Kinn zusammen; so war sie leichter zu tragen. Und während sie hinter mir flatterte, achtete ich auf den Rhythmus der Schritte, das Klatschen der Sandalen auf dem blauschwarzen Belag, und schrie mich an, wenn ich langsamer wurde. Ein paar Autos kamen mir entgegen; doch keins fuhr in meine Richtung.

Der Hof zwischen den Baracken der Hühnerfarm war leer, nur Schatten in den Erdlöchern, und das späte Licht ließ den Flaum am Maschenzaun noch weißer erscheinen. Ich mußte niesen, als ich daran vorbeilief. Auf den Weiden links und rechts der schnurgeraden Straße standen ein paar Kühe um die Wassertanks herum, auf der Autobahnbrücke gingen die Laternen an. Eine Familie lehnte am Geländer und winkte den Lastwagen zu.

Als die Sonne hinter die Kohlenhalden sank, bog ich in die Siedlung. Unser Haus war dunkel, jedenfalls auf der Straßenseite, und ich stürmte, immer zwei Stufen auf einmal nehmend, die Treppe hoch; bei den letzten versagten mir fast die Knie. Marusha stand auf der Schwelle ihres Zimmers, eine offene Puderdose in der Hand. Aus der Tasche des Bademantels ragte eine Bürste, und sie schüttelte den Kopf. »Der hat vielleicht ge-

tobt!« Sie schmunzelte streng, musterte meine zersto-
chenen Beine. »Sei froh, daß mein Rad keinen Platten
hatte ...«

Außerstande, etwas zu sagen, wollte ich aufschließen,
aber die Tür war nur angelehnt. Keuchend stützte ich
mich auf dem Couchtisch ab. Die Wohnung war dunkel und leer und roch nach Seife oder Rasierwasser.
Das Zigarettenpäckchen meines Vaters lag auf dem
Schemel, das Feuerzeug auf dem Päckchen, und erst
jetzt, während ich langsam zu Atem kam, fing ich an
zu weinen. Ich konnte nichts dagegen machen. Meine
Tränen tropften auf die Zeitung.

Später machte ich mir ein Marmeladenbrot, trank eine
Tasse Pfefferminztee und sah fern. Im ersten Programm zeigten sie einen der Filme, in denen amerika-
nische Frauen ganz lange Treppen hinuntereilen und
jemanden umarmen, der gerade in den Kampf zieht.
Oder aus ihm kommt. Auf dem anderen Kanal sprachen zwei ältere Männer miteinander. Der eine war
dick, mit Schlips und Glatze, der andere schlanker und
ziemlich nervös. Er schwitzte unglaublich und rauchte
eine nach der anderen, der Aschenbecher neben dem
Tisch-Mikrophon war voller Kippen. Wenn der Dicke
ihm Fragen stellte, zielte er immer mit zwei zusammen-
gelegten Fingern auf ihn, und der andere nickte unab-
lässig beim Zuhören und griff sich manchmal an den
Hemdkragen. Er sprach mit Kölner Akzent, hatte große dunkle Augen, die aber hell wirkten, und seine Nase
war etwas knollig. Er sah fast wie ein trauriger Clown

aus. Dabei war er wohl Schriftsteller, jedenfalls sagte der Interviewer einmal: »Und Sie als Verfasser moderner Romane und Erzählungen glauben also im Ernst ...« Ich verstand nichts von dem Gespräch, kein Wort. Aber der Blick des Mannes, das unaufhörliche Schwitzen – Tropfen fielen vom Kinn auf die Hemdbrust – und die fast scheue, jedenfalls zurückhaltende und doch unbeirrbare Art zu antworten: Ich rückte den Sessel ganz nah vor den Bildschirm, wollte unbedingt wissen, wie er hieß, um mich in der Pfarrbücherei nach ihm zu erkundigen. Aber sein Name fiel nicht mehr, jedenfalls nicht, solange ich die Augen offenhalten konnte.

Ich stellte den Fernseher aus und ging in unser Zimmer, öffnete das Fenster. Meine Füße brannten von dem langen Lauf, und ich zog Hemd, Hose und auch die enge Badehose aus und kroch unter das Laken. Jenseits der Fernewaldstraße hörte ich das Rattern des Güterzugs und den langen Pfiff der Lokomotive, mit dem tagsüber spielende Kinder und nachts Rehe und Hasen, im Scheinwerferlicht erstarrt, von den Geleisen gescheucht wurden. Dann schlief ich ein.

Doch weil die Stiche so juckten, wurde ich immer wieder wach. Ich bestrich sie mit Spucke. Später träumte ich von meiner Mutter, die krank auf einer Luftmatratze lag. Sie trieb auf dem See, und ich machte einen Kopfsprung, um sie zu retten. Aber das trübe Wasser war nicht tief, ich zerschrammte mir Brust und Beine auf Kieseln und tauchte wie gehäutet wieder auf.

Als ich das nächste Mal die Augen öffnete, hatte ich noch einen Ausdruck des Schriftstellers im Ohr: Stille

Feiung. Ich wußte nicht, was er bedeutete und in welchem Zusammenhang er ihn gebraucht hatte; es war mir auch nicht wichtig. Mir gefiel der Klang. Etwas für immer Tröstliches war darin gewesen, als er gesagt hatte: Dagegen gibt es eine stille Feiung.

Dann blickte ich auf den Wecker und glaubte einen Moment lang, er sei stehengeblieben. Kaum Zeit war vergangen. Doch er tickte. Ich hatte die Vorhänge offengelassen, der Mond schien direkt auf mein Bett, und ich trat die Decke weg und kratzte mich mit beiden Händen. Wobei ich immer schneller wurde.

Etwas polterte im Haus, wahrscheinlich im Parterre. Unter meinen Nägeln Schorf. Dann kicherte jemand, aber es war wohl eher ein Vogel, sein Tschilpen irgendwo im Garten, und ich kniete mich aufs Bett, zog den Vorhang zu. Das Glitzern in den Augen der Teddys und Puppen meiner Schwester erlosch, und nun sah ich, daß die Leuchtzeiger der Uhr nicht auf viertel nach zehn standen, sondern auf zehn vor drei. Ich hörte eine Mücke, ganz nah, und schlug mir aufs Ohr.

Irgend etwas klemmte über mir. Ich riß fester an dem Stoff, und plötzlich kam mir das Geräusch, das die Röllchen in der Schiene machten, haarsträubend vor. Ich duckte mich hinter die Pflanzen. Im Mondlicht sah der Garten aus wie mit grauem Kalk bestaubt, und einen Herzschlag lang dachte ich noch an eine Täuschung. Kein Hauch bewegte die Blätter der Bäume. Ein paar Geräte lehnten unter dem Vordach des Schuppens, die blanken Zinken einer Harke schimmerten aus dem Schatten hervor, der schwärzer als der Nachthimmel war – und dann zog Herr Gorny an einer Zigarette.

Er langte hinter sich, schloß die Tür und machte einen Schritt ins Hellere. Ich hatte noch nie bemerkt, daß er rauchte; der Glutschein färbte sein Kinn, während er langsam zwischen den Bäumen umherging und die Pfropfe musterte, die er vor einigen Tagen angebracht hatte, die Veredelungen. Er trug einen gestreiften Morgenmantel, denselben wie mein Vater, und keine Schlafanzughose, jedenfalls keine lange. Die bleichen Waden sahen unter dem Saum hervor, und seine nackten Füße steckten in Straßenschuhen, die er nicht zugebunden hatte. Während er ein gelbes Blatt von einem Spinnenfaden zupfte, blickte er kurz einmal am Haus hoch, aber mehr in die Richtung unseres Balkons, und runzelte die Brauen. Wieder zog er an der Zigarette, warf sie in die Tonne für das Regenwasser und ging, beide Hände in den Taschen, langsam weiter. Einige Bäume waren so klein, daß sie ihm gerade bis zur Brust reichten, und manchmal roch er an den verleimten Stümpfen, betastete sie. Auf dem Glas seiner Uhr ein blinder Reflex.

Rauch stieg aus der leeren Tonne hervor, ein Faden, und fast schon hatte ich das Zimmer verdunkelt. Die Tülle der Gießkanne drückte sich wie eine Nase gegen den Stoff, und ich schob sie zurück und zog den Vorhang behutsam weiter – da blieb er an einer Pflanze hängen, wie so oft, einer kleinen Kaktee mit langen Stacheln. Der Topf fiel fast geräuschlos auf das Fensterbrett, nur ein wenig Erde bröckelte heraus. Doch der Untersetzer klirrte, und Herr Gorny blickte hoch.

Ich konnte seine Augen nicht erkennen. Zwei dunkle Vertiefungen. Doch für ihn mußte ich aussehen wie in einem Scheinwerferstrahl, jedenfalls bis zur Brust. Der Mond war voll, die zartgraue Aura hatte einen bräunlichen Rand, und ich schwankte ein wenig auf meinen Knien, hielt mich am Fensterbrett fest. Die Uhr tickte lauter und dann wieder leiser, während wir uns regungslos ansahen. Der Schatten seines Kinns lag über dem Hals, der seiner Nasenspitze über den Lippen, die Haare, sonst ordentlich zurückgekämmt, standen in alle möglichen Richtungen ab, und schließlich nickte er mir zu. Doch ich reagierte nicht, auch nicht, als er zu lächeln schien. Ich tastete nach der Kordel, dem fransigen Knauf, und ehe ich den Stoff vors Fenster riß, sah ich noch, wie Herr Gorny die Hände aus den Taschen nahm und quer über den Rasen auf das Haus zukam.

Ich zog die Badehose an, wobei ich ein Beinloch verfehlte in meiner Hast und mit dem Knie gegen den Schrank schlug, die Kante. Das Schlafzimmer der Eltern war leer, natürlich. Auf dem ungemachten Bett meines Vaters lag ein Jerry-Cotton-Heft, und im Spiegel der Frisierkommode sah die Tagesdecke auf der Hälfte meiner Mutter wie etwas Metallisches aus. Oder wie der Rücken eines großen Käfers. Humpelnd rannte ich ins Wohnzimmer, schloß die Tür ab und legte den Schlüssel in die Obstschale.

Er kam wohl durch den Keller, die Angeln des Gitters quietschten. Auf der Treppe machte er kein Licht; der Spalt unter der Tür blieb schwarz. Vielleicht hatte er sich die Schuhe ausgezogen, ich hörte keine Schritte, nur das gelegentliche Knarren der Stufen, und auch das nur sehr leise, als käme er an der schmalen Innenseite herauf.

Ich setzte mich aufs Sofa, hielt die gefalteten Hände zwischen den Knien und atmete mit geöffnetem Mund, um kein Geräusch zu machen. Beim nächsten Knarren, deutlich näher, schloß ich die Augen. Das Hämmern meines Herzens fühlte sich an, als würde jemand von außen gegen meinen Hals schlagen. Die Därme rumorten; ich mußte zum Klo.

Aber dann kam mir der Gedanke, daß ich die Tür möglicherweise nicht richtig abgeschlossen hatte in der Hast, und fröstelnd vor Angst stand ich auf, streckte die Hand aus. Die Finger zitterten. Wieder knarrten die Dielen, der Fußabstreifer stieß gegen die Tür, ich roch das Rasierwasser oder bildete es mir ein – und in dem Augenblick, in dem ich die Klinke umfaßte, spürte ich eine fremde Spannung darin und erstarrte.

Ganz langsam wurde sie hinuntergedrückt, und ich sog die Luft ein, wie man es tut, wenn man in viel zu heißes Badewasser steigt, nachdem man es eine Sekunde für kalt gehalten hat. – Die Tür war verschlossen, mehrfach bewegte sich die Klinke, der Mond, ein Schimmer, schien davon abzugleiten, und ich reagierte nicht auf das Zischen und Murmeln im Flur, ging rückwärts in die Küche. In der Spüle lagen Teller und Besteck, und ein Pittermesser mit Holzgriff wackelte leicht, als Tropfen aus dem Wasserhahn darauf fielen, immer wieder. Die Balkontür stand offen, doch Marushas Fenster war geschlossen. Kein Licht.

Trotzdem machte ich einen Schritt über die Schwelle und klopfte gegen das Glas, ein rasches Trommeln mit den Fingerkuppen, das ich selbst kaum hörte in dem Lärm eines Kohlezugs, seinem Rattern unter den Brücken. Doch bewegte sich etwas hinter dem Fenster. Ich stand in dem schrägen Schatten, den das Vordach warf, ein Flügel wurde aufgezogen, zunächst nur einen Spalt weit, und keuchend vor Erleichterung wollte ich meinen Speichel schlucken, konnte es aber nicht. Noch war Marusha nicht zu sehen. Sie flüsterte etwas, das ich nicht verstand, zerrte an dem roten Stoff, und plötzlich war das Mondlicht wie ein Schrei im Spiegel, und ich sank in die Hocke, glitt unter den Tisch. Wo es nach dem Knetgummi meiner Schwester roch.

»Na und?« Marusha kicherte. »Es geht doch. Halt dich hier fest …«

Ein Cornflake zerbröselte unter meiner Hand. Schwer war, was die Platte belastete, das Holz bog sich etwas, die gedrechselten Beine knarrten, und dann sah ich einen Fuß auf dem Stuhl und noch einen auf dem Estrich. Kleine Narben, schwarz von dem eingewachsenen Kohlenstaub, übersäten die muskulösen Waden, und die beiden großen Zehen waren genauso nach innen gebogen wie bei mir. Hammerzehen.

»Gute Nacht. Bis morgen.«

Auch mein Vater sprach gedämpft. »Wasch dich«, sagte er und ging in die Küche, öffnete den Kühlschrank. Völlig nackt, trug er seine Kleider über dem Arm und hielt die Schuhe in der Hand. Nachdem er sich irgend etwas aus dem Seitenfach genommen hatte, ein Stück Käse wohl, drückte er die Tür wieder zu. Er bemerkte mich nicht. Er trank einen Schluck Wasser aus der Leitung und ging ins Bett.

Ich konnte nicht mehr einschlafen. Irgendwo im Kleekamp krähten Hähne, und die Sonne stand noch ziemlich tief, als ich in die Kleider schlüpfte und ein paar Sachen in meinen Turnbeutel packte. Socken, Unterwäsche, Oliver Twist. Dann füllte ich mir etwas von der Linsensuppe, die Frau Gorny uns für die kommende Woche gekocht hatte, in ein altes Gurkenglas und schnitt mir eine Scheibe Brot ab. Durch die halboffene Schlafzimmertür sah ich meinen Vater, nur mit einem Laken zugedeckt. Er lag auf dem Bauch, ein Bein angewinkelt, und einen Moment lang dachte ich, er wäre wach. Doch er knirschte nur mit den Zähnen, wie oft im Schlaf. Dann zog ich die Tür zu und ging so leise wie möglich die Treppe hinunter.
Meine Windjacke war mir noch etwas zu groß, sie reichte fast bis zu den Säumen der kurzen Hose. Lang waren die Schatten der Zäune und Hecken, Tau funkelte im Gras. Der kleine Schulz saß im Schlafanzug auf dem Balkon und trank etwas aus einer großen Tasse mit Goldrand. Er hatte seine Autos der Reihe nach auf die Brüstung gestellt; auf einem Sattelschlepper lag ein Brötchen, und er winkte mir zu. Ich winkte zurück.
Vor dem Haus der Marondes kein Fahrrad, auch im Garten des Dicken nicht, und ich überquerte die Dorstener Straße und ging über den Fußballplatz. Der rote Schotter staubte, wenn ich die Schuhe schleifen ließ.

Auf der anderen Seite zog ein Mann einen rostigen Karren über die Außenlinie. Vor den Rädern war sie verblichen, dahinter leuchtend weiß.

Pfarrer Stürwald sah auf die Uhr, als ich in die Kirche kam. Das Kreuz aus Glas, das an zwei Drahtseilen von der Kuppel hing, gleißte regenbogenfarben in dem frühen Licht. »Was ist denn mit dir los?« Er faltete seine Schärpe zusammen. »Kein Zuhause? Es ist zehn vor sieben. Außerdem hast du gar keinen Dienst, oder?«

»Nein. Erst Sonntag wieder. Aber ich möchte beichten.«

»Heute? Gebeichtet wird am Samstag, Junge.«

»Aber vor der Frühmesse doch auch!«

»Manchmal. Wenn Leute da sind. Doch du siehst ja: alles leer.«

»Wieso? Ich bin da!«

Er schloß einmal kurz die Augen, seufzte. Dann öffnete er die Tür des halbrunden Beichtstuhls; die Gummidichtung machte ein saugendes Geräusch, als wäre ein Vakuum dahinter. »Also gut, dann komm. Mach schnell.«

Ich kniete mich auf die gepolsterte Bank, ließ den Vorhang aber offen. Der Pfarrer legte sich die Schärpe wieder um und segnete mich durch das Maschengeflecht hindurch. Er roch nach Rauch.

Ich machte das Kreuzzeichen. »In Reue und Demut bekenne ich meine Sünden: Ich war ungehorsam, ich habe gelogen, ich habe gestohlen, und ich war unkeusch. Amen.«

»So schnell nun auch wieder nicht.« Stürwald flüsterte. »Was hast du denn gestohlen?«

»Na ja, nicht eigentlich gestohlen. Ich habs anschrei-
ben lassen, auf die Rechnung meiner Eltern.«
»Und was wars? Schokolade? Kaugummi? Schund-
heftchen?«
Ich schüttelte den Kopf. »Bier und Zigaretten. Und
eine Flasche Dornkaat.«
Er schwieg einen Moment. Dann beugte er sich vor.
»Aha. Und was hast du damit gemacht?«
»Verschenkt«, sagte ich. »Weil, ich wollte Mitglied im
Tierclub bleiben, und die anderen haben gesagt ...«
»Tierclub?«
»Ach, so'n Kinderkram. Es gibt auch kaum noch
Tiere. Aber wir hatten sogar mal einen Nymphensit-
tich. Und einen Jagdhund, den haben wir immer noch.
Er hat was an den Gelenken, aber sonst ist er echt.
Und wenn die Katze bald ihre Jungen kriegt, sind wir
wieder mehr.«
Er räusperte sich, es klang ungeduldig. »Na schön.
Und wie war das jetzt mit dem Unkeuschsein?«
Ich schluckte, sagte eine Weile nichts. Er zog seine
Armbanduhr auf, und das Geräusch war so, als hätte
die Stille plötzlich kleine Zähne. »Na komm«, beharr-
te er. »Wie warst du unkeusch? Allein, oder mit je-
mand anderem?«
»Ich? Beides.«
»Und als du mit jemandem unkeusch warst – wer hat
da angefangen?«
»Angefangen? Ich nicht!«
»War es ein Mädchen oder ein Junge?«
»Eher ein Mädchen.«
»Und was habt ihr gemacht?«

»Ich weiß nicht …«

»Wie, du weißt nicht. Nun laß dir nicht jedes Wort aus der Nase ziehen. Habt ihr euch angefaßt?«

»Ja, aber nicht ohne Kleider. Sie hat mir die Hand gestreichelt, so von innen. Und wir haben uns geküßt. Das heißt, ich wollte sie küssen. Mit Zunge.«

»Hm. Und das war alles?«

Ich schwieg, und er bewegte die verschränkten Finger; die Gelenke knackten. »Tja, das ist vielleicht noch ein bißchen früh, aber deswegen hättest du nicht so dringend beichten müssen, Julian. Das hätte auch bis Samstag Zeit gehabt. Du kommst jetzt in ein Alter, in dem solche Anfechtungen zunehmen, weißt du. Doch das ist normal, und nicht alles ist gleich Sünde. Wichtig ist, daß du Gott nicht aus den Augen verlierst dabei. Wie beten wir im Vaterunser? Und führe uns nicht in Versuchung … Schön und gut. Aber die Urfassung des Gebets lautet eigentlich anders, nämlich: Und führe uns in der Versuchung … Siehst du den Unterschied?«

»Hm …« Ich neigte den Kopf, knibbelte an meinen Fingernägeln. Leute kamen in die Kirche, ich hörte das Quietschen der Flügeltür. Jemand hustete. Der Pastor rückte näher an das Geflecht, so nah, daß ich die Haare in seinem Ohr sah. Und die Schuppen auf der Schulter. Ich räusperte mich. »Herr Stürwald?«

»Ich höre, Junge. Ich höre.«

»Ich hätte eine Frage. Oder eher eine Bitte. Ich meine, wo ich doch jetzt meine Sünden bekannt habe – könnte ich nicht auch noch für jemand anderen beichten?«

»Du willst was? Für wen?«

»Das kann ich nicht sagen.«

»Wieso willst du für jemanden beichten? Das tut er doch am besten selbst, oder?«

»Er geht aber nicht in die Kirche. Nie.«

Der Pfarrer schüttelte den Kopf. »Und du meinst, du kannst so einfach ... Was hat er denn getan? Kennst du seine Sünden?«

»Ja. Ich glaube.«

»Und die wären?«

Ich holte Atem. »Na ja ... Eigentlich ist er ein guter Mensch. Er schlägt einen nie und gibt einem Geld für Sprudel und so. Aber er war auch unkeusch.«

»Woher willst du das wissen? Warst du dabei?«

»Ich? Um Gottes willen!«

Er zupfte sich am Ohr. »Also, hör mal zu, mein Junge. Um es kurz zu machen: Kein Mensch kann für einen anderen beichten. Das muß er schon selbst tun. Denn zum Beichten gehört die Reue, wie du weißt. Sonst wäre es ja sinnlos. Und du kannst nicht die Verfehlungen eines anderen bereuen.«

Ich schluckte. »Nein? Warum nicht?«

»Julian! Was soll die Frage! Das ist doch logisch, oder? Wenn, sagen wir, deine Schwester die Puppe ihrer Freundin kaputtmacht, mutwillig, kannst *du* das doch nicht für sie bereuen.«

»Nicht?« Ich pulte mit einem Finger an dem Flechtwerk herum. Die lackierten Maschen waren in Mundhöhe stumpfer. »Aber doch ... Natürlich kann ich das!«

»Nein, Junge. Ganz entschieden: nein. Du kannst für den Betreffenden beten, daß Gott ihm vergibt, ihn auf den rechten Weg führt und so weiter. Aber du kannst nicht seine Sünden bekennen und bereuen. Und ich kann ihm nicht die Absolution erteilen, indem ich dir eine Buße auferlege. Das ist doch absurd! Verstehst du das nicht?«

Ich überlegte kurz. Dann schüttelte ich den Kopf.

Er fuhr sich mit beiden Händen durch die Haare. »Also Schluß jetzt. Darüber reden wir mal in Ruhe. Die Leute warten … War sonst noch was?«

Ich sagte nichts, und er klopfte gegen die Trennwand. »He! Träum nicht.«

»Ja. Ich meine, nein. Das Fahrrad. Ich hab sein Fahrrad verschlunzt.«

»Wessen Fahrrad?«

»Na, von dem Mann, dem Sie nicht die Sünden vergeben.«

»Julian, hör auf jetzt! Ich *darf* es nicht!« Ein Speicheltröpfchen flog von seiner Lippe, und ich sah das Blitzen der Brille hinter den Maschen. »Du kannst hier doch nicht den ganzen Betrieb aufhalten!« Er hob zwei Finger, machte das Kreuzzeichen. »Ego te absolvo. Zwei Vaterunser und ein Ave-Maria.«

»Dank sei Gott!« flüsterte ich und stand auf. Der Organist hatte mit einer leisen Improvisation begonnen, und ich ging durch die Kirche, kniete mich in die letzte Bank. Ein paar alte Frauen saßen in dem modernen Raum mit den schrägen Säulen und sahen dem Küster beim Anzünden der Kerzen zu. Das Ewige Licht warf einen roten Schein an die gekalkte Wand, und ich betete zwei Ave-Maria und vier Vaterunser. Dann ging ich hinaus.

Auf dem Fußballplatz waren sämtliche Linien neu

nachgezogen. Ein Hauch von Wind hatte den Kalk von einem Elfmeterpunkt geweht, so daß er schon ein bißchen verwischt aussah, wie ein Kopf mit weißen Haaren. Der Mann saß auf seinem Karren, trank etwas aus einer Thermoskanne, und ich machte einen deutlich großen Schritt über die Seitenlinie. Grüßend hob er eine Hand.

Die Hitze nahm zu, und ich zog die Windjacke aus und stopfte sie in den Beutel. Als ich mich Pomrehns Grundstück näherte, sah ich schon von weitem, daß die Bude nicht mehr dort stand. Verkohlte Reste ragten aus dem Gras, und einige rauchten noch, als ich mit einem Ast in der Asche herumstocherte. Ich ging über den Hof und rief nach Zorro. Er ließ sich nicht blicken. Doch über mir in den Bäumen krächzte ein Vogel, flatterte im Laub, und einen Moment lang glaubte ich, das graue Gefieder des Nymphensittichs zu sehen.

Der alte Pomrehn saß am Küchenfenster, drehte sich eine Zigarette. Auf dem kalten Kohleherd eine Flasche Bier. Ich trat an die Brüstung. »Hallo! Wer denn hat die Bude abgefackelt?«

Er zuckte mit den Achseln, leckte über die Gummierung. So dünn seine Haare auch schienen, die wirren Borsten an den Augenbrauen waren dick wie Käferbeine. »Na, wer schon ...« Er riß ein Streichholz an, sog die Flamme in den Tabak. »Deine Kumpel natürlich. Das waren sie ihrer Macke wohl schuldig. Und den Köter hätten sie auch fast gebraten.«

»Zorro?«

Er stieß den Rauch aus, nickte. »Hatten ihn schon

mit Sprit übergossen; wollten mal sehen, wie er als Fackel durchs Kornfeld rennt. Zum Glück lag hier 'ne Dachlatte. Die kommen so schnell nicht wieder ... Wo willst'n hin mit deinem Gepäck? Machste 'ne Reise?« Er grinste. »Zum alten Manitou?«

»Keine Ahnung. Vielleicht hau ich ab. Wissen Sie, wo der Hund jetzt ist?«

Er blinzelte in die Sonne, zog erneut an der Zigarette; dabei fielen die Wangen tief nach innen. Dann spuckte er etwas Tabak aus.

»Ist doch Blödsinn ... Abhauen, meine ich. Wovor läufst'n weg? Haste was verbockt?«

Ich antwortete nicht, scharrte mit der Sandale zwischen den Kronkorken herum, die vor dem Fenster lagen. Manche glänzten, andere waren schon rostig, und er trank einen Schluck Bier. »Du bist doch Tecumseh, oder? Und ich bin der alte Geronimo und sage dir: Weglaufen gibts nicht. Wohin du auch gehst, du bist auf der Welt, mein Junge. Und die ist immer dieselbe. Also bleib, wo du bist, und wenn sich ein Gewitter zusammenbraut, sag dir: Es geht vorbei, auch das schlimmste.«

»Meinen Sie?«

»Aber sicher. Wer könnte dir denn was? Das ganze Universum ist vollkommen, verstehst du. Man kann nichts wegnehmen und nichts dazutun. Du bist längst tot und wirst immer leben.« Er tippte sich an die Schläfe. »Und wenn du dich für die Freiheit entschieden hast, kann dir gar nichts passieren. Nie.«

Als ich in unsere Straße bog, sah ich es schon von weitem und lief schneller. Das schwere Glas im Turnbeutel schlug mir bei jedem Schritt gegen den Rücken, aber ich achtete nicht auf den Schmerz. Ich sprang über die Hecke, um den Weg abzukürzen. Es war tatsächlich unser Fahrrad, das da vor der Tür stand. Die Reifen waren unversehrt, die Luftpumpe mit dem Holzgriff hing in der Halterung, und das Werkzeug in der Tasche schien komplett zu sein. Nur der Klingeldeckel mit dem eingeprägten Kleeblatt fehlte.

Ich rannte die Treppe hinauf. Die Wohnung stand offen. Mein Vater, der seine Kordhose und ein schwarzes T-Shirt trug, saß auf dem Sofa und sah nur kurz einmal auf. Er las ein Formular, das vor ihm auf der Tischplatte lag, und ich räusperte mich, blieb in der Tür stehen. »Es tut mir leid, Papa. Entschuldige. Hab einen Moment nicht aufgepaßt, und dann war es weg. Wahrscheinlich haben es die anderen im ... Ich meine, ich werd das nächste Mal abschließen, versprochen. Und den Deckel ersetz ich dir. Vom Taschengeld oder so. Ich fahr nach Sterkrade, zu diesem Radladen am Bahnhof, die sind nicht so teuer, und dann ...«

Mein Vater runzelte die Brauen, schien gar nicht zugehört zu haben. Er blickte rasch einmal zur Küche, wendete das Formular. Die Klinke noch in der Hand, schob ich den Kopf etwas vor; die Sonne schien durch den Schrank, sein geschliffenes Glas, hinter dem die gebohnerten Dielen und ein Paar brauner Schuhe glänzten, und der Schreck fuhr mir wie ein Stromstoß durch die Haarwurzeln. Im Türrahmen, die Arme vor der Brust verschränkt, die Fußknöchel gekreuzt,

lehnte Herr Gorny. Er trug einen Anzug und ein hellblaues Hemd und reagierte nicht auf mein leises »Guten Tag«, schien mich gar nicht zu sehen. Der Mund
war schmal, die Kieferknochen zuckten, als bisse er die
Zähne zusammen, und die Stille im Raum wurde immer noch dichter. Ich machte einen Schritt zur Seite,
aus der Blickrichtung der Männer hinaus.

Mein Vater war blaß; mit Daumen und Zeigefinger
fuhr er sich über die Wangen, die senkrechten Falten,
die er dort hatte, schloß kurz die Lider. »Also gut,
Konrad.« Er schnippte das Formular vom Tisch; es se-
gelte auf den Teppich. »Dann wär ja alles besprochen,
oder?«

Tief atmend stand er auf, wies mit der flachen Hand
zur Tür. Er war größer als Herr Gorny, und schöner
sowieso. Die Haare im Nacken kräuselten sich, wie
immer, wenn er lange nicht beim Friseur gewesen war,
das Shirt saß stramm über dem Körper, und starke
Adern schlängelten sich um die Arme. Nur die Hand,
mit der er nach seinen Zigaretten griff, zitterte. Ganz
leicht, der andere hatte es sicher nicht gesehen. »Und
jetzt hau ab!«

Doch Herr Gorny rührte sich nicht, jedenfalls nicht
gleich, hob nur das Kinn und verengte die Augen. »Paß
mal auf …« Er griff in die Hosentasche, klimperte mit
Schlüsseln und schien die Zähne kaum auseinander zu
nehmen. »Du mußt jetzt nicht noch frech werden. Wir
können es auch anders regeln. Ein Anruf genügt, wie
du weißt. Es sind nur drei Zahlen.«

Mein Vater nickte. Das sah traurig aus und irgendwie
so, als wäre ihm der Kopf unendlich schwer. »Okay,

mach, was du willst. Ich kann dich nicht dran hindern. Und jetzt *geh*. Ich sags nicht noch mal ...«

Gorny streifte die linke Manschette zurück, wollte wohl auf seine Uhr schauen. Doch er trug gar keine und kratzte sich schnell die gerötete Stelle auf dem Handgelenk. Dabei musterte er die Wände und den Fußboden des Zimmers, als würde er alles vermessen, stieß sich ab vom Rahmen, an dem noch meine Bleistiftzeichnung war, und ging ohne Eile in den Flur. »Also ...« Er strich über die Leiste, die den Ölsockel von der Tapete trennte, betrachtete seinen Finger. Dann blickte er zu dem kleinen Fenster im spitzen Winkel. Meine Mutter hatte eine Vase mit Strohblumen auf das Brett gestellt. »Am Monatsende seid ihr raus.«

Ohne unsere Tür zu schließen, ging er die Treppe hinunter, und ich streckte den Arm vor, wollte nach der Klinke greifen – da drehte sich mein Vater um und schloß sie mit einem so heftigen Tritt, daß sie wieder aufflog und um ein Haar gegen den Schrank geschlagen wäre. Ich hielt sie fest.

»Was meinte er mit *raus*?«

Doch er schüttelte den Kopf, schien zu überlegen. Dabei starrte er den Rauchfänger an, die Eule mit den gelben Augen, in denen sich das Wohnzimmerfenster spiegelte. Ich drehte mich um, entdeckte das Formular unter dem Sessel. Aber als ich mich danach bücken wollte, legte er mir eine Hand auf die Schulter, schob mich zur Küche. »Ich muß gleich los. Machst du mir Dubbel?«

Das Hemd schon halb über dem Kopf, ging er ins Bad,

und ich nahm den Brotlaib aus dem Kasten. Die Kurbel der Schneidemaschine quietschte, was in den Zähnen schmerzte, und als ich sechs Scheiben mit Margarine bestrichen hatte, fand ich nichts, womit ich sie belegen konnte; der Kühlschrank war leer, und ich wischte mir die Hände an der Hose ab und ging auf den Balkon, lehnte mich an die Brüstung. Winzige Speicheltröpfchen spritzten mir aus dem Mund, als ich gähnte.

In der Senke pfiff ein Zug. Das Geräusch der Räder auf den Schienen schwoll an und wollte nicht enden; es war einer jener langen Kohlezüge, bei denen die Nägel, die man zum Walzen auf die Schienen legte, so dünn wurden, daß man sie als Pfeilspitzen nicht mehr gebrauchen konnte; sie ließen sich dann knicken wie Papier. Aber aus den Pfennigen konnte man Rosen formen. Ich trat von der Brüstung zurück, setzte mich auf den Stuhl und zuckte zusammen, als sie plötzlich hinter mir stand. Hinter der Gardine.

»Na, na! Warum denn so schreckhaft?« Sie murmelte nur. »Schlechtes Gewissen?«

Doch zog sie den Store nicht auf, und ich gab ihr keine Antwort. Ich blickte geradeaus, in den Garten, wo sich ein paar Meisen durch die Sträucher jagten und Frau Gorny Wäsche aufhängte, darunter auch das Turnhemd mit dem Adler-Wappen. Ich war müde, rieb mir die Augen und hoffte insgeheim, sie würde weggehen oder das Fenster schließen. Sie blieb aber hinter mir stehen; ich hörte, wie sie Kaugummi kaute, und roch ihr Parfüm, das ich lieber mochte als das meiner Mutter. Doch sie hatte zuviel davon aufgesprüht.

»Wenn bloß nicht diese Hitze wäre ...« Papier knisterte, und dann riß sie ein Streichholz an. »Aber morgen wird es regnen.«

Wieder sagte ich nichts, hob nur die Schultern.

»Doch, doch.« Rauch drang durch die Maschen der Gardine. »Immer wenn der Güterzug so laut ist, regnet es am nächsten Tag.«

Dann kam mein Vater in die Küche, rasiert und angezogen, und ich stand auf und blickte mich aus den Lidwinkeln um. Konnte sie aber nicht mehr sehen. Vielleicht hatte sie sich aufs Bett gesetzt. Etwas Schaum klebte an seinem Ohr, und er zeigte auf die Schnitten. »Was gibts drauf?«

Ich schloß die Balkontür. »Nichts. Der Kühlschrank ist leer. Aber wenn du mir Geld gibst, renn ich schnell zum Konsum und hol dir Wurst.«

Er stieß Luft durch die Nase. »Du bist gut. Am dreiundzwanzigsten? Streu Salz drauf, fertig.«

»Warum fährst du denn so früh? Ist was passiert?«

»Nein, mach dir keine Sorgen. Ich muß noch ein paar Sachen regeln. Und dann zur Knappschaft.«

»Du könntest auch kalte Linsensuppe mitnehmen. Schau mal ...« Ich zog das Glas aus meinem Turnbeutel. »Hab schon was abgefüllt.«

»Gute Idee. Vergiß den Löffel nicht.«

Im Schrank fand ich noch eine Praline aus den Kaffeepäckchen, legte sie in die Brotdose, und nachdem ich seine Tasche gepackt hatte, stellte ich sie aufs Sofa und setzte mich auf die Armlehne. Er band sich die Schuhe zu, mit doppelten Schleifen. Seine Hände waren wieder ruhig.

»Papa? Was wollte denn der Herr Gorny? Müssen wir ausziehen?«

Die Fahrradklammern klickten, als er sich die Hosenbeine feststeckte. »Tja, scheint so.«

»Und warum? Meinetwegen?«

Er hob den Kopf. »Was? Wieso denn deinetwegen?«

Ich zuckte mit den Achseln, nahm seine Jacke vom Haken. »Aber weswegen dann?«

»Ach … Das verstehst du noch nicht.«

»Und mit wem wollte er telefonieren?« beharrte ich. »Mit der Polizei?«

Er sah mich nicht an. »Wieso Polizei?«

»Weiß nicht. Er hat ja auch gar kein Telefon, oder?«

Jetzt nickte mein Vater, hob eine Braue, und in seinen Augen war etwas Frisches, Funkelndes. »Och, der macht das mit dem Akkordeon. Wenn du die richtigen Tasten drückst, ist das ein Kinderspiel.«

Ich grinste, und auch er lächelte breit wie selten, so daß ich seine schönen Zähne sah. Mit einem Schwung hängte er sich die Jacke um die Schultern und ging hinaus. – Doch kaum war er im Flur, öffnete er die Tür nochmal, nur ein wenig. Er langte durch den Spalt und zog den Schlüssel ab, steckte ihn in die Tasche.

Ich trat wieder auf den Balkon und blickte ihm nach. Marushas Fenster war geschlossen. Hinter der Gardine nichts als der Reflex ihres Spiegels, und als mein Vater jenseits der gemähten Felder auf die Straße bog und sich umblickte, winkte ich. Er hob eine Hand, und ich rieb mir heftig das Ohr in der Hoffnung, er würde dasselbe tun. Ich hatte vergessen, ihn auf den Rasierschaum hinzuweisen. Doch er fuhr ins Erlenwäldchen, das Licht und die Laubschatten flackerten auf seinem Rücken, und dann war er außer Sicht.

Am nächsten Tag regnete es, wenn auch nur leicht. Abends wurde es schon wieder schwül. Wie immer war die Straße voller Kinder, kaum hatte Opa Jupp seinen Wagen vor der Haustür geparkt. Sophie stieg als erste aus. Sie sprang auf den Gehweg, und ich ging in die Hocke, damit sie mir einen Kuß geben konnte.

»Juli! Weißt du was? Ich kann ohne Sattel reiten. Ich hatte ein Pony mit Flecken, das hieß Murmel. Es hatte eine ganz, ganz weiche Schnauze, und wenn es mir den Zucker aus der Hand fraß, kitzelten diese Härchen. Und ich hatte einen Freund! Er hat mir immer die Hälfte von seinem Rosinenstuten gegeben. Manchmal sogar mehr. Und weißt du, wie der heißt? Ganz komisch.« Prustend zog sie das Kinn an den Hals. »Ole! Hast du so was schon mal gehört?«

Sie gab mir keinen Kuß, und ich strich ihr eine Locke aus der Stirn. »Mensch, du hast ja wahnsinnig viel Sommersprossen gekriegt. Und deine Haare sind auch heller.«

Sie nickte ernst. »Das kommt vom Meer. Aber ich war nicht oft drin. Überall schwammen diese Glibber-Dinger, diese Qualen, weißt du.«

»Die heißen Quallen.« Ich richtete mich auf, nahm meiner Mutter die Tasche ab. Sie trug das eng taillierte Kostüm und eine weiße Bluse, und ihr Lächeln, mit dem sie mich begrüßte, sah traurig aus; die Haut um ihre Augen herum war gerötet. Der selbstgehäkelte Rand eines Taschentuchs schaute zwischen den Fingern hervor.

»Bist du schon wieder gewachsen?«

Ich grinste, strich mir die Haare aus der Stirn. Ihre Lippen waren ungeschminkt, und sie hatte mehr von diesen Äderchen auf den Wangen, die man Besenreiser nennt. Alle Fenster der Gornys waren geschlossen, trotz der Wärme, und sie blickte sich auf der Straße um; doch es waren keine Nachbarn zu sehen, jedenfalls keine erwachsenen. Opa Jupp zog ihren Koffer aus dem Laderaum und schlug die Heckklappe zu.

»Dann mal rauf mit euch! Ich hab heut noch 'ne Überführung.«

In der Wohnung sah meine Mutter zuerst nach den Pflanzen, befühlte die Erde in den Töpfen. Sophie rannte in unser Zimmer und schmiß den Koffer auf ihr Bett. »Die Oma hat mir immer Reibekuchen gemacht, Juli. Wenn ich gesagt hab, ich möchte Reibekuchen, gabs welche. In Schmalz gebraten. Und du? Was hast du gegessen?«

Ich setzte mich auf die Kante, kratzte mir die Knie. »Hähnchen. Jeden Tag gegrilltes Hähnchen mit Pommes. Manchmal hab ich auch nur die Haut abgeknabbert. Wenn sie besonders knusprig war.«

Sie sah mich ungläubig an. »Stimmt das? Wo habt ihr die geholt? Bei Kleine-Gunck?«

Ich nickte, und sie hob die schmalen Schultern, stülpte kurz einmal die Unterlippe vor. »Na ja, kann man nichts machen. – Soll ich dir was verraten?«

»Ein Geheimnis?«

»Nö, kann jeder wissen.« Sie bohrte in der Nase. »Ich hab eine schöne Seele.«

»Du? Wer sagt das?«

»Oles Mutter. Jawohl.«

»Kann man sowas sehen? Was ist denn überhaupt eine Seele.«

»Mein lieber Junge, sei nicht so dumm, ja? Das weiß doch jeder. Seele ist, warum ein Vogel singt. Und soll ich dir noch was verraten?«

»Nein, danke.«

»Tu ich aber.« Jetzt flüsterte sie. »Wir ziehen nämlich um! In eine neue Wohnung.«

»Ist wahr?«

Sie nickte. »Schon bald. Und weißt du, warum?«

»Keine Ahnung. Erzähl!«

»Ich glaub, weil wir minderjährig sind.«

»O Gott! Wie kommst'n darauf?«

»Weiß nicht. Die Mutti hat das zum Opa Jupp gesagt, im Auto. Wenn man minderjährig ist und Quatsch macht, fliegt man aus der Wohnung. – Hast du Quatsch gemacht?«

Ich schüttelte den Kopf.

»Ich auch nicht. Und was ist minderjährig?«

»Na, wenn man jung ist.«

»Also bin ich minderjährig?«

»Genau wie ich.«

»Und Marusha auch?«

»Die auch. Erst wenn du sechzehn wirst, glaub ich, bist du erwachsen. Also, vielleicht noch nicht ganz. Aber du kannst schon mal rauchen und Moped fahren und so.«

»Ich hab auch schon geraucht!«

»Du?«

Sie drückte auf die Kofferschlösser. »Mit Ole. Sein Vater hat 'ne weiße Pfeife, Meerschaum, und wir haben Blätter reingetan, vom letzten Herbst. Schmeckte aber nicht. Hab nur gehustet. Und jetzt …«

Die Riegel schnappten auf, und sie öffnete den Deckel und zog ein Päckchen unter dem Teddy hervor. Zeitungspapier, mit ihrem Twist-Gummi umwickelt. »Ich hab dir Muscheln versprochen, stimmts? Es gab aber keine. Oder nur ganz kleine. Die sind schon in der Badetasche zerbrochen. Und der Seestern hat vielleicht gestunken! Wie'n Askari. Also …« Sie streckte beide Arme vor. »… kriegst du das! Bitteschön. Gern geschehn.«

Kieler Nachrichten, stand auf dem Blatt, und ich fühlte natürlich sofort, was darin eingewickelt war. Trotzdem tat ich überrascht. »Oh, toll! Ein Hufeisen? So was hab ich mir schon immer gewünscht.« Es war rostig und groß, wahrscheinlich von einem Ackergaul, und hatte eine Reihe viereckiger Löcher. Einer der beiden Zinken war abgebrochen. »Wo hast du das denn her?«

»Na, vom Ole! Sein Vater ist doch Schmied. Es bringt dir Glück, weißt du. Ich hab auch eins.«

Ich bückte mich, umarmte sie, gab ihr einen Kuß auf die Wange. Sie roch nach Himbeerdrops und kicherte, und unsere Mutter öffnete die Tür.

»He, was gibt das denn?«

Ich zeigte ihr das Eisen. »Hab mich nur bedankt.«

Dann stand ich auf, und sie starrte mich an, als hätte

sie plötzlich irgendeinen Verdacht. Ihre Augen waren schon wieder feucht. »Kommt mal rasch und sagt dem Opa Jupp auf Wiedersehen.«

Wir gingen in die Stube. Die Arme überm Bauch verschränkt, stand er mit dem Rücken zum Fenster und blickte sich um. Der Schirm seiner Prinz-Heinrich-Mütze glänzte speckig. »Also, ich denke, ein 7,5-Tonner reicht. Bei den paar Plörren ... Ist doch'n Klacks. Ich komm am Samstag, ziemlich zeitig, und am Sonntag könnt ihr schon in der neuen Wohnung frühstükken. Wirklich hübsch, wie gesagt. Zentralbeheizt. Wird dir gefallen.«

Meine Mutter nickte, wollte wohl etwas sagen, atmete aber nur zittrig ein. Sie hielt sich das Taschentuch unter die Nase, und Opa Jupp schloß seinen Kittel. »Mensch, Mädchen, jetzt komm aus den Zwiebeln! So was kann doch passieren. In den besten Familien eher als in schlechten. Männer sind Hirsche, die brauchen Rudel. Meinst du, ich war anders? Die Martha mußte ganz schön was ertragen. Ich meine, genau genommen hab ich ihr auch 'ne Menge erspart dadurch, aber alles in allem: Macht man sich deswegen 'n Kopp? Lohnt sich das? Am Ende liegen wir doch alle im gleichen Bett, tief unter der Erde.«

Meine Mutter schniefte, schluckte, und Sophie griff nach ihrer Hand. Als sie zu ihr aufblickte, sah ich zum ersten Mal zwei senkrechte Falten zwischen ihren Brauen, sehr zart, wie Adern in Blättern. »Was ist denn, Mama?«

Sie schüttelte den Kopf, schob das Tuch unter die Manschette. »Nichts, Kleine, gar nichts. Ich überleg nur gerade, ob die Vorhänge passen, die Gardinen. War ja alles Maßarbeit.«

»Ach komm, was nicht paßt, wird passend gemacht!« Opa Jupp griff mir ins Haar. »Stimmts, mein kleiner Leichenwäscher? Willste mal wieder bei mir arbeiten?«

Die Hand auf dem Kopf war schwer, und ich bog ihn weg und sagte: »Nö.«

Sein Lachen klang ein bißchen dreckig. »Kann ich verstehen. Ich zahl ja nix. Und diese Toten sind so was von langweilig. Liegen da und kriegen den Mund nicht auf. Statt daß sie mal was erzählen … Machen diese Bittermienen, lassen sich die Hände falten und die Augenbrauen bürsten, und unsereins kriegt nicht mal 'n Dankeschön. – Also, Leutchen, bis Samstag. Machts gut!«

Langsam ging er hinunter, Stufe um Stufe, die Treppe ächzte. Meine Schwester und ich sahen zu, wie er sich hinter das Steuer des Mercury zwängte und eine Zigarre aus dem Handschuhfach zog. Es dämmerte schon, doch er stellte die Scheinwerfer noch nicht an, wendete langsam am Ende der Straße, und die Fenster ringsum, die Küchen- und Wohnzimmerlichter, spiegelten sich verzerrt in dem Lack. Der Motor war kaum zu hören.

Zum Abendbrot gab es Kartoffelsalat und Gänsebrust, in Scheiben geschnitten. Meine Mutter hatte auch Schmalz, einen halben Schinken und selbstgeräucherte Würste und Forellen mitgebracht, aß selbst aber nichts. Sie setzte sich zu uns und rauchte. Auf ihrem Blusenkragen war ein hellgrauer Fleck, von einer Träne vielleicht, mit etwas Wimperntusche, und plötzlich sah sie mich an. »Ist eigentlich mal Post gekommen? Von Spar?«

Ich sagte nichts, starrte auf meinen Teller, und sie streifte ihre Asche ab, beugte sich vor. »Was? Was ist denn? Hast du dich verschluckt? Sophie, rasch! Klopf deinem Bruder mal auf den Rücken!«

Doch ich winkte ab, trank etwas Milch. »Danke, geht schon.«

»Seid vorsichtig, hört ihr. Da können Knochensplitter in der Brust sein. Die Oma ist ja kein Metzger. Die hackt die Viecher wie Holz. Schön aufpassen.«

Buttermilch, eiskalt. Das Schlucken machte ein hartes Geräusch. »Wieso Spar?« Ich sprach ins Glas hinein, und meine Mutter wedelte mit der Hand über den Tisch. Doch der Rauch verzog sich kaum.

»Na, hab ich dir das nicht erzählt? Ich hab mich doch beworben. Die suchen 'ne Aushilfe, halbtags. Und das Geld könnten wir weiß Gott gebrauchen. Jetzt mehr denn je.«

Nach dem Essen räumte sie ab, spülte aber nicht gleich. Sie setzte sich zu uns auf die Couch, und wir spielten ein paar Runden Tier-Quartett. Doch sie war nicht bei der Sache. Sie steckte die Paarhufer zu den Raubkatzen und hatte zweimal den weißen Hasen, ohne ihn zu melden. Dann sahen wir uns Hier und Heute an. Doch schon vor der Tagesschau schickte sie uns ins Bett, und nachdem wir uns die Zähne geputzt hatten, löschte sie das Licht.

Ich war noch nicht müde, und eine Weile wartete ich vergeblich darauf, daß Sophie einschlief. Normalerweise hörte ich es an ihrem Atem. Dann konnte ich meine Taschenlampe anknipsen und lesen. Doch jetzt richtete sie sich auf. »Juli?« Sie flüsterte.

»Mmh?«

Nur ein schmaler Streifen Licht war im Zimmer, doch sah ich ihre großen Augen, den Glanz wie Perlmutt.

»Weißt du was? Ich möchte nicht umziehen.«

»Wieso nicht? Die neue Wohnung ist schön.«

»Hast du sie denn schon angeschaut?«

»Nein. Der Papa sagt, jeder von uns hat ein eigenes Zimmer.«

»Gibts einen Garten?«

»Glaub kaum. Aber den hast du hier auch nicht.«

»Wohl!«

»Nein, er gehört uns nicht. Und ich möchte lieber keinen Garten haben als einen, der mir nicht gehört.«

»Ich schon. Wo sollen wir denn spielen?«

»Die Heide ist doch gleich hinter der Siedlung. Und der Idiotenhügel. Da kannst du mit Rollschuhen hin. Und zur Schule ist es auch nicht so weit.«

»Ach so? Na gut. Aber hör mal, ich zieh nur in die neue Wohnung, wenn die auch einen Balkon hat. Und so einen schönen Halter für das Klopapier. Bei der Oma lag die Rolle auf dem Boden, und es gab keine Spülung. Alles plumpste einfach runter und stank.«

»Wieso? Was ist denn so besonderes an unserem Klopapier-Halter?«

Sie legte sich wieder hin. »Na, das weißt du doch! Diese Fliese, die so rund nach innen geht. Ich freu mich immer, wenn ich da eine neue Rolle reintu. Die paßt genau. Meinst du, sowas gibts in der Wohnung auch?«

»Bestimmt«, sagte ich. »Die Häuser sind doch alle gleich.« Und endlich seufzte sie; es klang erleichtert. Dann legte sie sich einen Arm über die Augen und schlief auch schon ein.

Ich las eine Weile und stand dann so leise wie möglich auf, um noch ein Glas Milch zu trinken. Auf Fußspitzen ging ich durch den Flur. Das Wohnzimmer war nur schwach erhellt vom Schein der Laterne, die auf der anderen Straßenseite stand. Die Kleider meiner Mutter, Rock und Bluse, hingen über einem Sessel, die beiden Strümpfe baumelten von der Lehne des anderen. Sie selbst lag auf der Couch, unter einer Wolldecke. Die nackten Schultern sahen weiß aus in dem Zwielicht, und sie trug noch die Perlenkette. Weder zwischen ihren Fingern noch im Aschenbecher glimmte eine Zigarette. Doch schlief sie nicht. Sie drehte den Kopf.

»Was ist?« Ich flüsterte. »Schläfst du hier?«

Ihre Augen waren nicht zu erkennen, und sie schluckte, wendete sich wieder ab. »Geh ins Bett«, murmelte sie, und ich machte noch einen Schritt. Die Diele knarrte. Doch plötzlich traute ich mich nicht mehr in die Küche. Ich öffnete die Badezimmertür und trank etwas Wasser aus der Leitung. Dann ging ich ins Bett.

Der Mann öffnete die Absperrung. Dieser Streckenteil war nicht weiter ausgeraubt worden. Man hatte Salz gestreut, um den explosiven Kohlenstaub zu binden, wie oft bei hoher Luftfeuchtigkeit, Salz, das nach einer Weile kristallisierte und immer neue Staubpartikel in sich einschloß. Die Krusten krachten unter seinen Schuhen, der Geschmack auf den Lippen nahm zu, und bald sah die ganze Strecke, die Sohle, die Stöße und der First, aber auch das eine oder andere Werkzeug, wie vereist aus, wie unter Reif. Ein Karabinerhaken, nicht zu bewegen. Ein zusammengeschrumpelter Handschuh. Wo immer er hinblickte, es funkelte im Schein seiner Kopflampe, und manchmal gleißte es so weiß, daß er die Augen zusammenkniff. Als wüchse hier Licht, junges Licht in winzigen Kristallen.

Die Sohle fiel ab, und der Mann hielt sich an den Stempeln fest, an denen kaum noch das Holz zu erkennen war. Wie eine lange Reihe alabasterner Säulen standen sie links und rechts des Lampenstrahls, und wieder leckte er sich die Lippen. Es war still hier, und wenn er stehenblieb und das Knirschen seiner Schuhe auf dem Untergrund verstummte, war nur das Sausen aus dem Wetterschacht zu hören, weit hinter ihm. Die Atemluft brannte in der Nase. Zwischen zwei Stempeln ein Käfig, ein wenig zerdrückt. Das war keine Rattenfalle, er konnte die Sitzstange und den Napf erkennen, und als er sich bückte und das Türchen schloß, platzte Salz vom Draht und den Scharnieren. Doch sonst war er nicht zu bewegen.

Sein Vater hatte ihm davon erzählt, und auch der wußte es nur vom Hörensagen. Weil sie den Wetterlampen und den neueren Meßgeräten nicht trauten, brachten alte Bergleute immer wieder Singvögel mit unter die Erde, bevorzugt Kanarien. Die waren so empfindlich, daß sie schon bei leisesten Sauerstoffschwankungen, etwa bei einem Anflug von Gas, verstummten und bewußtlos auf den Käfigboden fielen. Und dann hieß es laufen, laufen, und alle Frischluft-Schleusen auf! Auch die Kohle am Ende des Strebs war weiß vor Salz, und er schaltete seine Zusatzlampe ein, legte sie auf den Boden. Wenig hatte sich verändert an der Lage des Gesteins, der Riß war kaum größer geworden. Doch tropfte nichts mehr daraus hervor, Sohle und Seitenwände waren fast trocken. Nur in einigen Vertiefungen glänzte etwas totes Wasser, und er blieb unter der letzten Kappe stehen und lauschte. Hier, hinter der Kurve des alten Strebs, war auch die Luft nicht mehr zu hören, und er hob den Kopf, damit sein Helmlicht tiefer in den Riß gelangte.

Die Sessel standen auf der Couch, die Vorhänge waren abgehängt, der Teppich zusammengerollt. Sophie, auf den Knien, kramte in einer Kiste voller Bücher, Zeitschriften und Alben, und meine Mutter nahm mir die Einkaufstasche ab, wog sie in der Hand. Ich nickte. »Einen schönen Gruß von Frau Kalde. Sie hat mir kein Bier gegeben und möchte bitte, daß du …«
»Ja, ja, jetzt nicht. Hilf mir mal mit dem Tisch.«
Wir gingen auf den Balkon. Das Abendrot jenseits der Zeche spiegelte sich in Marushas halboffenem Fenster. Sie stand im Morgenmantel vor einem Brett und bügelte, doch meine Mutter ignorierte sie und bedeutete auch mir mit einem strengen Blick, nicht in das Zimmer zu sehen. An dem Starschnitt von Graham Bonney fehlte immer noch ein Fuß. Wir hoben den Tisch über die Schwelle, brachten ihn in die Stube, und

Sophie sprang auf. »Guck mal, was ich gefunden hab, Mama! Der Julian im Schnee, mit kurzen Hosen! Wann habt ihr das denn gemacht?«

Ein postkartengroßes Foto, das eigentliche Bild ein Oval, und meine Mutter stellte Teller auf den Tisch, runzelte die angemalten Brauen. »Ach, Quatsch! Kannst du nicht sehen, daß es alt ist?« Sie nahm es ihr weg, blickte auf die Rückseite. »1936. Da war dein Vater zwölf.«

»Aber er sieht aus wie der Juli, oder? Die Haare, die Augen … Ganz genau! Warum hat er denn kurze Hosen an? Es ist doch Winter.«

»So war das eben früher. Er trägt ja lange Strümpfe. Bring den Kram wieder in Ordnung, bitte.« Sie verteilte das Besteck und sah mich rasch einmal aus den Augenwinkeln an. Eine Haarsträhne baumelte vor ihrer Stirn, und plötzlich sprach sie gedämpfter, als sollte es meine Schwester nicht hören.

»Sag mal, was ist denn noch so passiert in meiner Abwesenheit? Wer war alles in der Wohnung?«

Ich trat einen Schritt zurück, zuckte mit den Schultern. Dann bückte ich mich und half Sophie beim Einräumen der Bücher. »Wieso? Wer soll denn hiergewesen sein. Niemand.«

»Ach ja?« Sie zeigte in die Ecke neben dem Besenschrank. »Und was ist das?«

Ich blickte mich um. Auf einem Stuhl stand das Wetterhäuschen. Darunter lagen Kehrblech und Feger. »Was meinst du?«

Sie biß die Zähne zusammen, nur auf einer Seite, und wurde bleich. Alles an ihr straffte sich, und die Absätze ihrer Sandalen, Keile aus gepreßtem Kork, klapperten auf den Dielen, als sie um den Tisch kam und mich wegzog von der Kiste. »Was ich da *zusammengefegt* habe, möchte ich wissen!«

Ich hob einen Ellbogen vors Gesicht. »Keine Ahnung. Was denn? Haare?«

»Natürlich! Das mußt du mir nicht sagen, Idiot. Aber wessen Haare? Sind die von einem Tier? Hattest du etwa einen Köter in der Wohnung?«

Ich versuchte, mich aus ihrem Griff zu winden. Doch der Druck der Nägel im Arm nahm zu. »Nein! Oder doch. Ein Mal. Den Zorro. Das ist ein Jagdhund aus dem Tierclub. Er war ganz lieb. Ich hab ihn nur kurz zum Baden ...«

»Du hast was?« Sie zerrte an mir, verengte die Augen. »Das ist doch nicht wahr, oder? In unserer Wanne? Wo wir uns täglich waschen und ich meine Strümpfe und Schlüpfer einweiche, hast du so ein verdrecktes, verlaustes ...«

»Ich hab sie ausgespült! Mit heißem Wasser und Ata. Zwei Mal sogar.«

Die Augen starr wie Glas, die Lippen nur noch ein Strich. Sie stieß mich in die Ecke und zog die Lade mit den Holzlöffeln auf. Die aber war schon ausgeräumt, und daß sie das vergessen hatte, machte sie, nach kurzem Stutzen, nur noch wütender. Sie mit der Hüfte wieder zuzudrücken und sich nach dem Handfeger zu bücken war eine Bewegung. Im Gegensatz zu den verfilzten Borsten glänzte der dunkle Rücken wie neu, sah man von ein paar halbrunden Eindrücken ab. Vor einiger Zeit hatte ich die Reißnägel für mein Poster damit festgeklopft, und als sie ausholte, verlor ich schon einen Tropfen Urin.

Ich wollte in die Hocke sinken, doch hielt sie mich fest. Ihr Gesicht war nah vor meinem, und während sie sprach, sah ich nur die unteren Zähne. Das Pochen ihrer Halsschlagader. »Kann ich mich nicht ein einziges Mal auf dich verlassen? Kaum bin ich weg, machst du nur Blödsinn. Die Wohnung verkommt, die Pflanzen vertrocknen, auf der Treppe knirscht Dreck, und dann schleppst du noch dieses Mistvieh an und vergiftest alles mit ihren Haaren …« Die Bluse duftete nach Lavendel, und noch einmal veränderte sie ihren Stand, stellte sich so breitbeinig hin, wie der schmale Rock es zuließ. »Warum bin ich hier nur krank? Wie? Warum ärgere ich mir dauernd die Krätze an den Hals? Manchmal könnte ich dich wirklich …«

Ich drehte das Gesicht weg, winkelte ein Knie an, legte die freie Hand auf den Hintern. Doch es war eng in der Ecke; sie traf erst den Herd, dann den Feuerhaken an der Stange. Er klirrte gegen die Emaille.

»Laß ihn, Mammi! Bitte, laß!«

In der Stimme meiner Schwester war etwas Flehendes. Als wollte sie uns ablenken, wedelte sie mit dem Foto durch die Luft, und einen Moment lang sah ich mein eigenes Gesicht durch Licht und Schatten flackern. Die Silhouette im Schnee. Tauben flogen durch das Abendrot, und die beiden Räder im Förderturm, gerade noch gegenläufig bewegt, standen still.

»Wir ziehen doch um!«

Meine Mutter atmete so tief, daß sich die Nasenflügel wölbten. Ihre Lidränder füllten sich mit Wasser, und sie öffnete die Lippen, lockerte den Griff. Ich wich zurück, zwischen Schrank und Spüle, und zitternd ließ sie den Feger sinken, legte ihn aufs Blech.

»Was war das?« Sophie drehte sich um, doch meine Mutter beachtete sie nicht. Sie zog eine Zigarette aus dem Päckchen, ging auf den Balkon und zündete sie an. Warf das Streichholz über die Brüstung. »Wieder!« Die Augen groß, zeigte meine Schwester in die Ecke. Gläser klirrten gegeneinander, ganz kurz nur, als wäre jemand gegen die Vitrine gestoßen, und wir lauschten, ob wir einen Laster auf der Straße hörten. Es blieb aber still.

Mir wurde schlecht. Ich setzte mich auf die Bücherkiste, und sie legte mir einen Arm um die Schultern, stieß mit der Nase gegen mein Ohr. Ihr Flüstern war wie etwas mit Flügeln. »Das Hufeisen hat dir Glück gebracht, stimmts?« Süß roch ihr Atem, und ich nickte, wischte mir den Schweiß von der Stirn, trocknete die Finger am Hemd. Auf der Hose kein Fleck.

Dann hielt sie das Foto neben mein Gesicht, legte den Kopf erst auf die linke, dann auf die rechte Schulter, und während sie verglich, was sie sah, nagte sie an der Unterlippe. Das Blau ihrer Augen schien noch heller zu werden, und plötzlich hob sie einen Finger, lächelte breit. Auch ich hatte Schlüssel gehört, das Klappen der Haustür, die schweren Schritte, treppauf, und sie wirbelte herum. »Mama, Essen machen! Der Papa kommt!«

Ein Funkeln und Blitzen, kristallin. Der Mann arretierte einen Bohrer im Hammer und zog den Luftschlauch über die Sohle. Der Schlagkolben klickte im Zylinder, und er öffnete die Kiste mit dem Sprenggut und zählte die Aluminiumkapseln. Sie lagen in Futteralen aus Styropor und reichten für zwei Löcher von mehreren Metern Tiefe. Genug, um eine Brille zu schießen, und er legte den Hammer auf einen Bohrwagen und schob ihn gegen die Stirnwand der Strecke. So konnte er einen Einbruch wagen, ohne unter das Hangende treten zu müssen.

Es war heiß hier unten, er zog die Jacke aus, arbeitete im Unterhemd. Als er das Preßluftventil öffnete, war der Rückstoß geringer, als er erwartet hatte. Er konnte den Hammer am Schlauch auf Richtung halten, und kreischend drehte sich die Spitze in den Stein, ein Laut, der mit zunehmender Tiefe des Lochs zu einem Grommeln wurde, während sich Bohrmehl auf der Sohle häufte, erst grau, dann tiefschwarz, dann wieder rötlich-grau. Nach gut einer Stunde, in der er das Hangende nicht aus den Augen ließ, hatte er das erste Loch gebohrt und war zufrieden. Nicht einmal Salz rieselte vom First, und er verschob den Wagen um einen Meter und nahm das zweite Loch in Angriff.

Nachdem die Spitze weit genug eingedrungen war, um allein auf Richtung zu bleiben, ging er zurück bis hinter die Hydraulikstation und stellte die Zündmaschine ein, überprüfte die Spannung und verlegte das Kabel. Der Bohrer war schon bis zur Haltefeder im Gestein, Eßkohle wohl, das Mehl vor den Rädern schimmerte schwarz, und er schloß das Ventil und zog den Wagen aus der Strecke. Anschließend nahm er die Patronen aus der Kiste – immer nur eine, mit beiden Händen – und schob je fünf von ihnen in die Löcher; dann die kurzen, mit Knallquecksilber gefüllten und mit dünnen Kabeln verbundenen Zündkapseln; dann noch einmal zwei Patronen. Und endlich versiegelte er alles mit einem gut dreißig Zentimeter langen Pfropf aus Lehm, der in einem Eimer neben der Kiste stand, klopfte ihn mit dem Stiel seines Fäustels fest.

Er blickte auf die Uhr, pustete den Staub von dem gesprungenen Glas. Er hatte noch Zeit. Das Schießen würde erst in einer halben Stunde freigegeben, die Wettertüren waren noch geöffnet, und er zog seine Fäustlinge aus und setzte sich auf die leere Munitionskiste, lehnte sich zurück und stellte das Helmlicht aus, um seinen Akku zu schonen.

Die jähe Schwärze war wie eine kühle Hand auf den Lidern. Sein Schweiß schmeckte salziger als gewöhnlich. Er hörte sich atmen in der Stille, verschränkte die Arme vor der Brust und dachte müde über den Ausdruck »Brille schießen« nach und daß er noch nie eine Brille geschossen hatte. So etwas gab es nur im Lehrbuch. Seine Sprenglöcher sahen wie alles mögliche aus, aber nicht wie Brillen, und er legte seinen Helm zu Seite und nickte ein.

Es war ein leichter Schlaf und dauerte nur wenige Minuten, doch als er wach wurde – irgend etwas hatte sich bewegt in seiner Nähe –, versuchte er ein paar hämmernde Herzschläge lang vergeblich, die Augen zu öffnen. Bis er darauf kam, daß sie geöffnet waren, und sein Kopflicht andrehte.

Hitze. Die Wettertüren wurden geschlossen, eine nach der anderen. Und dann, in der jähen Stille, war es doch wieder da, und er hielt den Atem an, stand auf und näherte sich dem Hangenden. Dabei hielt er sich an einem Stempel fest, und sein Helm schrammte gegen den letzten, schon etwas abgesackten Querbalken, einer rissigen Fichte unter den Klüften der Felsplatte, die nicht verwachsen war mit dem Berg. Salz rieselte ihm in den Nacken. Doch wollte er näher heran an den Laut, das leise Schwirren oder was es war, schob den Kopf vor, lauschte …

Du hörst ihn nicht, den Stein, der dich trifft. Ungeachtet der Stahlkappen und des schweren Koppelzeugs, machst du einen schnellen, fast beschwingten Schritt, als wolltest du noch einmal hinter die Sekunde zurück. Doch in Wahrheit bist du gar nicht mehr auf den Beinen. Der Helm kollert dir voraus, sein Lampenglas zerbricht, das Licht glimmt einen Augenblick nach in dem Salz. Und dann ist es dunkel.

Als letztes nahm ich das Vogelposter von der Wand. Es hatte Jahre in der Sonne gehangen, und die Farben waren schon etwas verblichen. Doch ich rollte es zusammen, legte es in die Kiste im Flur und fegte dann das Zimmer aus. Ein kleiner Bogen Pauspapier, mit dem Sophie die Figuren aus ihren Fix-und-Foxi-Heften abzeichnete, und ein paar zerbrochene Muscheln lagen in der Ecke, und zwischen den Fugen der rotbraunen Dielen steckten zwei Pfennige und eine Haarnadel, klemmten aber fest. Das Zimmer kam mir plötzlich sehr groß vor. Es war nicht tapeziert, und wo das Poster gehangen hatte, schien der Anstrich heller. Ich fegte alles über die Schwelle und blickte mich noch einmal um. Nichts mehr befand sich in dem Raum, sogar die Glühbirne war aus der Fassung gedreht. Dann pfiff ich ein bißchen, um den Hall zu hören, was mir gut gefiel. Ich pfiff lauter, kriegte sogar eine Art Triller hin, in mehreren Tonlagen, und langsam verzogen sich die Wolken vor dem Fenster. Ein wenig Licht brach durch, Staub tanzte in den Strahlen, und plötzlich waren die Vögel, all die Meisen, Gimpel und Pirole, wieder da. Hauchzart und grau, wie ein Wasserzeichen an der Wand.

Ralf Rothmann im Suhrkamp Verlag

Messers Schneide
Erzählung. 1986
suhrkamp taschenbuch 1633

Kratzer und andere Gedichte
1987
suhrkamp taschenbuch 1824

Der Windfisch
Erzählung. 1988

Stier
Roman. 1991
Bibliothek Suhrkamp 1364

Wäldernacht
Roman. 1994
suhrkamp taschenbuch 2582

Berlin Blues
Ein Schauspiel. 1997

Flieh, mein Freund!
Roman. 1998
suhrkamp taschenbuch 3112

Milch und Kohle
Roman. 2000
suhrkamp taschenbuch 3309

Gebet in Ruinen
Gedichte. 2000

Ein Winter unter Hirschen
Erzählungen. 2001
suhrkamp taschenbuch 3524

Hitze
Roman. 2003